RALF STRACKBEIN

# Tristan Irle – Sturmwind

**In dieser Reihe bereits erschienen:**

Tristan Irle und der Rubensmord; Tristan Irle - Eine Leiche auf der HTS; Tristan Irle - Mord Pur; Tristan Irle - Die Abseitsfalle; Tristan Irle - Das sexte Gebot; Tristan Irle und das Rathauskomplott; Tristan Irle - Der Braumeister; Tristan Irle - Gegen den Strich; Tristan Irle - Tödliche Doktorspiele; Tristan Irle - Siegener Maskerade; Tristan Irle - Eisenhart; Tristan Irle - Die Fürstenjagd; Tristan Irle - Lokalzeit; Tristan Irle - Baum fällt!; Tristan Irle - Die zitternden Tenöre; Tristan Irle - Der Killersteig; Tristan Irle - Locht ein!; Tristan Irle hat Lampenfieber; Tristan Irle und der Grabräuber; Tristan Irle - Wo ist Marlowe?; Tristan Irle - Der Bienenstich; Tristan Irle serviert kalte Platte; Tristan Irle - Die letzte Filmklappe - Tristan Irle trifft den Wisent

Außerdem erschienen:
Der Billy-Code, Mord im schwedischen Möbelhaus
Wolkenmord, 12.000 Meter über Afrika
Das Aschebuch

Hörbücher:
Tristan Irle serviert kalte Platte
Tristan Irle - Die letzte Filmklappe

Der Autor:

Ralf Strackbein studierte Literaturwissenschaft, Politikwissenschaft und Angewandte Sprachenwissenschaft. Er beendete sein Studium erfolgreich als Master of Arts (Magister Artium). Der ausgebildete Technische Zeichner holte auf dem zweiten Bildungsweg sein Abitur nach und schrieb während des Studiums als Freier Mitarbeiter Reportagen und Filmkritiken für eine große Tageszeitung. Gegen Ende des Studiums veröffentlichte er seinen ersten Kriminalroman „Tristan Irle und der Rubensmord“. Die Romanreihe umfasst mittlerweile 25 Tristan-Irle-Krimis. Der Autor lebt in Siegen.

Ralf Strackbein

# Tristan Irle
# Sturmwind

Ein Siegerländer Kriminalroman

Magolves-Verlag
Siegen

www.magolves.com

Deutsche Erstveröffentlichung
1. Auflage
Oktober 2015
Magolves-Verlag, Siegen

Umschlag-Gestaltung: Michaela Herbst
Satz und Buchherstellung:
Vorländer GmbH & Co. KG, Siegen

ISBN: 978-3-935378-39-0

---

Das Buch wurde auf chlorfrei gebleichtem Papier gedruckt.

# Zum Buch:

Sie sind nicht mehr zu übersehen, die Windkraftanlagen, die Windräder oder Windmühlen. Egal wie man sie benennt, die Auswirkung der Energiewende zeigt ihr Gesicht auch bei uns im Kreisgebiet. Also wurde es höchste Zeit, das Thema in einem Tristan-Irle-Krimi anzugehen. Es ist der 25. Fall, den das Team rund um Privatdetektiv Tristan Irle lösen muss. Ein Jubiläum, das ohne die treue Leserschaft im Siegerland wie auch im Wittgensteiner Land nie zustande gekommen wäre.

Dafür möchte ich mich bedanken.

Und weil ich es nicht bei ehrlich gemeinten Worten belassen wollte, habe ich in diesem Buch 20 farbige Aquarell-Motive aus unserem Kreisgebiet abdrucken lassen. Unabhängig von der Handlung im Buch sind die Bilder eine Liebeserklärung an unsere Region und im Originalformat von 30 x 40 cm in limitierte Auflage (100 Stück pro Motiv) zu haben. Sie wurden von der Künstlerin Anja Georg nach ausgewählten heimischen Motiven gemalt. Was mich besonders freut, da ich so zum ersten Mal mit meiner Schwester als Malerin zusammenarbeiten konnte.

Die Motive sollen Sie jedoch nicht davon abhalten, auch zum 25. Mal mit Tristan auf Mörderjagd zu gehen. Ganz in der Tradition des Rätselkrimis werden Sie auch dieses Mal wieder mit skurrilen Charakteren konfrontiert, durch Gassen und Landschaften sowie auf eine falsche Fährte geführt.

Und zum Schluss gilt, dass natürlich alle beschriebenen Charaktere erfunden sind. Jede Ähnlichkeit mit realen Tatbeständen, lebenden oder juristischen Personen, Örtlichkeiten, Körperschaften, Unternehmen, Gesellschaften oder Organisationen, natürlichen und übernatürlichen Hierarchien, ist rein zufällig.

Ralf Strackbein M.A.

Siegen, September 2015

# Kreis Siegen-Wittgenstein

## Übersichtskarte

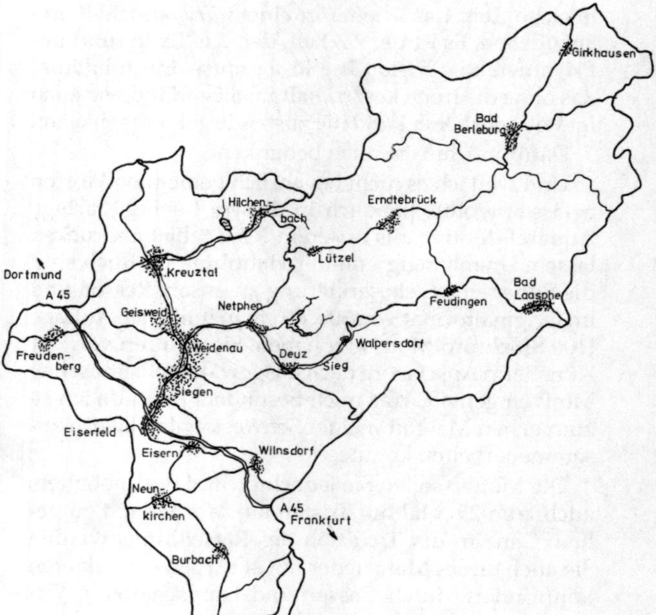

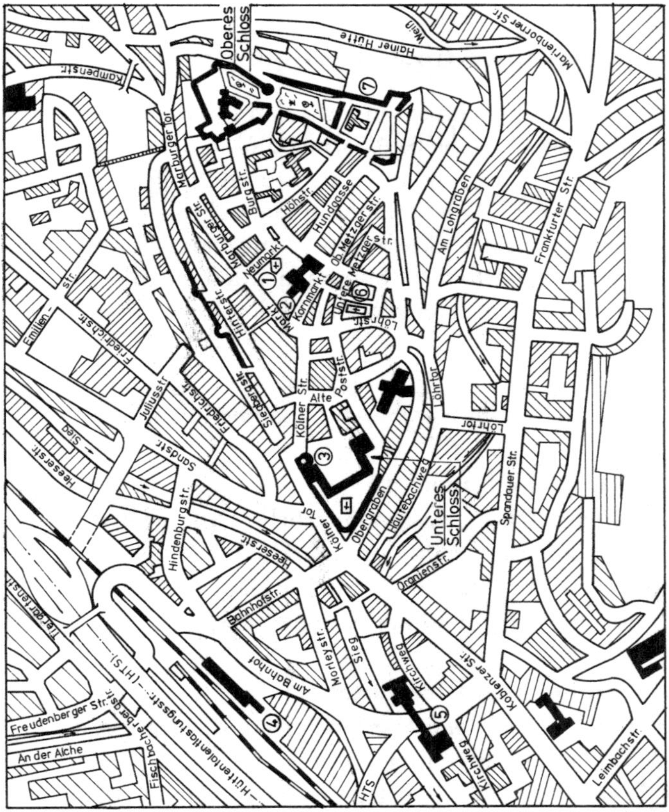


1 Nikolaikirche

2 Rathaus I und Marktplatz

3 Dicker Turm mit Glockenspiel

4 Hauptbahnhof

5 Landgericht

6 Marienkirche und Tristans Zuhause

7 Schlosspark

# Personenverzeichnis:

Dieses Verzeichnis von Personen soll dem Leser (der Leserin) eine praktische Hilfe sein. Es ist als Vereinfachung und nicht als Täuschung gedacht. Die Reihenfolge der Figuren, die sich mehr oder weniger in das Geschehen einmischen, ist nach Gruppen sortiert. Es soll helfen, den einen oder anderen Charakter nicht aus dem Auge zu verlieren.

Die mehr oder weniger aktiven Personen:

**Stadtplaner/innen:**

*Natalie Neuser*, das bedauerliche Opfer, für die Stadt Siegen tätig und wirklich wichtig,

*Hanna Dorn*, für die Stadt Netphen im Einsatz,

*Jürgen Pohl*, in Bad Berleburg zu Hause,

**Windmühlenbefürworter:**

*Horst Maier*, Windbauer*, beleibt und vermögend dank Windenergie,

*Klaus-Peter Kiesling*, Unternehmer, Freund des Landrats und scharf auf Genehmigungen,

**Windmühlengegner:**

*William Küschenrieder*, Studienrat und Mitglied im Naturschutzbund,

* Windbauer: jemand, der aus Wind Strom generiert, meist mit Windkraftanlagen.

*Michael Löschmann,* Förderer des Waldkauzes und Finanzexperte,

*Walter Göbel,* Sprecher der Bürgerinitiative Walpersdorf,

*Renate Kirschbaum-Müller,* Reiterhofbesitzerin, ganz entschieden gegen Windmühlen,

**Beamte / Politiker:**

*Norbert Pfeiffer,* Hauptkommissar mit dem falschen Schuhwerk,

*Werner Holzbaum,* Kommissar und Pfeiffers Partner,

*Arne Affolderbach,* Jungkommissar,

*Robert Fischer,* frischgebackener Landrat, hat es nicht leicht,

*Friedrich Büdenbender,* leitender Staatsanwalt mit einem Hang für extravagante Schuhe,

**Detektiv und Freund:**

*Tristan Irle,* Privatdetektiv und Beschützer sprachloser Kreaturen,

*Nadine Weinberger,* Journalistin mit Spürsinn,

*Strubbel,* alias Alexander Müller, Fotograf und Kollege von Nadine,

*Helga Bottenberg,* Tristans Freundin,

*Erich Roth,* Tristans bester Freund, Diakon der Marienkirche,

sowie

*Marlowe,* ein weißer Rabauke mit Sprachvermögen.

# 1. Der Wind blies ...

Dienstagabend – Siegen

Der Wind blies aus Nordosten. Ein Hoch lag über der Britischen Insel, während über dem östlichen Mittelmeer ein Tief Regen nach Kleinasien brachte. Die Luftmasse aus Nordosten versprach einen heißen Sommer. Sie hatte einen weiten Weg über die osteuropäische Ebene hinter sich.

Noch oberhalb des Timanrückens schwebten Eiskristalle aus der Arktis in der Luft. Doch schon beim Überqueren der Waldaihöhen strich eine warme Brise durch die kilometerweiten Wälder. Als der Wind Polen erreichte und anschließend in der Lausitz den Deutschen das Baden versüßte, speicherten die Luftmoleküle bereits genügend Energie, um selbst in den schattigen Hochlagen des Rothaargebirges FKK-Wanderer ins Schwitzen zu bringen.

Auf seiner tausend Kilometer langen Reise bewegte der Wind Myriaden von Blättern und Grashalmen. Er hatte sich in den Haaren verliebter Mädchen verfangen und die Wangen schlafender Babys gestreichelt. Doch nach Überqueren der deutschen Grenze schnitten vermehrt riesige Kunststoffpropeller durch ihn hindurch. Statt in Baumkronen wehte er nun zwischen Propellerblättern, die dicht an dicht auf den Bergrücken des Landes standen. Würde man sich den Wind als ein Wesen mit Erinnerungen vorstellen, dann hätte man ein Seufzen der Erleichterung hören können, als er auf das Rothaargebirge zuwehte. Dort, über den leicht geschwungenen Bergkämmen, den lieblichen Tälern und den grünen Wiesen verwirbelten nur vereinzelt Windmühlen seinen Weg.

Doch das sollte sich bald ändern.

Ein sonniger Sommertag ging zu Ende. Von morgens bis abends hatte die Sonne das neu verlegte Pflaster der Kölner Straße aufgeheizt. Die gespeicherte Wärme strahlte nun zur Abendstunde zurück in die Stadt. Natalie Neuser bemerkte davon gar nichts. Sie eilte mit großen Schritten Deutschlands steilste Einkaufstraße hinauf, schwitzte und grübelte.

Was hatte sie sich nur gedacht? Sie wusste doch, dass ihr Gesprächspartner ein aufbrausendes Gemüt besaß. Nicht jeder teilte Natalies generell positive Einstellung zum Leben. Dennoch hatte sie gehofft, in Ruhe über das Problem reden zu können.

»Na, das ging wohl mächtig daneben«, stöhnte sie und blieb auf Höhe des Kaufhauses Karstadt stehen.

Sie blickte die Fußgängerzone hinunter in Richtung Kölner Tor. Eine Gruppe junger Leute feixte vor der einzigen Kneipe in der Einkaufsstraße, die abends geöffnet hatte, sonst war niemand zu sehen.

»Ich habe ihn abgeschüttelt«, flüsterte sie, doch sicher fühlte sie sich nicht.

Mit einer hastigen Bewegung setzte sie ihren Weg fort. Sie folgte der Alten Poststraße in Richtung Marienkirche.

Natalie Neuser arbeitete als Angestellte der Stadtverwaltung Siegen im Dezernat für Stadtentwicklung. Zuvor hatte sie Geografie mit Schwerpunkt Metropolenforschung in Bochum studiert. In die Universitätsstadt an der Sieg hatte sie ein Zufall geführt, wo sie als Stadtplanerin einen Job bekam. Dieser Job und ihre Leidenschaft für historische Bausubstanzen brachten sie nun in Schwierigkeiten.

Sie erreichte die Kreuzung, an der die Alte Poststraße auf die Löhrstraße stieß. Vor ihr ragte das Kirchenschiff der Marienkirche in die Abenddämmerung. Die Mittdreißigerin sah nochmals zurück, doch außer flanierenden Menschen war niemand Verdächtiges zu sehen.

»Lass ihn zu Hause sein!« flehte sie und überquerte die Löhrstraße.

Zwischen Kirche und einer Häuserzeile führte die Untere Metzgerstraße in Siegens Altstadt. In den engen Gassen, in denen ein windschiefes Fachwerkhaus neben dem anderen aufgereiht stand, hätte man Szenen eines Kostümfilmes drehen können. Mit viel Liebe und Geschick waren die Häuser nach dem Krieg wieder aufgebaut worden. Doch dies war nur ein Zehntel dessen, was an mittelalterlicher Architektur in einer Dezembernacht des Jahres 1944 durch Bomben und Feuer zerstört worden war. Natalie hatte Fotos der Altstadt vor dem Angriff gesehen. Immer, wenn sie in den Gassen unterhalb des Rathauses einen Spaziergang machte, fühlte sie, wie viel Flair die Geburtsstadt Peter Paul Rubens verloren hatte. Auch jetzt empfand sie tiefes Bedauern über den Verlust, doch Angst vertrieb dieses Mal die wehmütigen Gefühle.

Sie konzentrierte sich und suchte ihr Ziel.

Mittlerweile funkelten die ersten Sterne am Firmament. Die Dämmerung wich der anbrechenden Nacht. In der Altstadt leuchteten Laternen auf, die in den engen Gassen des alten Stadtgebietes für Licht sorgten. Die Stadtplanerin bog von der Unteren Metzgerstraße ab und betrat einen gepflasterten Hof, der von einer Häuserzeile und der katholischen Marienkirche eingefasst war. Sie kramte ihr Handy aus der Hosentasche und begann unter „Adressen" einen Namen zu suchen. Schließlich fand sie den Eintrag und las die dazugehörige Hausnummer ab.

»Da vorn muss es sein«, murmelte sie und ging auf eine alte Haustür aus Eichenholz zu.

Sie atmete einmal tief ein und suchte den Klingelknopf, als ihr plötzlich die Situation verrückt vorkam. Natalie hielt inne, zumal sie keinen Klingelknopf fand. Ihr Gehirn schoss eine Neuronensalve nach der anderen ab. Die Synapsen begannen zu glühen, während der Kampf zwischen Vernunft und Emotion zunahm. Eine einzige Frage jagte ihr ständig durch den Kopf:

Hatte sie die Reaktionen ihres Gesprächspartners richtig gedeutet?

Schließlich gewannen die Gefühle. Sie spürte eindeutig Angst! Ohne einen weiteren Gedanken zu verlieren, klopfte sie gegen die Tür. Natalie wartete einen Augenblick, doch nichts geschah. Sie versuchte es erneut, dieses Mal hämmerte sie mit der Faust auf das alte Holz. Aus dem Inneren des Hauses kam keine Reaktion.

»Mist!« seufzte sie. »Was mache ich jetzt?«

Niedergeschlagen ging sie den Hof entlang in Richtung Rathaus. Es war sinnlos, auf den Detektiv zu warten. Er hätte im Urlaub oder sonstwo sein können.

»Was für eine blöde Idee«, schimpfte sie leise. »Ich muss selbst einen Ausweg finden!«

Natalie ging die Barstewende hinauf. Durch die Gasse erkannte sie einen Teil des historischen Rathauses. Lautes Stimmengewirr hallte ihr entgegen, als sie den engen Fußweg verließ. Sie stand nun auf der Straße, die man Kornmarkt nannte. Die Zugangsstraße bog hundert Meter weiter vorn von der Löhrstraße ab. Beide Wege fassten den Marktplatz ein, der direkt vor dem Rathaus und der Alfred-Fißmer-Anlage lag.

Natalie ging in Richtung Marktplatz, den Stimmen entgegen. Sie bog um das Verwaltungsgebäude und erkannte eine Schar Teenager, die es sich auf den Stufen einer breiten Steintreppe gemütlich gemacht hatten. Die Treppe führte hinauf in die Alfred-Fißmer-Anlage, wo sich noch weitere Menschen laut unterhielten.

Den Marktplatz schmückte ein moderner Brunnen, der an der Kreuzung Kornmarkt und Marktstraße aufgestellt war. Er bestand aus filigranen Stahlrohren, die in bunten Farben angestrichen waren und wie Mikadostäbe aufgerichtet dastanden. Das Wasser spritzte aus runden Stäben, in die Bohrungen eingelassen waren, in ein Steinbecken. Damit die Konstruktion nicht in sich zusammenfiel, waren Querstreben angebracht, die zwei Dreiecke bildeten. Im Boden eingefasste Scheinwerfer strahlten die farbigen Stäbe an.

Natalie achtete nicht auf den Brunnen. Sie behielt die Menschen auf der Treppe im Auge. Ihr Ziel lag auf der anderen Seite des Marktplatzes: ein belebtes Café mit einer kleinen Terrasse. Die Kirchenglocke läutete zehnmal, als Natalie an einem der Bistro-Tische Platz nahm. Nach einer gefühlten Ewigkeit war sie nun in Sicherheit.

Dachte sie jedenfalls!

## 2

Studienrat William Küschenrieders Blutdruck erreichte einen kritischen Höhepunkt. Der Mann Mitte fünfzig zupfte nervös an seinen Jackettärmeln, dann stand er auf. Der Lehrer für Biologie und Latein am städtischen Gymnasium befand sich im Dorfgemeinschaftshaus des kleinen Ortes Breitenbach. Der Saal war bis auf den letzten Platz gefüllt. Anhand des stetig steigenden Lärmpegels konnte man die Stimmung als gereizt bezeichnen. Eine Bürgerinitiative hatte zu diesem Treffen eingeladen. Es ging um die Energiewende im Allgemeinen sowie um mehrere Windkraftanlagen im Speziellen. Die Windmühlen sollten auf dem Bergkamm oberhalb des Dorfes aufgestellt werden. Die Bezirksregierung in Arnsberg hatte erst kürzlich die Bemühungen der Stadt Siegen bestätigt.

Die Mitglieder der Bürgerinitiative, deren Sprecher William Küschenrieder unter anderem war, fühlten sich, gelinde formuliert, von den Behörden verarscht. Der erhöhte Lärmpegel im Saal demonstrierte auf hörbare Weise, wie die Emotionen hochkochten.

»Bitte, bleiben Sie ruhig!« mahnte der Studienrat. »Wir sind alle über die Entwicklung empört. Aber ich kann Ihnen versichern, dass *die* nicht so einfach damit durchkommen werden.«

»Und was gedenken Sie dagegen zu unternehmen?« rief eine hochgewachsene Frau. Sie war ebenfalls aufgestanden und blickte William Küschenrieder angriffslustig an.

»Frau Kirschbaum-Müller, wir haben geeignete Mittel, um die Bebauungsfläche für Windkraftanlagen zu verhindern.«

Renate Kirschbaum-Müller besaß einen Reiterhof, den sie erst vor ein paar Jahren aufgebaut hatte. Die Pläne der Arnsberger Regierung gaben der Stadt Recht, und so durften jetzt nur einige hundert Meter entfernt von ihrem Reitparcours Windräder aufgestellt werden. Würde das geschehen, dann wäre es das Aus ihres Lebenstraums.

»Ach ja! Wie wollen Sie diese Katastrophe aufhalten?« fragte sie verzweifelt.

»Mit dem Waldkauz«, antwortete Küschenrieder laut und voller Überzeugung.

Augenblicklich beruhigten sich die Menschen im Saal. Verdutzt blickten sie den Studienrat an, der nun die volle Aufmerksamkeit des Saales genoss.

»Ja, Sie haben richtig gehört! Der Waldkauz wird diese Schweinerei verhindern«, wiederholte der Studienrat mit fester Stimme.

»Wie?!« rief Renate ihm entgegen.

»Sie wissen ja, dass ich neben meiner Tätigkeit als Biolehrer auch ein Verfechter des Naturschutzes bin. Deshalb war es für mich selbstverständlich, im Naturschutzbund Deutschland, kurz NABU, tätig zu werden.« Küschenrieder machte eine Pause. Mittlerweile war selbst dem Letzten im Saal klar, dass der Studienrat nicht scherzte. Aufmerksam folgten die Bürger seinen Ausführungen.

»Die Europäische Union hat zwei Richtlinien herausgegeben, die den Erhalt der biologischen Vielfalt in Europa sichern sollen. Zum einen ist das die Fauna-Flora-Habitat-Richtlinie, zum anderen die Vogelschutz-Richtlinie. Die Bundesrepublik hat diese Richtlinien in ihrem Bundesnaturschutzgesetz umgesetzt. Ich darf vorlesen ...« Küschenrieder griff nach einem Ordner, schlug ihn auf und las vor: »Nach § 44, Abs. 1 ist es verboten, wild lebenden Tieren der besonders geschützten Arten nachzustellen, sie zu fangen, zu verletzen oder zu töten oder ihnen ihre natürlichen Entwicklungsräume zu nehmen, zu beschädigen oder zu zerstören.«

»Und was heißt das?« rief eine Männerstimme.

»Das bedeutet, liebe Mitstreiter, dass überall dort, wo ein Waldkauz nistet, keine bauliche Maßnahme das Leben der Eulenart stören darf.«

»Ich wusste gar nicht, dass der Waldkauz geschützt ist«, antwortete die gleiche Männerstimme.

Küschenrieder sah sich nach dem Mann um und erkannte Horst Maier. Der Mann gehörte zu den größten Landbesitzern um Breitenbach. Außerdem war er ein Befürworter der Windanlagen, er besaß schon eine.

»Herr Maier! Sie sind hier?« rief der Studienrat in den Saal.

»Natürlich«, brummte der Landbesitzer und stand auf. »Ist ja schließlich mein Land, auf das gebaut werden darf.«

»Wir wollen aber keine Windmühlen!« giftete Renate.

»Beruhigen Sie sich«, mahnte Maier, »noch ist es ja nicht so weit.« Er sprach erneut den Lehrer an. »Also, wo steht, dass der Waldkauz eine geschützte Art ist?«

»In der EU-Vogelschutzrichtlinie! Dort wird der Waldkauz zusammen mit der Schleiereule und der Haselmaus aufgelistet.«

»Hm«, brummte der stämmige Landbesitzer, »wenn Sie keinen Nistplatz in dem ausgeschriebenen Gebiet finden, dann nützt Ihnen diese Richtlinie auch nichts!«

»Ich weiß, dass ein Waldkauzpärchen in dem Gebiet gesichtet wurde«, erwiderte William. »Ein NABU-Kollege teilte mir erst gestern mit, dass ein Ornithologe den *Strix aluco,* wie der Kauz lateinisch genannt wird, dort auf Beutefang erblickt hat.«

»Jagen und Nisten sind zwei ganz unterschiedliche Dinge«, antwortete Maier. Gemächlich verließ der Mann seinen Platz. »Ich habe für heute Abend genug gehört. Wir unterhalten uns, wenn feststeht, ob eine Eule im Baugebiet ein neues Zuhause gefunden hat oder nicht. Solange das offen ist, plane ich meinen Windpark weiter.«

Die Besucher sahen Horst Maier nach, wie er langsam auf den Ausgang zu ging.

»Darf er das?« rief Renate fassungslos.

»Ja, ich fürchte, das darf er«, nickte Küschenrieder.

# 3

Landrat Robert Fischer hatte ein Problem, er war schlicht zu jung für den Job. Mit Anfang dreißig zum Landrat eines Kreisgebietes gewählt zu werden, das überwiegend aus bergigem Land, Wald, Wiesen, Flüssen und Teichen mit ein paar bebauten Quadratmetern Boden bestand, erzeugte nicht nur in der Fantasie von Drehbuchautoren knorrige Gemüter. Der junge Sozialdemokrat hatte es mit Menschen zu tun, die seit Generationen erfolgreiche Unternehmer, Handwerker, Bauern und freie Bürger waren. Solchen Leuten musste man erst einmal beweisen, dass man aus dem gleichen Holz geschnitzt war oder zumindest seine Wurzeln in der heimatlichen Erde hatte. Da half es nur bedingt, dass man in einem Hugo-Boss-Anzug wie ein New Yorker Investmentbanker aussah.

Und nun das!

Die lieben Regierungskollegen in Arnsberg erlaubten sich einen Coup, der Robert Fischer in Schwierigkeiten brachte. Die Bezirksregierung tilgte mit einem Federstrich, was Stadt- und Gemeinderäte mühsam in nächtelangen Sitzungen aufs Papier gebracht hatten. Und er, der Landrat, musste das nun den Bürgerinnen und Bürgern des Kreisgebietes erklären.

Leider fiel ihm keine vernünftige Begründung ein, denn was die Deppen im Norden von Südwestfalen ausheckten, glich einem dieser subatomaren Teilchen, die Wissenschaftler nur im Teilchenbeschleuniger zu Gesicht bekommen. Wahnsinnig teuer in der Herstellung und flüchtig im Dasein.

Fischer seufzte und betrachtete den Aktenstapel, der vor ihm auf seinem Schreibtisch lag.

»Wieder drei neue Bürgerinitiativen«, knurrte er. »Wenn das so weitergeht, dann wird die Energiewende an den Bürgerrechten scheitern.«

»So ist das in einer Demokratie«, antwortete ein älterer Mann, der ihm gegenüber vor dem Schreibtisch saß. Klaus-Peter Kiesling, Fabrikant und heimlicher Förderer politischer Parteien, musterte den Landrat.

»Die Neuausschreibung der Gebiete für Windräder wird den Bau doch nicht verhindern?«

»Natürlich nicht, Herr Kiesling«, schoss es aus Fischer heraus. »Die Standorte haben sich hier und da verschoben. Das kann zu Verzögerungen führen, aber der Wille ist immer noch da!«

»Ihr Wort in Gottes Ohr, Herr Fischer«, erwiderte der Unternehmer. »Die Energiewende ist eine große Chance für unser Land, für unsere Region, das sollte man nicht vergessen.«

»Ich stimme Ihnen zu«, antwortete der Landrat gelassen. »Leider sind die Menschen irrational. Sie wollen keine Atomkraftwerke, aber auch keinerlei Veränderung vor der Haustür. Das nennt man das Sankt-Florians-Prinzip. Ein Verhalten, wonach Bedrohungen oder unangenehme Veränderungen auf andere abgeschoben werden.«

»Wie schon erwähnt, so ist das in einer Demokratie«, meinte Kiesling resigniert. »Allerdings sollten die Bürgerinitiativen nicht so weit gehen, dass meine Geschäfte darunter leiden. Schließlich erhalte ich mehrere hundert Arbeitsplätze.«

»Das ist mir bewusst«, nickte der Landrat. »Ich versuche, die Probleme mit den Bürgern in den Griff zu bekommen.«

»Viel Glück dabei.« Der Fabrikant stand auf. »Wir sehen uns dann morgen Abend bei der Besichtigung?«

»Ja, der Termin ist notiert«, nickte Fischer.

»Halten Sie das Grußwort kurz«, lächelte Kiesling. »Dann sind wir schnell aus der Fabrikationshalle heraus und können uns dem gemütlichen Teil widmen.«

Klaus-Peter Kiesling verließ das Büro des Landrats und ging zum Fahrstuhl. Er befand sich im Kreisgebäude in den oberen Etagen und konnte aus dem Fenster auf Siegens Altstadt sehen.

»Noch ein unerfreuliches Gespräch«, raunte er und tippte auf den Fahrstuhlknopf. »Zwei von zwei Gesprächsterminen unbefriedigend. Wenn das so weitergeht, kann ich bald dichtmachen.«

Der Fahrstuhl ließ auf sich warten, also drückte er nochmals auf den Knopf. Kiesling produzierte Windkraftanlagen. Sein Unternehmen war auf Anlagen mit einer Höhe über hundert Metern spezialisiert. Da es im Siegerland eine lange Tradition von Röhrenherstellern gab, die die Masten fertigen konnten, konzentrierte er sich auf das Entwerfen von Rotorblättern. Als er vor Jahren anfing, hatten seine Freunde ihn belächelt. Doch mit der Energiewende verwandelte sich das Geschäft in eine Gelddruckmaschine. Da grinsten die Freunde nicht mehr. Die plötzliche Nachfrage ließ Kiesling jedoch übermütig werden. Zudem gab es dank der Finanzkrise Unmengen an Geld, das die Banken loswerden wollten. Hersteller von Windrädern galten als risikoarm und wurden gerne mit Krediten versorgt. Also griff der Fabrikant zu. Mit vollen Auftragsbüchern hatte er kurze Kreditlaufzeiten vereinbart. Das rächte sich nun. Keiner hatte mit dem Widerstand der Bürgerschaft gerechnet, die plötzlich gegen die Windmühlen votierten. Jede Verzögerung brachte sein Unternehmen näher an die Insolvenz, weil es die Fertigstellung der Anlagen hinauszögerte. Geld floss aber erst nach der Inbetriebnahme. Die Folge: ihm ging das Bargeld aus.

Kiesling saß auf einem Haufen Gold, doch was er jetzt brauchte, waren Wege, diesen Schatz an den Mann zu bringen. Ihm musste schnellstens eine Lösung einfallen.

## 4

Tristan Irle, Privatdetektiv, hörte seinem Schwager, Hans Köhler, ruhig zu. Sie saßen in

Hans' Küche in Walpersdorf. Das Haus bewohnten die Köhlers bereits in der fünften Generation. Tristans Schwager hieß nicht nur Köhler, er war es auch. Er hatte das alte Handwerk der Holzkohlenherstellung ins 21. Jahrhundert geführt, wo moderne pharmazeutische Unternehmen ihm die Holzkohle abkauften. Und das neue Zeitalter sollte nun eine der sichtbarsten Veränderungen in das Siegtal bringen, das sich vom Rothaargebirge hinunter bis ins Johannland ausbreitete.

Die Gemeinde Netphen plante einen Windpark auf den Höhen, die das Werthebachtal vom Siegtal trennten. Die Windmühlen maßen gute hundert Meter in der Höhe. Ihre Rotoren ragten weit über die Baumgrenze hinaus in den Himmel und sie spiegelten die Sonnenstrahlen kilometerweit in die Täler. Die sanft geschwungenen Berge des *Heller Kopfes* oder der *Stiegelburg* verlören ihr liebliches Antlitz. Dagegen hatte nicht nur Hans Köhler etwas. Viele Talbewohner diesseits und jenseits des *Herrchens* empfanden die Pläne der Gemeinde als einen Einschnitt in ihre Lebensqualität.

»Das Landschaftsbild ist im Arsch! Niemand will rotierende Blitzlichter am Horizont aufblinken sehen.« Hans schnaufte wie ein aufgebrachter Bulle. Sein stämmiger Körperbau sowie die durch Wind und Wetter gegerbte Haut ließen ihn wie einen Trapper aussehen, der es gewohnt war, in Wäldern zu überleben, die voll von Feinden waren. Einzig das glatt rasierte Gesicht und die sanft dreinblickenden Augen verrieten, dass Hans im Grunde ein angenehmer Zeitgenosse war. Ihn zu reizen empfahl sich allerdings nicht.

»Euch ist schon bewusst, dass persönliche Gefühle kein gutes Argument gegen Windmühlen sind«, erklärte Tristan, der über den Rand einer Halbbrille hinweg Hans ansah.

Der Detektiv trug ein kurzärmeliges Hemd, darüber eine farblich passende Strickweste sowie eine weit geschnittene Sommerhose, die den leichten Bauchansatz kaschierte. Seine Hände spielten mit einer Pfeife, die ausgeraucht vor ihm auf dem Küchentisch lag. Der Detektiv blickte aus zwei lindgrünen Augen zu ihr hinunter, um dann wieder über den Rand der Halbbrille seinen Schwager zu mustern. Dabei zeigte Tristan einen intelligent wirkenden Gesichtsausdruck, der sein freundliches Wesen unterstrich.

»Natürlich wissen wir das«, nickte Hans energisch, während eine seiner großen Hände auf den Küchentisch knallte. »Wir haben echte Argumente. Da ist zum Beispiel der Vogelschlag. Es wird gerade untersucht, ob die Propeller in einer Einflugschneise von Wandervögeln liegen.«

»Naturschutz, das ist ein guter Hebel, um die Pläne umzuwerfen«, sagte der Detektiv. »Der Naturschutz wurde in den letzten Jahren juristisch in vielen Verordnungen und Gesetzen verankert.«

»Ja, es ist traurig, dass man einem Molch mehr Schutz gibt als einem Menschen«, brummte Hans.

»Die Amphibienart kann sich nicht wehren«, lächelte Tristan.

»Wir Menschen haben da auch unsere Schwierigkeiten«, maulte Hans.

Die Küchentür flog auf und Sara, Hans' Tochter, stürmte herein.

Die Teenagerin knallte ein Schreiben auf den Küchentisch und zischte: »Die spinnen doch! Die haben zu viel geraucht oder gesoffen und sich das Gehirn zermatscht. Ich kann's nicht fassen!«

Tristan musterte seine Nichte. Ihr Auftritt erinnerte ihn an Kleopatra im Hollywood-Film, wie sie wütend vor Cäsar hin und her lief. Saras lange, schwarze Haare wirbelten bei jeder Kopfbewegung durch die Luft, was den dramatischen Auftritt unterstrich.

»Was ist eigentlich los?« schimpfte Hans. »Kannst du mal ruhig stehen bleiben!«

In diesem Moment trat Elisabeth, Tristans Schwester, in die Küche. Ihr folgte Sebastian, Saras Bruder, der Marlowe, einen weißen Kakadu, auf der Schulter trug.

Die ganze Familie versammelte sich um den Küchentisch, als wäre er ein prähistorisches Feuer. Sara tigerte derweil immer noch durch die Küche.

»Das ist ja so typisch für meine Klasse!« platzte es aus ihr heraus. »Da hätten wir in die Toskana fahren können und die Idioten entscheiden sich für Berlin!«

Elisabeth blickte zu ihrem Mann und fragte: »Ich dachte, ihr bekommt morgen erst die Umfrageergebnisse?«

»Eigentlich ja! Aber Peter, dieser Streber, hat sich bei unserem Geschi-Lehrer eingeschleimt und gerade eben die Ergebnisse gepostet! Mann, die sind ja so blöd!« jammerte sie und plumpste auf einen freien Küchenstuhl.

Tristan blickte zu seiner Schwester.

»Der Geschi-Lehrer ist ihr Klassenlehrer. Er ist für die Klassenfahrt zuständig«, erklärte Elisabeth.

»Berlin?!« Sara ließ theatralisch den Kopf auf die Tischplatte fallen. Ihr Gesicht verschwand unter ihrer schwarzen Haarpracht. Nur ihre trübsinnige Stimme war noch zu vernehmen. »Die glauben doch echt, sie könnten dort Party machen! Dabei hätte ich mir so gern Michelangelos David angesehen. Oh, Mann!«

Der weiße Kakadu begann auf Sebastians Schulter hin und her zu wippen, machte plötzlich einen Satz und landete auf dem Küchentisch.

»Tristan, das mag ich ganz und gar nicht!« knurrte Elisabeth.

»Marlowe! Komm da runter!« befahl der Detektiv, dem der Kakadu gehörte.

Doch Marlowe watschelte weiter auf die niedergeschlagene Sara zu. Mit einer geschickten Bewegung seines Schnabeles rückte der Kakadu Saras Haare beiseite und begann an ihrem Ohr zu knabbern.

Sara musste lachen und richtete sich langsam auf.

Marlowe blieb am Küchentisch sitzen und brabbelte: »Wir wissen nicht, was kommt, was geht, / wie man's auch nimmt, wie man's auch dreht.«

## 5

Einige Kilometer südlich bezahlte Natalie ihre Getränke. Sie lächelte dem Barmann zu und gab ihm ein großzügiges Trinkgeld. Mittlerweile zeigte die Uhr kurz vor zwölf an. Müde verließ sie das Café und sah sich um. Der Marktplatz lag im Dunklen, die Jugendlichen waren verschwunden. Ein paar Gäste standen vor dem Eingang an einem Bistrotisch und diskutierten. Sie ging an ihnen vorbei über die Straße, folgte dem Fußgängerweg in die Alfred-Fißmer-Anlage. Warme Abendluft hüllte sie ein. Die Pflastersteine, die asphaltierten Wege, sie alle gaben die tagsüber aufgenommene Hitze langsam wieder ab. Es war angenehm, durch die Nacht zu spazieren. Natalie betrachtete den Marktplatz. Sie erinnerte sich an Postkarten, die den Platz vor dem Krieg darstellten. Als Stadtplanerin war sie nicht nur für Windkraftanlagen zuständig. Ihre eigentliche Motivation bestand darin, den Menschen das Leben in der Stadt lebenswert zu machen. So sah sie vor ihrem inneren Auge ein bronzenes Kaiserdenkmal mitten auf dem Platz stehen. Hinter dem Denkmal war eine Grünanlage angelegt. Sie war kleiner als die heutige Fißmer-Anlage, aber schon damals stand die ›*Germania*‹ dort, wo sie noch heute steht. Die von dem Bildhauer Friedrich Reusch geschaffene Frauenfigur erinnerte an die Gefallenen der Kriege von 1864, 1866 und 1870/71. Natalie hielt nicht viel von Personenkult, deshalb war der Verlust des Kaiserdenkmals gut zu verschmerzen. Allerdings säumten vor dem Krieg etliche alte Fachwerkhäuser mit bunten Giebeln und Geschäften im Erdgeschoss den Markt. Sie waren alle niedergebrannt und nur zum Teil wieder in alter Pracht neu entstanden. Das schmerzte mehr, da mit zerstörter Architektur die Seele einer Stadt verloren ging.

»Alte Häuser müssen geschützt werden. Besonders die wenigen, die den Krieg und anschließend die Bauwut in den 70ern überstanden haben«, murmelte sie.

Natalies Handy summte in ihrer Jackentasche. Überrascht griff sie nach dem Telefon. Eine Textnachricht teilte ihr mit, dass das Problem, weswegen sie in das Café geflüchtet war, noch immer auf sie wartete.

»So ein Scheißkerl«, zischte sie und löschte die SMS. »Ich muss hier weg.«

Instinktiv eilte sie zurück. Sie wollte Menschen in der Nähe haben. Vor dem Café entschied sie, nochmals bei dem Privatdetektiv vorbeizuschauen.

»Er wird hoffentlich noch nicht schlafen«, flüsterte sie.

Zwei Pärchen verließen in diesem Moment das Café und gingen die Löhrstraße hinunter. Natalie folgte ihnen. Mit den Fremden vor sich fühlte sie sich sicher. Als sie die Marienkirche erreichte, musste Natalie links abbiegen. Die Untere Metzgerstraße lag vor ihr im Dunklen. Sie atmete tief ein und überquerte die Löhrstraße. Mit schnellen Schritten eilte sie durch die schmale Gasse auf eine Laterne zu.

Das Kirchenschiff verdeckte den Blick auf den Hof. Natalie eilte an der Kirchenmauer entlang. Nach wenigen Schritten öffnete sich vor ihr der Hof hinter der Kirche. Licht brannte in dem alten Fachwerkhaus, das von Siegens berühmtem Detektiv bewohnt wurde. Sie musste nur noch um die Grünanlage gehen, als von der Seite plötzlich eine Gestalt auftauchte und sie niederschlug.

## 2. Die Morgendämmerung ...

Mittwoch in der Früh

Die Morgendämmerung brach an. Weit im Osten kroch die Sonne langsam über den Horizont, während im Westen die letzten funkelnden Sterne Nachtschwärmern den Weg nach Hause wiesen. In den Städten und Gemeinden des Kreises schliefen die meisten Menschen den Schlaf der Gerechten. Tristan Irle gehörte leider nicht zu diesen. Ein heftiges Hämmern an der Haustür hatte den Detektiv geweckt. Verwirrt blickte er aus dem Schlafzimmerfenster hinunter auf den Hof.

»Was ist los?« brummte er grimmig.

Zwei Männer standen vor der Haustür und blickten sich nach der Stimme um. Einer von ihnen erkannte den Hausherrn und antwortete. »Herr Irle, Sie müssen sofort mitkommen!«

»Weshalb?« erwiderte Tristan reflexartig.

»Das werden Sie dann sehen«, entgegnete der Fremde freundlich, aber bestimmt. »Bitte, es ist dringend, kommen Sie herunter.«

»Na, gut. Ich will nur hoffen, dass es wichtig ist«, knurrte der Detektiv und knallte das Fenster zu.

Tristan zog sich an und schlich verschlafen zur Haustür.

»Also, was ist passiert?« fragte er die beiden Männer auf seiner Türschwelle. Erst jetzt erkannte der Detektiv die neuen, blauen Polizeiuniformen. »Sie sind Polizisten?!« rief er überrascht.

»Ja, sieht man das denn nicht?« wunderte sich einer der Beamten.

»Nein, von oben sah es aus, als wären Sie vom Ordnungsamt«, erklärte Tristan, der die städtischen Politessen mit Knöllchenblock persönlich kannte. »Also, was ist passiert?«

»Wir zeigen es Ihnen.« Die beiden Polizisten gingen in Richtung Barstewende los.

Tristan folgte.

Sie eilten die Gasse hinauf und erreichten den Kornmarkt. Einige Meter neben dem Gassenausgang befand sich eine kleine Polizeistation.

»Ihr Arbeitsplatz?« fragte Tristan, während sie weiter auf den Marktplatz zugingen.

»Ja«, nickte der Polizist und deutete nach vorn. »Da müssen wir hin!«

Das diffuse Licht der Morgendämmerung spielte dem Detektiv einen Streich. Er konnte nicht erkennen, was ihm der Polizist am Ende der Straße zeigen wollte.

Sicher war es nicht die Architektur des Marktplatzes, die an ein verstümmeltes römisches Amphitheater erinnerte. Der Beamte wollte sicher auch keine Kritik an dem freien „Platz" üben, der vor dem alten Rathaus angelegt war. In südlichen Gefilden nutzten Bürger solche Flächen, um an heißen Sommerabenden zu flanieren. Den Siegerländer im Allgemeinen beunruhigten jedoch offene Flächen, auf die die Sonne erbarmungslos hernieder schien. Wo Sonnenstrahlen ungehindert den Boden erreichen, prasselt Regen genauso zielstrebig herab. Und die Erfahrung lehrte die Menschen im Siegerland, dass es weit öfter regnete, als dass die Sonne vom Himmel lachte.

Tristan konzentrierte sich und verengte die Augen. Sein Blick fiel auf den Mikado-Brunnen. Das Gebilde aus knalligen Farbstäben, die mit Querleisten verbunden waren, aus denen das Wasser in dünnen Strahlen herausströmte, wirkte verändert.

Etwas unförmig Großes hing an einer der Querstreben. Der Detektiv blieb stehen, dann erkannte er, dass dort ein Mensch hin und her baumelte. Es war eine junge Frau, an deren völlig durchnässter Kleidung das Brunnenwasser herablief.

»Wir haben sie so vorgefunden«, erklärte der Polizist. »Sie heißt Natalie Neuser.«

Tristan blickte den Beamten verdutzt an. »Sie haben die Leiche untersucht?«

»Nein, wir sind ja keine Trottel. Das lassen wir die Spurensicherung machen«, erwiderte der Polizist gereizt. »Ein Stadtangestellter hat sie erkannt.« Er deutete auf einen älteren Mann, der abseits bei einer Gruppe von Männern stand, die zum Grünflächenamt gehörten, wie Tristan an der Arbeitsuniform erkannte. »Sie ist Stadtplanerin.«

Der Polizist griff in seine Jackentasche und zog eine Plastiktüte heraus. »Das haben wir in ihrer Hand gefunden. Wir haben es sichergestellt, bevor das Wasser es zerstört.«

Der Beamte reichte Tristan die Tüte.

»Eine Visitenkarte von mir?! Jetzt verstehe ich, warum Sie mich geweckt haben«, murmelte der Detektiv ungläubig. »Aber ich kenne die Frau nicht!«

»Ganz sicher?!« hakte der Polizist nach.

»Ganz sicher!« wiederholte der Detektiv. »Haben Sie sonst noch was herausgefunden?«

»Nein, das überlassen wir der Mordkommission«, antwortete der Beamte. »Die Kommissare müssten jeden Moment hier eintreffen.«

In der Tat traf einen Augenblick später ein ziviles Dienstfahrzeug ein. Zwei Männer stiegen aus und sahen sich um. Der Fahrer besaß eine zierliche Figur, die in einem perfekt sitzenden Anzug steckte. Seine Bewegungen hatten etwas Wieselartiges. Der Eindruck wurde verstärkt durch zwei unruhige Augen, die hinter einer Nickelbrille den Tatort musterten. Der Beifahrer dagegen wirkte wie ein Preisboxer aus der Schwergewichtsklasse. Reichlich Körpermasse und ein freundliches Bulldoggengesicht. Er trug ebenfalls einen Anzug, der hie und da spannte, und ein paar bequeme Lederhalbschuhe. Der Zierliche trat vom Wagen weg. Norbert Pfeiffer war Hauptkommissar der Hagener Mordkommission. Es war üblich, dass Kollegen aus Hagen bei Mord die Untersuchungen im Kreisgebiet übernahmen. Der Hauptkommissar gehörte fast zum Stammpersonal im Kreisgebiet, was man als Touristeninformation nicht auf die erste Seite schreiben würde.

»Irle!« rief er und es klang, als hätte er auf einen Kirschkern gebissen.

»Guten Morgen«, erwiderte der Detektiv.

»Kann man nicht sagen«, antwortete der Hauptkommissar. »Das sieht scheußlich aus.«

Er deutete auf die Leiche.

»Kann die jemand runternehmen?« befahl er laut.

»Wer, bitte schön?« brummte der Beamte, der Tristan zum Tatort geführt hatte. »Die Spurensicherung ist noch nicht da!«

»Was für eine Scheiße«, fluchte der Hauptkommissar und näherte sich dem Brunnen.

Der zweite Mann verfolgte aufmerksam das kleine Wortgefecht, dann sagte er: »Ihnen ebenfalls einen guten Morgen, Herr Irle.«

»Danke, Holzbaum«, nickte Tristan.

Er reichte dem schwergewichtigen Kommissar die Hand.

»Wenn ihr euer Tête-à-Tête mal unterbrechen könntet, hier wartet Arbeit!« maulte Pfeiffer.

Der Kollege in Uniform informierte den Hauptkommissar darüber, wie man die Leiche gefunden hatte, nämlich so, wie sie da hing, dann teilte er ihm noch den Namen des Opfers mit und reichte ihm die sichergestellte Visitenkarte.

»Das ist alles?!« knurrte Pfeiffer.

»Ja, das ist alles«, antwortete der uniformierte Kollege und verabschiedete sich.

»Ist wohl mit dem falschen Fuß aufgestanden«, motzte der Hauptkommissar. »Kann jemand mit dem Namen etwas anfangen?«

Holzbaum zuckte mit den Schultern. Tristan reagierte nicht.

»Ich meinte Sie, Herr Irle.« Pfeiffer wedelte mit der Plastiktüte umher. »Ihre Visitenkarte!«

»Ja, ich weiß. Aber nein, ich kenne die Frau nicht!« antwortete der Detektiv. »Da müssen Sie allein weiterkommen. Ich würde mich jetzt gerne verabschieden. Eigentlich ist es ja noch Nacht und gefrühstückt habe ich auch noch nicht.«

»So!? Glauben Sie denn, wir hätten Zeit für ein Frühstück gehabt?« knurrte Pfeiffer.

Dann sah er sich um. Die Spurensicherung bog mit ihren Vans gerade auf den Marktplatz ein. Weitere uniformierte Beamte begannen, den Tatort mit einem Absperrband zu sichern. Der bis dato beschaulich gruselige Platz verwandelte sich in eine hektische Arena.

»Wir nehmen an«, sagte Pfeiffer plötzlich.

»Was?!« Der Detektiv hatte keine Ahnung, was der Hauptkommissar mit seiner Äußerung meinte.

»Ihre Einladung«, erklärte der Hauptkommissar und klopfte Tristan auf die Schulter. »Ihre

Einladung zum Frühstück. Die Kollegen brauchen sicher noch eine Weile, wir können eh nur rumstehen. Also kommen Sie!«

Pfeiffer ging los. Tristan blickte ihm verblüfft hinterher.

»Wissen Sie was? Ich gebe heute mal die Brötchen aus. Was sagen Sie jetzt!« Der Hauptkommissar grinste wie ein Honigkuchengesicht und griff nach seinem Portemonnaie.

## 2

Das Telefon dudelte die Titelmelodie von „Star Wars". Mit jedem durchlaufenden Zyklus wurde die Melodie lauter abgespielt. Alexander Müller, genannt Strubbel, ignorierte das Telefon. Jedenfalls versuchte er es, doch nach dem dritten Durchlauf schepperten die Bässe so in seinem Kopf, dass er wütend das Handy in die Hand nahm.

»Was?!« schrie er in das Telefon.

»Guten Morgen!« säuselte eine nette Frauenstimme. »Sorry, dass ich dich geweckt habe, aber ich brauche dich!«

Strubbel blinzelte auf seinen Wecker.

»Es ist kurz vor sechs in der Früh! Spinnst du?« maulte er.

»Es hat einen Mord gegeben!« antwortete die Frauenstimme aufgeregt. »Die Leiche soll noch am Mikado-Brunnen hängen.«

Strubbel, der als Fotojournalist beim Siegerländer Generalanzeiger angestellt war, benötigte einen Augenblick, bis das gesprochene Wort durch seinen Thalamus ins Großhirn gelangte. Dort sorgte die Information für ein leichtes Neuronengewitter. Es reichte aus, Strubbel schlagartig hellwach zu machen.

»Seit wann hast du die Info?« fragte er, und schleuderte seine Bettdecke zur Seite.

»Bin vor einer Minute drauf hingewiesen worden«, antwortete die Frauenstimme.

»Gut, dann sind die jetzt mit der Spurensicherung beschäftigt«, brummte Strubbel. »Ich mach Schluss! Bin in fünf Minuten vor dem Rathaus.«

»Super, ich brauch etwas länger. Wir treffen uns dort!« Das Gespräch war beendet.

Der Fotojournalist riss die Jalousie hoch und blickte nach draußen.

»Beste Lichtverhältnisse für einen Morgen.« Mit einem Grinsen schlüpfte er in seine Klamotten, die im Schlafzimmer verteilt auf dem Boden lagen.

Jagdfieber befiel ihn.

Strubbel war ein „waschechter" Fotograf, der sein Handwerk von der Pike auf gelernt hatte. Er verabscheute die Knipser, die mit den neumodischen Digitalkameras stumpf auf das Motiv draufhielten. Zwar kam auch er nicht drum herum, eine Digitalkamera zu benutzen, doch seine Spiegelreflexkamera besaß einen Vollformat-Chip. Der Chip entsprach der Größe eines Kleinbildnegativs, während in den üblichen Digitalkameras ein viel kleinerer Chip verbaut war. Da aber jede elektronische Aufnahme nur aus Nullen und Einsen besteht, konnte Strubbel mit seiner Kamera wahre Kunstwerke erschaffen. Man musste kein Technikexperte sein, um zu verstehen, dass man auf ein Zwei-Euro-Stück mehr Nullen und Einsen draufbekam als auf ein Fünf-Cent-Stück.

In einer Medienwelt, in der die Fotografie seit Jahren größere Bedeutung erhielt, waren spektakuläre Bilder eine Garantie für den Job. Außerdem brauchte man für die Internetzeitung und die angeschlossenen sozialen Netzwerke ebenfalls Aufnahmen, die sich von normalen Fotos unterschieden.

Der Fotograf spritzte sich ein paar Tropfen Wasser ins Gesicht, dann griff er sich einen Rucksack, in dem Kamera und Objektive verstaut waren. Strubbel wohnte in der Oberstadt und von seiner Wohnung bis zum Rathaus dauerte ein Fußmarsch gerade einmal drei Minuten. Bereits auf Höhe der Nikolaikirche verrieten blinkende Blaulichter, dass vor dem Rathaus etwas Schreckliches passiert sein musste. Strubbel machte die Kamera scharf und eilte durch die Alfred-Fißmer-Anlage dem Marktplatz entgegen. Als er die große Treppe erreichte, die von dem oberen Plateau vor der Kirche hinunter zum Marktplatz führte, konnte er die Leiche an einer der Querstreben erkennen.

Um 20 nach 6 in der Früh waren kaum Menschen in der Oberstadt unterwegs. Daher war noch keiner der Verantwortlichen auf die Idee gekommen, Natalie Neusers Leichnam vor Schaulustigen zu verbergen. Strubbel erkannte sofort die Chance. Aus seiner erhöhten Position, er befand sich am Rand der Treppe gute vier Meter über dem Brunnen, hatte er einen freien Blick auf das schaurige Szenario. Mit Griffen, die er selbst im Dunklen beherrschte, wechselte er das Standardobjektiv gegen ein Teleobjektiv aus und schoss die ersten Aufnahmen.

Unten auf dem Marktplatz traf unterdessen Nadine Weinberger ein. Ihre Stimme hatte den Fotografen vor dreißig Minuten geweckt. Seit einigen Jahren arbeitete sie beim Siegerländer Generalanzeiger, der wichtigsten Tageszeitung in der Region. Sie war Anfang dreißig, ledig und lebte nach dem Motto: Liebe Mädchen kommen in den Himmel, böse Mädchen kommen überall hin.

Strubbel war ihr bester Freund. Zusammen gingen sie durch dick und dünn. Wobei der Fotograf dazu neigte, Schwierigkeiten zu umschiffen, während Nadine sie permanent anzuziehen schien. So auch jetzt. Ohne auf das Absperrband zu achten, schlüpfte sie unten drunter durch und näherte sich einem der uniformierten Polizisten.

»Nadine Weinberger, Generalanzeiger, was können Sie mir zu der Leiche dort oben sagen?«

Sie zückte einen Block und sah den überraschten Polizisten aus ihren braunen Rehaugen an.

»Sie dürfen hier nicht sein!« stotterte der Beamte.

»Wollen Sie die freie Presse unterdrücken? Gehören Sie etwa zu den Reaktionären? Also was ist hier passiert?« konterte sie, ohne sich von dem Treiben um sie herum aus der Ruhe bringen zu lassen.

»Hören Sie doch, ich kann Ihnen nur sagen, dass die Frau bei der Stadt gearbeitet hat. Sie müssen jetzt gehen.« Der Polizist verzog sein Gesicht, als wäre Nadines Erscheinungsbild Säure auf seiner Haut. »Bitte, Sie müssen den Tatort jetzt verlassen«, quiekte er, traute sich aber nicht, gegen die Journalistin etwas gröber zu werden.

»Ich gehe erst, wenn ich mehr weiß.« Nadine lächelte den Beamten zuckersüß an und blieb stehen.

»Sie!? Sie!?« stotterte er, während seine Blicke Hilfe bei den Kollegen suchten.

Die ließen ihn mit dem Problem allein. Das mochte daran gelegen haben, dass besagter Beamter tags zuvor den Frauenhelden gespielt hatte, was er jetzt beweisen konnte, oder einfach an der Tatsache, dass die Polizeitruppe morgens um sechs völlig unterbesetzt war. Unterstützung gab es in keinem Fall. Also presste er zähneknirschend den Namen des Opfers heraus. Damit hätte er Nadine loswerden können. Leider begann er, einen Tick zu früh zu lächeln. Die Journalistin wusste aus Erfahrung, dass niemand lächelt, wenn er gerade ein Geheimnis preisgeben musste.

»Da ist noch mehr!« sagte sie kalt und ihre großen braunen Augen fixierten den Polizisten erneut. »Na, los! Sie wollen mich doch loswerden!«

»Man fand eine Visitenkarte bei ihr«, flüsterte er. »Sie gehörte Tristan Irle!«

Nadine nickte stumm und schrieb den Namen auf, dann ging sie zurück hinter das Absperrband.

»Na, wer sagt's denn?« schmunzelte sie zufrieden und sah sich nach Strubbel um.

## 3

Pfeiffer bezahlte tatsächlich die Brötchen.

Tristan nickte anerkennend, als der Polizist mit einer Tüte in die Küche trat. Werner Holzbaum saß auf der Eckbank, die links des Eingangs stand. Er verteilte gerade Brettchen und Besteck auf einem massiven Holztisch, während der Detektiv Tassen abstellte. Im Hintergrund gurgelte eine Kaffeemaschine.

»Legen Sie die Brötchen in den Korb«, bat Tristan und deutete auf das geflochtene Behältnis.

Der Hauptkommissar folgte der Anweisung und stellte den Korb anschließend auf den Tisch. Dann zwängte er sich auf die Eckbank und hatte nun zwei Sprossenfenster im Rücken, die zur Zaungasse hin lagen. Pfeiffer störte das, aber er war zu hungrig, um ein Palaver anzufangen. Mit einem klimpernden Geräusch warf er die Autoschlüssel auf die Tischplatte und begutachtete, was der Gastgeber auftischte.

Tristan nahm Käse, Marmelade und Wurst aus dem Kühlschrank. Mittlerweile war der Kaffee durch den Filter gelaufen und eine heiße, wohlriechende, schwarze Brühe füllte die Kaffeekanne.

Die Herren begannen mit dem Frühstück, während ein weißer Kakadu im benachbarten Wohnzimmer auf einer Kletterstange saß und vor sich hin brummte.

Marlowe konnte es gar nicht vertragen, wenn morgens um halb sieben sein gewohnter Tagesablauf gestört wurde. Das ging dem Vogel mächtig auf den Kamm. Natürlich kann man als Erzähler in Schwierigkeiten geraten, wenn man einem Kakadu menschliche Züge verleiht. Dennoch können Haustierhalter bestätigen, dass gewisse Haustiere sehr wohl Persönlichkeit entwickeln. Einige dieser tierischen Wesen werden sogar zu YouTube-Stars. Marlowe besaß Potenzial, ebenfalls ein Video-Star zu werden, hätte man ihn bei einem seiner „Ausbrüche" gefilmt. An diesem Morgen nahm keine Kamera ein Bild von dem auf, was geschehen sollte.

»Also, was wollte das Opfer von Ihnen?« fragte Pfeiffer, während er sich ein Brötchen schmierte.

»Keine Ahnung«, antwortete Tristan. »Ich kenne die Frau nicht.«

Der Hauptkommissar sah seinen Kollegen Holzbaum an. »Glaubst du ihm?«

»Chef, weshalb sollte er lügen und uns zum Frühstück einladen?« Holzbaum lächelte Pfeiffer freundlich an.

»Die Brötchen habe ich bezahlt«, murrte Pfeiffer.

»Das werden Sie uns jetzt aber nicht den ganzen Tag vorhalten?« Tristan füllte seine Tasse mit Kaffee. »Wo ist eigentlich Arne Affolderbach?«

»Der wird später hier eintreffen. Wir haben ihm gesagt, wo er uns finden wird. Das geht doch in Ordnung?« Holzbaum sah ihren Gastgeber an.

»Soll heißen, dass er auch noch frühstücken will?« fragte Tristan.

»Keine Ahnung?!« Der Kommissar schüttelte seinen Kopf.

Als hätte der Jungkommissar Arne Affolderbach den Kollegen gehört, klopfte er in diesem Moment an der Haustür.

»Na, wenn man vom Teufel spricht«, rief Pfeiffer, während der Detektiv zur Tür ging.

Wenig später saß der dritte Polizeibeamte an Tristans Küchentisch. Arne Affolderbach hatte die Polizeiakademie absolviert und befand sich seit seinem Dienstantritt vor einem Jahr unter Pfeiffers Fittichen. Er war Ende zwanzig, trug einen eng geschnittenen Anzug, ein blaues Hemd, keine Krawatte und sportliche Halbschuhe. Man sah, dass er den Kollegen klamottentechnisch nacheiferte. Allerdings stand ihm der Anzug eindeutig besser als den beiden anderen.

Im Moment wirkte er sehr verspannt.

»Was ist los?« knurrte der Hauptkommissar.

»*Fraternisieren* mit einem Verdächtigen?!« Der Jungkommissar blickte verstohlen zu Tristan.

»Was soll das denn heißen?!« Pfeiffer legte langsam das Brotmesser auf den Tisch. »Wir *verbrüdern* uns nicht mit Irle!«

»Ja, was soll das heißen?« wiederholte der Detektiv und starrte den Hauptkommissar an.

»Sie teilten mir doch mit, dass Herr Irle ein Verdächtiger sei«, erklärte Affolderbach gequält.

»So, ich dachte, das hätten wir geklärt«, zischte der Hausherr.

»Zum Zeitpunkt des Telefonates noch nicht«, antwortete Pfeiffer schmallippig.

»Also ist Irle nicht mehr verdächtig?« strahlte Affolderbach, der noch kein Brötchen angefasst hatte.

»Nein«, brummte der Hauptkommissar. »Haben Sie die Sache erledigt?«

»Ja, habe ich«, nickte der Jungkommissar und griff in seine Jacketttasche. Er zog ein Smartphone heraus und tippte auf den Bildschirm. »Natalie Neuser, wohnhaft in der Universitätsstadt Siegen, seit zehn Jahren Angestellte im öffentlichen Dienst, zuständig für Stadtentwicklung sowie Hauptverantwortliche für die Umsetzung des Windenergiekonzeptes der Rubensstadt. Ledig.«

»Jetzt frühstücken Sie erst einmal«, unterbrach Tristan.

Affolderbach sah zu seinem Chef, der nickte. Vorsichtig nahm er das erste Brötchen und schnitt es auf.

»Die Brötchen habe ...« Pfeiffer vollendete den Satz nicht.

Hinter ihm klopfte jemand an eines der Sprossenfenster.

Ein freundliches Gesicht, das in Zügen an alte römische Büsten erinnerte, füllte eine der Sprossen aus.

»Das ist Erich«, erklärte Tristan. »Herr Pfeiffer, öffnen Sie doch bitte das Fenster.«

Der Hauptkommissar verdrehte seinen Oberkörper, bis er endlich den altmodischen Fenstergriff entriegelt hatte.

Erich Roth, Diakon der Marienkirche, war ein langjähriger Freund des Detektivs. Er wohnte in der Nachbarschaft und es wunderte Tristan, dass sein Freund nicht einfach an der Haustür geklopft hatte.

»*Moarje, zesame*«, grüßte der Kirchenmann mit einer angenehm klingenden Baritonstimme.

»*Gemoarje*«, erwiderte Tristan. »Komm doch rein!«

»Danke, nein, Tristan«, antwortete der Diakon. Der Mann war über zwei Meter groß und musste sich weit vorbeugen, um überhaupt durch das Fenster schauen zu können. »Bin auf dem Weg zu einem Gemeindemitglied. Habe mich aber gewundert, dass die Herren Polizisten so früh bei dir zu Gast sind. Hat das mit dem Menschenauflauf am Kornmarkt zu tun?«

»Was für einen Auflauf?« wunderte sich der Hauptkommissar und begann mit seinem Autoschlüssel zu spielen. »Ich dachte, die Kollegen sichern den Tatort!?«

»Das haben sie auch«, erklärte Erich. »Doch im Lokal-Radio war die Rede von einer gehenkten Leiche. Das hat einige Menschen neugierig gemacht.«

»Ja, es gab eine Tote«, nickte Tristan betroffen.

Der Diakon senkte den Kopf, obwohl das in seiner Haltung kaum noch ging, dann verabschiedete er sich.

Im Nachbarzimmer wippte Marlowe unruhig hin und her. Die Störung durch den Jungkommissar hatte der Kakadu hingenommen, weil ihm sein Herrchen ein Stück Brötchen in den Freßnapf gesteckt hatte. Jetzt hörte er Erichs Stimme und ein ungewöhnliches Klimpern. Er wurde neugierig.

Marlowe hob mit einem kräftigen Flügelschlag von der Kletterstange ab. In einer gekonnten Steilkurve bog er in die Küche. Das Fenster stand weit offen, genauso wie Pfeiffers Mund. Der ließ den Schlüssel fallen. Das metallische Klingeln wirkte auf Marlowe wie eine Einladung zum Diebstahl. Instinktiv fixierte der Vogel den Schlüsselbund an, schnappte ihn sich mit den Krallen und verschwand durch das geöffnete Küchenfenster.

Motiv 1
*Marlowe*
Aquarell, 30 x 40 cm
Anja Georg, 2015

Motiv 2
*Marienkirche, Altstadt Siegen*
Aquarell, 30 x 40 cm
Anja Georg, 2015

»Das glaube ich jetzt nicht!« stöhnte der Hauptkommissar.

## 4

Nadines rechter Zeigefinger trommelte auf das Gehäuse einer Computermaus. Vor ihr stand ein großer Flachbildschirm, den sie anstarrte. Die wenigen ersten Zeilen ihres Berichtes füllten den oberen Teil des Textfeldes.

»Das ist mau!« seufzte sie und schob die Maus beiseite.

Ihr gegenüber saß Strubbel und bearbeitete an seinem Computer die geschossenen Fotos vom Tatort. Trotz der Entfernung hatte er ausdrucksstarke Aufnahmen schießen können.

»Das ist gruselig«, murmelte er. »Schau dir das an.«

Nadine trat zu ihrem Kollegen an den Schreibtisch. Auf dem Bildschirm war die durchnässte Leiche abgebildet. Sie erkannte die bleiche, graue Haut und erschauderte, als sie in die aufgerissenen Augen blickte.

Strubbel zoomte auf den Kopf der Toten.

»Muss das sein«, ekelte sich Nadine.

»Ja, schau auf die Stirn, genauer auf die Schläfe, da links!« Der Fotograf hatte jetzt den Kopf so vergrößert, dass man kleinste Wassertropfen wahrnehmen konnte. Doch das interessierte die beiden Journalisten nicht. An Natalies linker Schläfe waren rote Verfärbungen zu erkennen.

»Was denkst du? Ist das Blut?« fragte Nadine.

»Ja, ich denke, das ist es«, nickte Strubbel. »Sieh mal, wie groß die Wunde ist. Die muss mächtig geblutet haben.«

»Aber man sieht kein Blut an den Kleidern«, antwortete Nadine.

»Das Wasser hat es ausgewaschen«, überlegte Strubbel.

»Wie lang wird sie denn dort gehangen haben?«

»Wann setzt die Leichenstarre ein?« Strubbel schloss das Foto und öffnete ein anderes.

»Keine Ahnung!« Nadine ging zurück an ihren Computer und sah im Internet nach. »Nach ein bis zwei Stunden verkrampfen sich Augenlider und Kaumuskeln. Nach vier bis sechs Stunden setzt die Leichenstarre am ganzen Körper ein. Wieso fragst du?«

»Komm her!« Strubbel winkte ihr zu.

Zusammen blickten sie erneut auf den Bildschirm.

»Ich habe hier eine Sequenz von Bildern geschossen, als die Polizisten die Leiche von der Querstange schnitten. Achte auf den rechten Arm.«

Strubbel begann, auf der Tastatur ein Bild nach dem anderen aufzurufen. Das Ganze wirkte wie ein Daumenkino, das langsam abgespielt wurde. Die Journalistin erkannte, was ihr Freund ihr mitteilen wollte. Es war eine deutliche Bewegung des Armes zu sehen, der der Schwerkraft folgend zum Boden kippte.

»Der Arm bewegt sich. Das heißt, die Leichenstarre hat noch nicht eingesetzt. Ich traf um 6:30 Uhr ein. Wann hast du die Fotos geschossen?«

Strubbel klickte ein Bild an und sah sich die Metadaten an.

»Das hier wurde um 6:24 geschossen«, antwortete Strubbel.

Nadine begann zu rechnen. »Kannst du nochmals die Bilder zeigen?«

Das leise Klicken der Tastatur begleitete erneut die aufgerufenen Fotos.

»Ist dir aufgefallen, dass sich da kein Muskel im Gesicht bewegt?« Die Journalistin griff zu einem Blatt Papier. »Also, die Kaumuskeln verkrampfen nach ein bis zwei Stunden, der Rest des Körpers nach vier bis sechs Stunden. Die Fotos sind um circa 6:30 Uhr entstanden. Da hat die Starre schon im Gesicht eingesetzt, also muss sie zwischen 4:30 und 5:30, frühstens nach 00:30 Uhr gestorben sein, da eine komplette Leichenstarre noch nicht eingesetzt hat.«

»Dir ist klar, dass das nur Vermutungen sind!« warnte Strubbel.

»Für eine grobe Einschätzung reicht das völlig«, grinste Nadine. »Außerdem deutet die Platzwunde an der Schläfe darauf hin, dass sie vielleicht *nicht* erdrosselt wurde.«

»Du meinst, sie ist erschlagen worden?«

»Ja, warum nicht?! Höchstwahrscheinlich ganz woanders«, murmelte die Journalistin.

»Was macht dich so sicher?«

»Warst du in letzter Zeit mal um Mitternacht auf dem Marktplatz?« fragte sie.

»Oh, ja«, brummte Strubbel, der gerne noch einen Absacker in einer der Kneipen der Oberstadt trank.

»Wir hatten die vergangenen Tage schönes, warmes Wetter, keinen Regen! Das lockt die Leute raus. Um diese Uhrzeit ist viel zu viel los rund um den Marktplatz. Man hätte beobachtet, wenn jemand einen Frauenkörper am Mikado-Brunnen aufgehängt hätte.«

»Dann muss sie woanders ermordet worden sein«, nickte der Fotograf. »Die Obduktion wird das sicher klarstellen.«

»Aber wir haben etwas, worüber wir schreiben können.« Ein diebisches Leuchten erfasste ihre Augen. Sie war scharf darauf, eine Meldung zu platzieren, die von anderen Medienvertretern aufgenommen würde, um sie weiter zu verbreiten. In Zeiten, in denen es immer schwieriger wurde, eine ordentliche Tageszeitung herauszugeben, weil das Internet Leserinnen und Leser absaugte, schadete mediale Aufmerksamkeit ganz und gar nicht. Für die Druckausgabe der Zeitung kam die Nachricht zu spät. Der gute, alte Generalanzeiger lag um diese Uhrzeit bereits in den Briefkästen der Abonnenten. Für die Internet-Ausgabe der Zeitung war es jedoch genau der richtige Zeitpunkt. Aus Studien wusste Nadine, dass viele Leserinnen und Leser im Büro als Erstes die Homepage des Siegerländer Generalanzeigers aufriefen, um sich schnell über das Wichtigste aus der Region zu informieren.

Für diese Klientel würde sie ihre Nachricht schreiben. Strubbel überlegte derweil, welches Foto er für die Meldung freigeben wollte. Da aus ethischen Gründen eine Aufnahme der Toten nicht infrage kam, entschied er sich für ein Bild, das die bedeckte Leiche zeigte, wie sie vom Brunnen weggetragen wurde.

Mit den Worten: „Was steckt hinter dem feigen Mord, der eine geachtete Stadtangestellte das Leben kostete? Wir bleiben für Sie an diesem Fall dran und berichten", beendete Nadine ihre Meldung.

## 5

Eine Videoaufzeichnung des „Vorfalles" hätte Hauptkommissar Pfeiffer als Erklärung gut gebrauchen können. Kaum war der weiße Vogel mit dem Autoschlüssel durch das Küchenfenster entschwunden, da klingelte das Handy des Polizisten.

Pfeiffer blickte auf das Display und stöhnte: »Büdenbender!«

Friedrich Büdenbender, Oberstaatsanwalt, ein Mann mit einem Tick für ausgefallene Kleidung und Schuhe, war immer bereit für das

Recht, einem Bösewicht in den Hintern zu treten. Der Hauptkommissar schaltete den Lautsprecher ein und legte das Handy auf den Küchentisch, bevor er das Gespräch annahm.

»Guten Morgen, Herr Büdenbender«, grüßte der Polizist.

»Morgen, Pfeiffer! Wo treiben Sie sich herum?« Der Staatsanwalt wirkte hellwach.

»Zur Zeit ermitteln meine Kollegen und ich in einem neuen Fall.« Pfeiffer verdrehte die Augen.

»So?! Handelt es sich bei Ihren Ermittlungen um den Mord an Natalie Neuser?« Büdenbenders Stimme schnitt durch den Raum.

»Das ist korrekt!« antwortete Pfeiffer.

»Dann kommen Sie umgehend in die Kreispolizeibehörde. Ich habe ein paar interessante Informationen für Sie. Beeilen Sie sich!« Büdenbender beendete das Gespräch.

»Was war das denn?« staunte Holzbaum.

»Ein Telefonat«, meinte Arne Affolderbach unschuldig, da er die Frage nicht verstand.

Der Jungkommissar wurde von seinen Kollegen schief angeguckt, was den jungen Mann verunsicherte.

Tristan grinste und erklärte: »Herr Affolderbach, der Oberstaatsanwalt gehört zu der Sorte von Menschen, die es schaffen, ihre eigenen Interessen unter dem Deckmantel des Gemeinwohls zu verstecken. Er gibt freiwillig nie Informationen preis, wenn es ihm nicht nützen könnte.«

Motiv 19
*Skyline Oberstadt*
Aquarell, 40 x 24 cm
Anja Georg, 2015

Motiv 20
*Kindelsberg*
Aquarell, 40 x 30 cm
Anja Georg, 2015

»Sie deuten damit an, dass die Judikative individuelle Ziele verfolgt? Sie folgt nicht dem legislativen Auftrag?« Affolderbachs Augen sahen den Detektiv ungläubig an.

»Büdenbender ist kein Heiliger«, antwortete Tristan freundlich. »Er folgt nur seinen Interessen.«

»Was sollte der Mann für Interessen verfolgen, wenn es um die Aufklärung eines Mordes geht?« grübelte der Jungkommissar. »Ihre Vermutung scheint mir doch sehr von eigenen Intentionen geprägt.«

»Junge, hör auf den Mann«, brummte Pfeiffer, der mit Verrenkungen, die schmerzhaft aussahen, langsam zwischen Eckbank und Küchentisch hervorkam. »Aber zuerst müssen wir diesen weißen Teufel erledigen.«

»Sie krümmen Marlowe keine Feder«, warnte Tristan. »Ihre Schlüssel werden wir schon wiederbekommen.«

»Ihr Wort in Gottes Ohr!«

Pfeiffer verließ die Küche. Ihm folgten Werner Holzbaum und Arne Affolderbach.

Tristan blieb zurück. Ihm war schlagartig bewusst geworden, dass er Marlowe ohne Bestechung den Schlüsselbund nie entreißen würde.

Der Detektiv hatte den Kakadu vor Jahren von seinem Pfarrer als Geschenk bekommen. Der mittlerweile verstorbene Prediger kannte den damaligen Junggesellen gut genug, um zu wissen, dass für Tristan nur ein intelligentes Haustier infrage kam.

Die Haustierauswahl war dem Kirchenmann gelungen.

Ein australischer Kakadu besaß ein ausgeprägtes Sprachtalent. Marlowe zitierte deutsche Dichter zu allen möglichen wie unmöglichen Situationen und wollte stets beschäftigt werden. Er liebte knifflige Herausforderungen, wie zum Beispiel das Entfernen von Schnürsenkeln oder das Öffnen einer geschlossenen Schnalle, bevorzugt an einer gefüllten Einkaufstasche.

Andreas Kieling, der große Tierfilmer, wäre von dem Vogel dennoch wenig beeindruckt gewesen. Dem preisgekrönten Filmemacher waren schon viele intelligente Lebensformen vor und hinter der Linse nahegekommen. Was Kieling allerdings überrascht hätte, war Marlowes Schwäche. Der weiße Kakadu mochte Kekse für sein Leben gern. Leider nicht irgendwelche gewöhnlichen Industriekekse, nein, es musste hausgemachtes Gebäck sein.

Tristan wusste, dass so ein Keks den Vogel von jedem Giebel der Stadt anlocken würde. Das Problem war nur, dass zu Beginn des Sommers selbstgebackene Kekse äußerst selten waren. Der Detektiv selbst benutzte den Ofen einmal im Vierteljahr, um damit Pizza zu backen. Seine Lebensgefährtin Helga Bottenberg zauberte bevorzugt in den Wintermonaten mit dem Küchengerät wahre Geschmacksbomben herbei. Aber

Helga weilte zurzeit auf dem Giller, wo sie eine Pension betrieb. Die einzige Chance, einen der kostbaren Kekse zu finden, war, in den Schubladen zu stöbern, die in der Adventszeit als Lagerstätte dienten.

Draußen auf dem Hof starrten die Beamten in den Himmel. Eine Schäfchenwolke nach der anderen reihte sich dort auf. Die Polizisten suchten die Giebel der umstehenden Häuser ab. Affolderbach entdeckte den Vogel schließlich auf dem Dach der Marienkirche. Der Kakadu saß auf der Regenrinne und blickte neugierig auf die drei Männer hinunter.

»Da oben am Dach«, rief der Jungkommissar erfreut.

»Erkennt jemand, ob meine Schlüssel noch da sind?« Pfeiffer rückte seine Nickelbrille zurecht und blinzelte dem Feind entgegen.

»Ich kann nichts erkennen«, antwortete der Jungkommissar.

»Wir benötigen ein Fernglas«, sagte Holzbaum.

»Vielleicht geht es auch mit einem Zoom«, überlegte Affolderbach und zückte sein Smartphone. Er aktivierte die Kamera. Es dauerte einen Augenblick, bis er Marlowe auf dem Bildschirm eingefangen hatte.

»Was machen Sie da!« schimpfte Pfeiffer verwirrt. Er wollte seine Niederlage nicht noch gefilmt wissen.

Affolderbach zoomte den weißen Kakadu heran. Als der Hauptkommissar das Ergebnis sah, nickte er anerkennend, begleitet von einem erleichterten Stöhnen. Der Schlüsselbund hing noch zwischen den Krallen.

»Haben Sie Marlowe gefunden?« Tristan stand in der Haustür.

Affolderbach deutete auf das Kirchendach.

»Ah, einer seiner beliebten Aussichtspunkte«, nickte der Detektiv und trat in den Hof. In der Hand hielt er eine Dose.

»Wenn er den Schlüsselbund loslässt?« knurrte der Hauptkommissar drohend. »Eine so lange Leiter werden Sie nicht haben, um an die Dachrinne zu gelangen!?«

»Jetzt beruhigen Sie sich«, mahnte Tristan und begann mit der Dose zu rascheln.

Marlowe sträubte seinen Kamm, dann wippte er mit dem Oberkörper hin und her.

»Was macht er?« wunderte sich Pfeiffer.

»Das sehen Sie doch!« raunte der Detektiv und rief. »Marlowe, komm!«

## 6

Finanzexperte Michael Löschmann wirkte äußerst unzufrieden. Sein emotionaler Zustand hatte allerdings nichts mit der anhaltend schlechten Finanzlage auf den Kapitalmärkten zu tun. Er war clever und charmant genug, um einem

Motiv 15
*Kapellenschule Eisern*
Aquarell, 40 x 30 cm
Anja Georg, 2015

Motiv 16
*Lahn, Bad Laasphe*
Aquarell, 40 x 30 cm
Anja Georg, 2015

Eskimo Eis zu verkaufen, da bereiteten ihm niedrige Zinsen und resistente Kunden im Versicherungsgeschäft keine schlaflosen Nächte. Ihn ärgerte ein Schreiben, das er in der Hand hielt. Studienrat William Küschenrieder teilte ihm mit, dass sein bevorzugtes Projekt gefährdet war: die Ansiedlung des Waldkauzes.

Michael Löschmann zählte zu den Förderern des heimischen Naturschutzes. Er investierte in Projekte, die Flora und Fauna im Kreisgebiet aufblühen ließen, und jetzt das! Durch den Ausbau der Windenergie war der Lebensraum zahlreicher Vögel bedroht, deshalb hatten Naturschutzbünde und Behörden ein vertretbares Konzept erstellt, das den Lebensraum gefährdeter Arten nicht gänzlich zerstörte. Durch den Beschluss der Bezirksregierung wurden diese Absprachen über den Haufen geworfen.

»Das lassen wir uns nicht gefallen!« zischte der adrette Finanzmann.

Löschmann residierte in einem zweistöckigen Haus in der Unterstadt. Das Gebäude stand vor einer stolzen Villa aus der Gründerzeit. Die Villa war in den letzten Jahren restauriert worden, was den „Schandfleck“ aus den Sechzigern im Vorgarten der Villa deutlich machte. Dass man das Haus überhaupt vor die Villa setzen konnte, schien damals niemanden zu stören, oder der damalige Bauherr unterhielt beste Kontakte. Löschmann wohnte und arbeitete in dem Haus. Es hatte einst seinem Mentor und Partner, Felix Müller, gehört, der vor einigen Jahren verschwunden war und ihm das Geschäft überlassen hatte.

Im Erdgeschoss befanden sich die Büroräume, die in einem gediegenen Design gestaltet waren. Er warf den Brief auf den Schreibtisch und verließ das Büro.

Seine Sekretärin blickte erstaunt auf, als ihr Chef auf den Flur stürmte.

»Bin für eine Stunde unterwegs«, rief er ihr entgegen.

Von der Unterstadt hinauf zum Rathaus dauerte ein strammer Fußmarsch zehn Minuten. Wenn man nicht verschwitzt ankommen wollte, schlenderte man doppelt so lang den Berg hinauf. Es führten zwei Fußwege ins Zentrum der Altstadt. Befand man sich in Bahnhofsnähe, wählte man die Fußgängerzone, also die Kölner Straße. Michael Löschmanns Büro lag in der Friedrichstraße gegenüber dem Gebäude die RWE AG. Von dort gelangte man am schnellsten in die Oberstadt, wenn man der Rödigswende emporstieg. Der schmale Pfad war förmlich in den Fels des Siegberges gehauen. Er stieg steil an und verband die Juliusstraße mit der Siegbergstraße. Da an der Flanke des Berges nichts gebaut werden konnte, wuchsen Bäume und Sträucher, die den Weg säumten. In der dunklen Jahreszeit wurde der Gehweg gefährlich. Blätter und aufgerissene Asphaltstreifen bildeten einen Untergrund, der Stürze begünstigte. Weniger riskant war es an warmen Sommertagen. Doch durch die vielen

Büsche und Bäume lag ständig Laub auf dem Boden. Es war im Sommer nicht ganz so glitschig, aufpassen musste man aber immer noch. Allerdings lag der Gehweg meist im Schatten, was an einem heißen Sommertag den Gang in die Oberstadt erträglich machte.

So marschierte der Finanzmann nun mit Elan den Fußweg hinauf. Zweimal rutschte er auf den teuren Ledersohlen seiner Halbschuhe aus, bis er die Siegbergstraße erreichte. Das Geländer rettete ihn jedes Mal vor dem Fall. Vor zwei Monaten hatte er weniger Glück. Er war gestürzt und hatte sich den Knöchel angebrochen. Es war alles wieder gut verheilt, doch die Missgeschicke erinnerten ihn daran, wie schnell man sich erneut verletzen konnte. Außerdem ärgerte ihn seine eigene Tollpatschigkeit.

Mit Wut im Bauch überquerte er die Siegbergstraße, um auf die Hinterstraße zu kommen. Der folgte er zum „KrönchenCenter", wo er durch die Spruthswende gegenüber dem Marktplatz herauskam. An diesen versteckten Fußwegen und Gassen erkannte man, dass Siegen eine alte, eine sehr alte Stadt war.

Trotz seines Fitnesstrainings musste Löschmann einmal tief durchatmen, als er den Marktplatz erreichte. Ihm fiel eine Gruppe von Menschen auf, die angeregt vor dem Mikado-Brunnen diskutierten. Ein Fernsehteam baute gerade eine Kamera auf, während ein Polizist in Uniform mit einer attraktiven Reporterin sprach.

Er war einen Augenblick lang geneigt, das Treiben vor dem Brunnen näher zu erforschen, entschied sich aber schließlich dagegen und steuerte den Haupteingang des Rathauses an.

Die Stadtverwaltung Siegen war auf drei große Gebäudekomplexe verteilt. Das Rathaus in der Altstadt, umgeben vom Haus Seel und dem „KrönchenCenter", beherbergte das Standesamt und das Büro des Bürgermeisters. Das Rathaus an der Weidenauer Straße, gleich neben dem Finanzamt, war der Sitz des Sozialamts, der Kämmerei und der Stadtentwicklung. Im Rathausgebäude in Geisweid befanden sich das Bauamt, das Umweltamt und die zentrale Gebäudewirtschaft.

Löschmann hatte bereits die Flure in allen drei Verwaltungsgebäuden kennen gelernt. Besonders oft hatte er in Weidenau die Stadtentwicklung besucht, deren Mitarbeiter für die Standorte der geplanten Windparkflächen verantwortlich waren. Als der Widerstand der Bevölkerung gegen die Pläne der Stadt immer massiver wurde, verlegte der Bürgermeister das Büro der zuständigen Stadtplanerin ins Rathaus nach Siegen. Ein echter Vorteil für den Finanzexperten und aktiven Umweltschützer. Jetzt konnte er zu Fuß in die Höhle des Löwen schreiten, ohne stundenlang nach einem Parkplatz suchen zu müssen.

Mit festem Schritt eilte er den Flur des Rathauses entlang, stieg eine Treppe empor, indem er zwei Stufen auf einmal nahm, und betrat schließlich den Korridor, auf dem sich sein Ziel befand. Mehrere Menschen standen auf dem Gang und tuschelten miteinander. Löschmann verlangsamte sein Schritttempo und blieb schließlich einige Meter vor der Gruppe stehen.

»Guten Morgen«, grüßte er mit einem charmanten Lächeln. »Könnten Sie mir sagen, ob Frau Natalie Neuser in ihrem Büro ist?«

Als der Name fiel, begann eine junge Frau hörbar zu seufzen. Eine andere heulte auf und verließ die Gruppe mit Tränen in den Augen. Löschmann blickte verdutzt zu den Angestellten.

Schließlich trat ein älterer Mann hervor und erklärte ihm, dass Frau Neuser nicht anwesend sei.

»Na, das ist mal wieder typisch«, polterte der Finanzexperte. »Da zahle ich meine hohen Gewerbesteuern und was habe ich davon?! Mensch, ich bezahle praktisch das Gehalt der Angestellten! Und die macht Urlaub!«

»Bitte, mäßigen Sie sich«, tadelte der ältere Mann. »Frau Neuser ist nicht im Urlaub. Sie ist von uns gegangen!«

Löschmann glotzte den Mann an, als wäre der aus einer Anstalt entflohen. Er schüttelte den Kopf und eine deftige Antwort lag ihm auf der Zunge, als er eine weitere Angestellte erblickte, die mit einem Blumenkranz auf den Flur trat. Erst jetzt kapierte er, dass Natalie Neuser tot sein musste. Plötzlich berührt, schluckte er die Antwort herunter und verließ den Büroflur.

Auf halber Strecke kam ihm Studienrat Küschenrieder entgegen.

»Herr Löschmann? Sie hier?« wunderte sich der Studienrat.

»Dito«, antwortete der Finanzexperte. »Müssten Sie nicht unterrichten?«

»Ach, seien Sie doch nicht albern«, erwiderte Küschenrieder. »Wie kann ich in einer solchen Situation unterrichten!«

Löschmann zog eine seiner Augenbrauen hoch. »Was genau ist denn Ihre Situation?«

Der Lehrer starrte ihn mit großen Augen an.

»Sie wissen es noch gar nicht!« platzte es aus ihm heraus.

»Herr Küschenrieder, was weiß ich nicht?« Der Finanzexperte wirkte gereizt.

»Die Stadtplanerin Natalie Neuser wurde gestern Nacht ermordet«, erklärte Küschenrieder. »Deshalb habe ich Ihnen doch den Brief eingeworfen.«

»Von dem schrecklichen Ereignis habe ich gerade erst erfahren«, antwortete Löschmann.

»Ja, ja! Man kann's gar nicht glauben, aber jetzt müssen wir uns mit jemandem Neuen herumschlagen«, stöhnte der Lehrer frustriert.

## 7

Die Lockaktion hatte Erfolg. Der weiße Kakadu hörte die Keksdose rascheln und von da an interessierte ihn nur noch deren Inhalt. Das Lockmittel funktionierte so gut, dass Marlowe vom Schlüsselbund gar nicht mehr fasziniert war. Er öffnete seine Fänge.

»Oh, nein!« japste Pfeiffer, »haben Sie das gehört? Er hat ihn fallen gelassen! In die Dachrinne! Wieso hasst mich der Vogel so!?«

Doch zum Glück für den Hauptkommissar verfing sich ein Ring des Schlüsselbundes an Marlowes rechter, hinterer Kralle. Beim Abflug zog er so den Schlüsselbund weit genug über die Regenrinne, dass er nach unten fiel.

Der Hauptkommissar konnte es kaum fassen und rannte auf den Schlüsselbund zu.

»Wir verabschieden uns dann«, sagte Holzbaum, der seinem Chef nachdenklich zuschaute.

Augenblicke später heulte der Motor des Dienstwagens auf und er verschwand hinter der Kirche. Die morgendlichen Ermittlungsarbeiten hatten Pfeiffer so sehr gereizt, dass er die Wut an dem Wagen ausließ. Er jagte mit überhöhter Geschwindigkeit über die Weidenauer Straße der Kreispolizeibehörde entgegen.

Holzbaum saß angeschnallt auf dem Beifahrersitz und gab einen warnenden Laut von sich, als ihm ein Verkehrsteilnehmer bedrohlich nahe kam.

»Ich sehe ihn!« brummte Pfeiffer, während er einen Kleintransporter auf der rechten Seite überholte.

Der Hauptkommissar gehörte zu der Sorte Autofahrer, die dem irrsinnigen Glauben verfallen sind, einen 250 PS starken Boliden im alltäglichen Straßenverkehr beherrschen zu können. Der Glaube an seine Fähigkeiten war so unerschütterlich wie das Fundament der Hagia Sofia. Selbst vier zu Schrott gefahrene Dienstwagen und etliche Unfälle hinterließen da keine Zweifel. Pfeiffer blieb standfest wie die byzantinische Kirche im Muselmanenreich.

Werner Holzbaum glaubte ebenfalls, allerdings daran, dass eine Fahrt mit Pfeiffer ihn bald vor seinen Schöpfer befördern würde. Mental hatte er sich bereits damit abgefunden, jetzt musste er nur noch dafür sorgen, dass sein Kreislauf das ebenfalls hinbekam. Noch war es nicht so weit. Mit hochrotem Kopf stieg er auf dem Parkplatz der Polizeibehörde aus. Jungkommissar Affolderbach traf wenige Augenblicke später mit einem Streifenwagen auf dem Parkplatz ein.

Zusammen gingen sie in den dritten Stock des Gebäudes, wo ein gereizter Oberstaatsanwalt auf die Polizisten wartete.

»Das hat gedauert!« knurrte Friedrich Büdenbender, der hinter einem Besprechungstisch saß. Vor ihm lagen zahlreiche Papiere, die er nun zusammenschob.

Der Staatsanwalt trug einen leichten Sommeranzug, dessen Farbe an Stroh erinnerte. Die bordeauxroten Slipper leuchteten unter der Tischplatte hervor, als wären sie Farbmarkierungen.

Als er den Papierstoß eingesammelt hatte, stand er auf.

»Also, was ich Ihnen zu sagen habe, ist Folgendes«, begann der Staatsanwalt nachdenklich. »Unser neuer Landrat hat mich persönlich angerufen! Nicht dass dies ungewöhnlich für mich wäre. Wichtige Leute rufen ständig bei mir an. Nein, der Landrat rief an, nachdem er Ihrem Chef, dem geschätzten Polizeidirektor Wilhelm Flender, mächtig Druck gemacht hatte. Es scheint, als hege der junge Landrat ein persönliches Interesse daran, den Mord an der armen ...«, Büdenbender blickte auf ein Papier, »... an der armen Natalie Neuser aufgeklärt zu wissen.«

»Das sollte so sein«, brummte Pfeiffer, der mit einer Zigarettenschachtel spielte.

Die Polizisten standen um den Besprechungstisch, als gehörten sie nicht hierher. Man sah den Männern an, dass der Auftritt mehr Verwirrung als Aufklärung stiftete.

»Es ist lobenswert, dass sich der Landrat Sorgen macht«, meinte Affolderbach unbekümmert.

Büdenbender blickte den Jungkommissar an, als wäre er das Dessert nach einem guten Abendessen.

»Herr Affolderbach«, seine Gesichtsmuskeln formten ein Lächeln, das noch schauriger als nach einer Botoxbehandlung wirkte, »der Landrat sollte sich niemals Sorgen machen müssen! Haben Sie das verstanden? Sie werden unser „Genie“ nach besten Kräften unterstützen.«

Mit „Genie" meinte er Hauptkommissar Pfeiffer, der einen Augenblick brauchte, um das zu verstehen.

»Selbstverständlich«, nickte Affolderbach in Gedanken vertieft, die dem neuen Fall galten. »Was haben Sie sonst noch für uns?«

Der Jungkommissar fragte das in einem Ton, den er auch bei seiner Oma anwandte, wenn er sie um etwas bitten musste. Pfeiffer und Holzbaum sahen sich an. Anerkennung lag in ihrem Blick.

Büdenbender zuckte zusammen. Der Staatsanwalt hatte die nonverbale Verständigung der beiden „alten Hasen" mitbekommen. Respektlosigkeit war ein Verhalten, das der Staatsanwalt überhaupt nicht vertragen konnte. Das Folgende platzte aus ihm heraus, als hätte man eine Eiterbeule aufgestochen.

»Ich habe für Sie einen Arschtritt, wenn Sie nicht schleunigst mit den Ermittlungen beginnen!« Büdenbenders Gesichtsfarbe näherte sich doch tatsächlich der Farbe seiner Schuhe. Mit großen Schritten stampfte der Staatsanwalt aus dem Besprechungszimmer. »Ich erwarte heute Abend einen ersten Bericht!«

Als die Beamten allein waren, begann das „Genie" zu grinsen.

»Also, Sie haben ja ein paar Eier in der Hose, Affolderbach!« Pfeiffer steckte sich eine Zigarette an.

»Hier ist Rauchen verboten«, meinte Holzbaum, wohl wissend, dass das seinen Chef nicht interessierte.

Affolderbach reagierte verstört auf das Lob. Ihm waren die Worte zwar bewusst, doch der Zusammenhang mit dem Geschehenen wollte sich ihm nicht erschließen.

»Bitte, können Sie das erklären?« fragte er deshalb.

Pfeiffer blies eine dicke Rauchwolke aus und schüttelte den Kopf.

»Junge, wenn ich das erklären muss, frage ich mich, wo Sie die letzten zehn Jahre gelebt haben?«

»Hier, im beschaulichen Siegerland«, antwortete Affolderbach ernst.

»Lass gut sein, Junge.« Holzbaum klopfte ihm auf die Schulter. »Ich erkläre es später. Jetzt sollten wir uns um den Fall kümmern.«

»Gut, was unternehmen wir als Erstes?« fragte Pfeiffer.

»Ich könnte mir das Internet vornehmen und nachschauen, was es über Natalie Neuser in den sozialen Netzwerken zu finden gibt«, schlug Affolderbach vor.

»Einverstanden«, nickte Pfeiffer. »Holzbaum und ich werden uns das Büro ansehen. Vielleicht finden wir einen Hinweis, weshalb sie getötet wurde.«

Pfeiffer ging einen Schritt auf die Tür zu. Dann hatte das „Genie" eine Eingebung.

»Ach, Affolderbach, wenn Sie das digitale Leben des Opfers untersuchen, dann schauen Sie sich auch mal ihre Finanzen an.«

Der Jungkommissar nickte und eilte in sein Büro.

Holzbaum und Pfeiffer verließen die Behörde und fuhren zurück in die Oberstadt. Der Hauptkommissar steuerte den Wagen gemächlich dem Siegberg entgegen. Sein Partner nutzte das beschauliche Dahingleiten und telefonierte mit dem Bürgermeisteramt. Er informierte das Amt über ihr baldiges Erscheinen und bat um die Schlüssel von Natalie Neusers Büro. Man teilte ihm mit, dass man sie im Rathaus willkommen heißen würde.

»Was ist los?« Holzbaum verstaute sein Handy in einer Jacketttasche.

»Wie meinst du das?« erwiderte Pfeiffer, der sich von einem Kleinwagen auf der zweispurigen Hagener Straße überholen ließ.

»Na, das da!« Holzbaum deutete auf die bunte Knutschkugel, die an ihnen vorbeizog.

»Ich denke nach«, antwortete der Hauptkommissar ernst.

»Jetzt schon?« Holzbaum zog die Augenbrauen zusammen und eine dicke Falte wölbte sich quer über die Stirn. »Über was denkst du nach?«

»Warum tötet jemand eine Stadtplanerin?« brummte Pfeiffer.

»Aus Eifersucht, Wut, Habgier!« antwortete Holzbaum.

»Nein, ich denke, da steckt mehr dahinter!« Wenn Pfeiffer nachdachte, schalteten bei Holzbaum die Sinne einen Gang höher. Der Hauptkommissar war eine anerkannte Stütze im Polizeibetrieb. Er besaß einmalige Reflexe und gehörte zu den besten Polizeischützen in Westfalen, daran gab es keinen Zweifel. Aber seine intellektuellen Fähigkeiten glichen einem schwarzen Loch. Geriet ein flüchtiger Gedanke in den Bannkreis seiner Überlegungen, dann wurde dieser, ob sinnig oder unsinnig, weiter verfolgt. Wie Materie nie der Anziehungskraft eines schwarzen Loches entfliehen kann, so schaffte Pfeiffers Verstand es nicht, einen gefassten Entschluss aufzugeben. Der einzige Weg, einer garantiert folgenden Katastrophe zu entgehen, war, ihn möglichst schnell auf unverfängliche Gedanken zu bringen.

Wenn Pfeiffer bereits zu einem so frühen Zeitpunkt der Ermittlungen anfing nachzudenken, dann musste Holzbaum sich schnell etwas einfallen lassen, das den Hauptkommissar ablenkte.

## 8

Die Journalistin Nadine Weinberger konzentrierte ihre Gedanken auf einen Stapel Notizen und auf die ausgedruckten Fotos vom Tatort. Sie saß in der Redaktion an einem Schreibtisch und versuchte, einen vernünftigen Zusammenhang zwischen den Notizen, die sie auf kleine Zettel notiert hatte, und den Fotos herzustellen. Das Einzige, was sie sicher wusste, waren Name und Beruf des Opfers. In ihrer Internetmeldung hatte sie die mysteriösen Todesumstände genannt. Sie wagte es sogar, über einen möglichen Todeszeitpunkt zu spekulieren, aber gesicherte Daten waren nur besagter Name und Beruf des Opfers.

Nadine spürte, dass der Mord ein Geheimnis schützen sollte. Sie hatte jedoch keinen blassen Schimmer, was für ein Geheimnis das sein könnte.

»Strubbel, wir müssen Irle aufsuchen«, schnaufte sie laut.

Der Fotograf bearbeitete ein Foto am Computer und nickte vage.

»Das ist wichtig! Ich denke, der Privatdetektiv kann uns bestimmt etwas sagen.« Sie schob die Notizen zusammen und legte sie in die Schreibtischschublade.

»Hmm«, brummte Strubbel, »geh allein, ich muss das hier noch fertig machen«.

»Echt jetzt!« schimpfte sie und steckte die Fotos in einen Umschlag.

Strubbel schob seinen Kopf über den Rand des Bildschirmes und blickte seine Arbeitskollegin genervt an.

»Ist ja gut!« Sie zuckte mit den Schultern, schnappte ihre Handtasche, die das Füllvolumen eines Rucksackes besaß, verstaute den Umschlag mit den Fotos darin und verließ das Verlagshaus.

Vom Obergraben zur Marienkirche waren es nur ein paar hundert Meter. Allerdings musste man den Siegberg hinauf, was einer bergsteigerischen Leistung entsprechen konnte. Zum Glück joggte Nadine zweimal die Woche, was ihre Kondition eindeutig verbesserte. Mit großen Schritten stieg sie die Verbindungstreppe vom Obergraben zur Grabenstraße empor, was ihren Puls kurzzeitig ansteigen ließ. Auf der flachen Straße senkte er sich wieder und sie dachte darüber nach, wie sie dem Detektiv am ehesten Informationen entlocken konnte. Sie wusste von Tristans Verschwiegenheit, wenn es um vertrauliche Dinge ging. Die Journalistin hatte in der Vergangenheit mit dem Detektiv zusammengearbeitet und kannte seine Prinzipien.

Sie passierte die Alte Post, in der das Museum für Gegenwartskunst untergebracht war. Vor ihr begann die Fußgängerzone, die direkt auf die Marienkirche zulief. Wie immer an warmen, sonnigen Tagen verwandelte sich die Straße in ein großes breites Café mit einem Planschbecken für Kinder.

Eigentlich gehörte das Becken zu einer Installation des Siegerländer Künstlers Wolfgang Kreutter. Die sogenannte „Hirtengruppe" bestand aus einem bronzenen Hirten, einem Hirtenhund, drei Kühen und einem Kalb, die entlang eines stilisierten Bachlaufes aufgestellt waren. Der kleine Wasserlauf zog im Sommer Kinder magisch an. Sie planschten in dem niedrigen Wasser und kletterten auf die bronzenen Skulpturen. Ursprünglich sollte die Installation an die „Hudegemeinden" erinnern, die früher nachts innerhalb der Stadtmauern lebten und ihr

Vieh jeden Morgen auf die Weiden vor der Stadt trieben.

Nadine lächelte nachdenklich, als sie sich fragte, wie viele Bürger überhaupt noch wussten, dass man nachts innerhalb der Stadtmauern die Viehherden bewachte. Hüten wurde aus dem Wort Hude abgeleitet.

Die Journalistin erreichte die Kreuzung Löhrstraße und Alte Poststraße. Sie überquerte schnell die schmale Löhrstraße, umging die Marienkirche, bis sie schließlich vor Tristans Fachwerkhaus stand.

Ohne eine Sekunde zu warten, klopfte sie fest gegen die Eichenhaustür.

»Moment!« hörte sie von innen eine Männerstimme rufen.

Sie schaute sich im Hof um und stellte fest, dass vor dem Kirchenschiff ein Oldtimer in der Sonne glänzte. Das Borgward-Cabriolet gehörte Tristan Irle und war in der Oberstadt genauso bekannt wie der Detektiv selbst. Die Haustür wurde aufgerissen und Tristan stand mit einem Schrubber in der Hand vor ihr.

»Guten Tag«, grinste Nadine. »Wie geht es Ihnen?«

Tristan musterte die junge Frau. Ihr fransiger Kurzhaarschnitt mit rostroten Strähnen zwischen dichten blonden Haaren irritierte ihn.

»Jetzt sagen Sie bloß, Sie haben mich vergessen?« schnaufte Nadine und sah ihn mit großen Augen an.

»Sie sind diese Journalistin vom Generalanzeiger«, lächelte Tristan. »Ihr Haarschnitt ist anders!«

»Man muss mit der Mode gehen«, antwortete sie und zuckte mit den Schultern.

»Wirklich?« wunderte sich der Detektiv.

Nadine ging nicht darauf ein und fragte: »Störe ich?«

Sie deutete auf den Schrubber.

»Nein, das kann warten«, antwortete er. »Kommen Sie doch rein.«

Sie nickte und betrat das Haus. Tristan stellte den Schrubber im Flur ab und führte sie ins Wohnzimmer.

»Es sieht immer noch so aus, wie ich es in Erinnerung habe«, sagte sie. »Aber Ihre Bücherwand ist gewachsen, nicht wahr?«

Das Wohnzimmer des Detektivs erinnerte an ein englisches Studierzimmer aus der Viktorianischen Zeit. Eine ganze Wand wurde von einem Bücherregal verdeckt, das unter seiner Last zu ächzen schien. Ein viktorianisches Sofa mit passendem Sofatisch und Ohrensesseln, in denen sitzend man sich Charles Darwin vorstellen konnte, füllten den Platz im Zentrum des Wohnzimmers. Durch eine Reihe von Sprossenfenstern fiel warmes Licht in den niedrigen Raum, dessen Deckenbalken sichtbar waren. An der Wand links vom Wohnzimmereingang stand ein Sekretär und etwas weiter ein Esstisch mit Stühlen. Daneben befand sich Marlowes Kletterstange.

Das Gedächtnis des Kakadus funktionierte besser als das seines Herrchens. Er erkannte Nadine sofort und flatterte zur Begrüßung mit den Flügeln. Sie beugte sich zu ihm und streichelte seine Brust.

Das entlockte Marlowe ein tiefes Brummen, gefolgt von einem Gebrabbel: »Man ist ja von Natur kein Engel, / Viel mehr ein Welt- und Menschenkind, / Und rings umher ist ein Gedrängel, / Von solchen, die dasselbe sind.«

»Immer noch das tierische Genie!« lobte Nadine.

»Erschreckend vielseitig!« Tristan deutete auf die Küche. »Möchten Sie einen Kaffee?«

»Oh, das wäre nett. Ich bin schon eine gefühlte Ewigkeit auf den Beinen«, sagte sie, während sie in der Küche Platz nahm.

Tristan musterte die Journalistin mit seinen lindgrünen Augen. »Frau Weinberger, Frau Weinberger«, sagte er und schüttelte dabei leicht den Kopf. »Sie wollen mich aushorchen!«

»Wie kommen Sie denn darauf!« Ihre braunen Rehaugen blickten den Detektiv unschuldig an.

»Kommen Sie!« Er deutete auf eine kleine Küchenuhr. »Wir haben kurz vor zehn Uhr. Was kann Ihnen das Gefühl geben, schon eine Ewigkeit wach zu sein?«

Sie spielte immer noch die Unschuldige und zuckte mit ihren Schultern.

»Sie waren heute Morgen am Mikado-Brunnen.« Tristan stellte zwei Tassen mit Kaffee auf den Küchentisch und sah ihr direkt in die Augen. »Sie wissen, dass ich ebenfalls da war!«

Ohne den Blick abzuwenden, setzte er sich zu ihr.

»Wenn ich, nun, wenn ich das zugeben würde«, lächelte sie wie ein Schulmädchen, »könnte ich dann auf Informationen hoffen?«

»Vielleicht?!« antwortete Tristan geheimnisvoll.

»Okay!« rief sie. »Ich gebe auf. Sie haben Recht. Ich war heute Morgen beim Brunnen.«

Tristan griff nach seiner Tasse. »Also? Was haben Sie bereits herausgefunden?«

»Ihren Namen und ihren Beruf, was Sie sicher ebenfalls wissen.« Nadine schob den Henkel ihrer Tasse zurecht. »Außerdem glauben wir, dass der Brunnen nicht der Tatort gewesen ist. Sie wurde woanders umgebracht.« Dann nippte sie vorsichtig an dem heißen Getränk.

»So?! Was lässt Sie zu dieser Schlussfolgerung kommen?« Der Detektiv blieb gelassen. Er wollte ihr auf keinen Fall sein Interesse zeigen. »Und wer ist wir?«

»Ich und mein Fotograf, Strubbel, den kennen Sie auch.« Nadine zog einen Umschlag aus ihrer Handtasche. »Sehen Sie sich die mal an!«

Sie reichte Tristan einen Stapel Fotos.

»Die hat Strubbel heute Morgen geschossen«, erklärte Nadine, »achten Sie besonders auf den Kopf!«

Tristan sah sich ein Foto nach dem anderen an. Dann nochmals, bis er schließlich antwortete. »Da ist eine hässliche Kopfwunde zu sehen und die Leichenstarre hat bereits eingesetzt!«

»Ja!« rief Nadine laut, als hätte sie bei Wer-wird-Millionär ein Rätsel gelöst. »Sie wurde nicht am Brunnen ermordet, da sollte man sie nur finden.«

»Das bedeutet, dass irgendjemand eine sehr gestörte Persönlichkeit hat, wenn er uns so eine Botschaft hinterlässt.« Tristan schockierte diese Tatsache mehr als der Anblick der Leiche am Morgen.

»Dann glauben Sie also, dass dieser Mord so etwas wie eine blutige Nachricht ist?« Nadine sammelte die Fotos wieder ein.

»Davon könnte man ausgehen«, nickte Tristan, der sich etwas Stärkeres im Kaffee wünschte.

»Aber was will der Killer sagen?« Sie schüttelte ihren Kopf. »Und wer verdammt soll diese Botschaft erhalten?«

»Na, überlegen Sie mal! Man fand die Leiche an exponierter Stelle! Er hätte sie auch auf der Schwelle des Rathauses ablegen können. Warum sollte sie im Wind vor dem Rathaus hängen?! Das ergibt alles nur einen Sinn, wenn man auch die Tätigkeit des Opfers berücksichtigt.«

Nadines Augen verengten sich zu einem Schlitz. Ihre Gehirnzellen setzten die wenigen Informationen zu einem Bild zusammen, schließlich rief sie: »Sie glauben, dass es ein Windkraftgegner war?«

# 9

Einen ähnlichen Gedanken fasste Studienrat William Küschenrieder. Zusammen mit Michael Löschmann saß er auf der Terrasse des kleinen Cafés und Restaurants gegenüber dem Rathaus. Nach ihrem Zusammentreffen hatten sie entschieden, eine kurze Lagebesprechung abzuhalten, um die neue Situation einzuschätzen.

Nachdenklich formulierte der Lehrer: »Wie würde ein Mord aus Fanatismus wirken?«

Der Finanzexperte blickte Küschenrieder verblüfft an. Löschmanns Gesichtsausdruck erinnerte den Studienrat sehr stark an den Blick überraschter Schüler. Jene Art von Schülern, die während des Unterrichts beschäftigt waren, leider nicht mit dem Lehrstoff.

»Ich meine, wenn der Mord von einem Umweltschützer begangen wurde, so rein hypothetisch«, erklärte er leise.

»Sie glauben doch nicht, dass diese arme Frau von einem Umweltschützer getötet wurde?« Löschmann nahm einen kräftigen Schluck aus einem Glas mit Weißweinschorle.

»Glauben ist hier nicht angesagt«, antwortete Küschenrieder. »Wir müssen von dem Schlimmsten ausgehen.«

»Herr Studienrat, wenn man die Tat einem fanatischen Umweltaktivisten nachweist, dann dürfte unsere Sache, den Waldkauz anzusiedeln, genauso wie diese Frau gestorben sein.« Der Mäzen sprach leise, aber überzeugend, als wolle er einen neuen Kunden gewinnen.

»Dann sollten wir beten, dass es nicht so war«, stöhnte Küschenrieder.

»Beten hilft nur den Gläubigen«, grinste der Finanzexperte. »Das ist nicht so mein Ding. Ich schlage vor, dass wir uns auf das Ziel konzentrieren und diese Schwäche unserer Feinde ausnutzen.«

»Was für Schwächen und welche Feinde?!« Der Lehrer verstand nicht, was ihm der Mäzen sagen wollte. Das lag zum einen daran, dass er als Beamter am Busen des Staates nuckelte und reichlich mit Manna versorgt wurde, was ihn für die reale Welt und die vielen Überlebenskämpfe untauglich machte. Zum Anderen steckte seine Sozialkompetenz im Verlies eines Schulsystems, das ihn als Lehrer zum unangefochtenen Herrscher machte. Über die Jahre landeten da schon mal Manieren und Verhalten im Burggraben. Schließlich wagte keiner mehr, ihn zurechtzuweisen, und wenn doch, dann waren es meist aufmüpfige Schüler oder deren Eltern, die sowieso auf das Schafott gehörten.

Löschmann holte tief Luft und erklärte: »Ich würde sagen, dass durch den Tod der Stadtplanerin der Verwaltungsablauf gestört wird. Wie Sie und ich aber wissen, basiert eine erfolgreiche Verwaltung auf dem reibungslosen Funktionieren der einzelnen Fachbereiche untereinander. Es wird geprüft, entschieden und weitergeleitet. Jede Abteilung verlässt sich auf die andere.«

Dem konnte der Studienrat folgen. Er verstand nur nicht, was Löschmann damit ausdrücken wollte. »Was hat das mit unserer Sache zu tun?«

»Nun, was passiert, wenn bei einem Schiff ein Leck auftritt?«

»Ha, jetzt verstehe ich«, nickte Küschenrieder. »Es sinkt!«

»Äh, nein!« Löschmann schüttelte den Kopf. »Nun ja, schon, aber zuerst wird man doch versuchen, das Leck zu flicken. Das bindet einen Teil der Mannschaft. Die Aufgaben der Männer, die das Leck flicken, werden in der Zeit von anderen übernommen. Eine Situation, in der es zu weiteren Katastrophen kommen kann.«

»Wie wollen Sie eine Tote flicken?!« staunte Küschenrieder, der dem Beispiel kaum folgen konnte.

»Keine Tote, Mann! Betrachten Sie die Verwaltung als ein Schiff, das durch den Tod dieser Stadtplanerin ein Leck bekommen hat. Man wird versuchen, das Leck zu flicken, also die unbesetzte Stelle möglichst schnell zu besetzen. Wahrscheinlich wird ein Kollege kommissarisch diese Aufgabe übernehmen. Das bedeutet für den Kerl oder die Dame, zwei Jobs zu meistern. Es wird zu Fehlern kommen. Das nutzen wir aus. Jetzt verstanden?«

Der Studienrat nickte: »Das ist teuflisch und brillant. Ich hätte da auch eine Idee, wie wir vorgehen könnten.«

Jetzt war es Löschmann, der einen anerkennenden Gesichtsausdruck aufsetzte. »An was genau haben Sie gedacht?«

»An Expertise 2.02«, grinste der Studienrat diabolisch. »Sie ist bei Frau Neuser zur Bearbeitung eingereicht worden. Wenn bis übermorgen keine offizielle Stellungnahme erfolgt, können wir einen Fehler im Verwaltungsverfahren geltend machen.«

Löschmann kannte diese Expertise nicht, was auch egal war, solange es den Bau eines dieser dämonischen Vögelkiller verhinderte.

Sie stießen mit ihren Gläsern an und grinsten verschwörerisch.

Auf der Straße schoss ein Auto den Berg hinauf und bog quietschend auf den Marktplatz ein. Alle Besucher der Terrasse blickten auf den Wagen und fragten sich, was das sollte.

## 10

Hauptkommissar Pfeiffer fand es ganz normal, die Reifen ein wenig warm zu fahren. Driften gehörte bei ihm zu einem bevorzugten Steuerelement. Es verursachte den gewünschten Effekt bei Zuschauern und sorgte außerdem für ein Grinsen im Gesicht des Fahrers. Der Reifenverschleiß, das erhöhte Unfallrisiko und die Lärmbelästigung nahm der Polizist dafür gerne in Kauf. Mit einer gekonnten halben Umdrehung des Hecks kam der Dienstwagen vor dem Rathaus zum Stehen.

Der Hauptkommissar riss die Fahrertür auf und sprang geschmeidig aus dem Wagen, dann sah er sich um.

»Die haben gut aufgeräumt«, nickte er anerkennend.

Um den Brunnen waren alle Hinweise der schaurigen Tat beseitigt worden. Holzbaum, der ein wenig langsamer und bedächtiger aus dem Auto ausstieg, blickte zum Mikado-Brunnen und nickte.

»Macht ja auch Sinn«, überlegte Pfeiffer laut, während er auf die breite Treppe zuging, die zum unteren Eingang des Rathauses führte.

»So?!« Holzbaum folgte seinem Chef und gemeinsam stiegen sie die Treppe hinauf.

»Na, überleg doch mal! Was ist das für eine Werbung, wenn vor dem Rathaus Stadtangestellte aufgehängt werden!« Der Hauptkommissar schüttelte seinen Kopf.

Sie erreichten den Eingang.

»Wo müssen wir hin?« Pfeiffer suchte nach einem Hinweisschild.

»Hab keine Ahnung«, antwortete der Kommissar. »Fragen wir doch einfach im Büro des Bürgermeisters nach.«

Sie gingen drei Stockwerke hoch bis zum Sekretariat. Der Bürgermeister, so erfuhren sie, befand sich auf einer wichtigen Tagung und weilte momentan nicht in der Stadt. Der zuständige

Amtsleiter würde aber für sie zur Verfügung stehen. Die Kommissare notierten sich den Namen und erhielten die Informationen, um Natalie Neusers Arbeitsplatz zu finden.

Nach weiteren Treppenstufen erreichten sie schließlich den Flur, auf dem die Stadtplanerin ihr Büro hatte. Eine junge Frau erwartete die Beamten dort.

»Sind Sie die Polizisten?« fragte sie freundlich. »Ich wurde gebeten, Ihnen das Büro aufzuschließen.«

Pfeiffer zeigte seine Dienstmarke, was er gerne machte, wenn er Eindruck hinterlassen wollte. Die junge Frau lächelte verlegen und schloss die Tür auf.

»Hat heute jemand das Büro betreten?« Pfeiffer steckte die Marke langsam in seine Hosentasche.

»Nein, nicht dass ich wüsste«, antwortete die Stadtangestellte und öffnete die Tür.

»Danke, jetzt kommen wir alleine klar«, nickte Pfeiffer und nahm den Büroschlüssel entgegen.

»Wenn Sie fertig sind, schließen Sie bitte wieder ab«, bat die junge Frau. »Den Schlüssel können Sie nebenan abgeben.«

Die Beamten betraten das Büro. Der Raum war klein und mit zu vielen Schränken vollgestellt. Ein alter Schreibtisch, an dem die Dampfmaschine hätte entwickelt worden sein können, stand vor einer Wand, an der verschiedene Lagepläne und Karten angeheftet waren. Zahlreiche Ordner reihten sich auf dem Boden in Gruppen aneinander. Sie blockierten die Türen überfüllter Büroschränke. Die Luft roch nach altem Papier und gebohnertem Holzboden.

»Sieht nicht besser aus als bei uns in Hagen«, brummte der Hauptkommissar.

»Was hast du erwartet?« Holzbaum ging zum Schreibtisch.

»Keine Ahnung, bessere Büromöbel?! So wie in der Kreispolizeibehörde.«

»Vergiss nicht, dass ihr eigentlicher Arbeitsplatz im Rathaus Weidenau war«, erklärte Holzbaum.

»Du meinst, der ganze Kram hier gehört nicht zu ihr!?« Pfeiffer nahm seine Nickelbrille ab und begann sie zu putzen.

»Ich weiß nicht.« Holzbaum streifte Latexhandschuhe über und begann den Schreibtisch zu untersuchen. »Diese Unterlagen gehören sicher zu ihr.«

Er hielt ein Blatt Papier hoch, auf dem stand: Wir kriegen dich! Die Buchstaben waren aus Zeitschriften ausgeschnitten worden.

»Ist das momentan in Mode?« fragte Pfeiffer, der sich an seinen letzten Fall erinnert fühlte.

»Keine Ahnung, aber das sollten wir ernst nehmen«, meinte Holzbaum und legte das Blatt vorsichtig zurück.

Der Kommissar untersuchte den Schreibtisch weiter, während Pfeiffer einen Blick auf die Karten und Lagepläne warf. Nachdenklich zog auch er Handschuhe über.

»Die sollten wir mitnehmen!«

»Wo willst du die Karten im Büro aufhängen?« Holzbaum sah seinem Chef kritisch zu.

»Wir lassen eine Stellwand aufstellen«, antwortete der Hauptkommissar und begann die Pläne vorsichtig von der Wand zu nehmen.

»Wie du meinst.« Holzbaum hatte einen Hefter mit der Beschriftung „Beschwerden" gefunden. Er begann, den ersten Brief aus dem Hefter zu lesen.

»Chef, das solltest du dir mal ansehen«, bat er und reichte Pfeiffer den Hefter.

*Sehr geehrte Frau Neuser,*

*das ist ein Scherz! So dachte ich jedenfalls, als ich mit Erstaunen Ihre Mitteilung vom 3. dieses Monats las. Was um Gotteswillen hat Sie dazu veranlasst, unsere Absprache aufzukündigen!*

*Sind Ihnen die Konsequenzen überhaupt klar! Glauben Sie, ich würde es hinnehmen, dass Ihr Handeln mein Unternehmen ruiniert? An dieser Stelle möchte ich Ihnen deutlich klarmachen, dass ich Sie an den Verlusten beteiligen werde.*

*Noch ist es nicht zu spät, das Blatt zu wenden. Deshalb schlage ich ein kurzfristiges Treffen vor - möglichst noch heute -, bei dem Sie mir erklären, wie es zu einer Kehrt-*

*wendung Ihrerseits kommen konnte. Meine Nummer haben Sie ja!*
*Hochachtungsvoll*
*Klaus-Peter Kiesling*

Pfeiffer las und glotzte dann ungläubig auf das Datum. Er zeigte es Holzbaum.

»Habe ich gesehen«, bemerkte dieser. »Der Brief stammt von vorgestern. Dann wird sie sich gestern Abend mit diesem Mann getroffen haben.«

»Wir sollten uns dringend mit Klaus-Peter Kiesling unterhalten«, knurrte der Hauptkommissar und las die Adresse im Briefkopf. »Auf nach Kreuztal!«

## 11

Keine hundert Meter weiter unten in der Altstadt sagte Nadine: »Das ist eine gewagte Theorie! Wir betreten da vermintes Gelände.«

Die beiden saßen immer noch in Tristans Küche und besprachen den Fall.

»Nicht jeder „Grüne" ist automatisch ein Gutmensch«, antwortete der Detektiv. »Fanatismus gibt es überall, nicht nur in Glaubensfragen.«

»Ich kenne Menschen, die Umweltschutz als Glauben betrachten«, meinte Nadine und nickte. »Was könnte sich ein fanatischer Umweltaktivist von einem solchen Mord erhoffen?«

»Weshalb schlagen Islamisten Menschen den Kopf vor laufenden Kameras ab? Sie wollen möglichst viel Aufmerksamkeit! Damit ist gewiss, dass sie mit ihren abscheulichen Taten Angst verbreiten.« Tristan stand auf und begann den Tisch abzuräumen.

»Mit dem Tod der Stadtangestellten wird aber der Bau auch nicht eines Windkraftrades verhindert«, brummte Nadine.

»Wirklich?!« Tristan blickte die Journalistin herausfordernd an. »Was, denken Sie, wird jetzt passieren?«

»Sie meinen in der Presse?« hakte sie nach.

»Ich meine in der öffentlichen Diskussion, nicht nur in der Presse«, antwortete der Detektiv und führte weiter aus: »Wir können mit großer Wahrscheinlichkeit davon ausgehen, dass heute Abend die TV-Nachrichten über diesen Mord berichten werden.« Er sah auf die Uhr, ging zu einem kleinen Küchenradio und schaltete es an. »Wir haben kurz vor halb, da bringt das Lokalradio Nachrichten. Wetten, dass der Mord die Meldung des Tages ist?«

Nadine starrte auf den Radioapparat und tatsächlich erklang wenige Augenblicke später eine tiefe Männerstimme, die über das schreckliche Verbrechen am Mikado-Brunnen berichtete.

Sie hörten die Nachrichten an. Als die Sendung vorbei war, bemerkte Nadine: »Etwas wirklich Neues haben sie nicht gebracht.«

»Wie auch?! Trotzdem wird jeder Beitrag mit einem Kommentar versehen, unabhängig davon, wie der Stand der Ermittlung ist. Je nach politischer Einstellung wird man die Befürworter oder die Meinung der Windkraftgegner in den Vordergrund schieben. Und im Unterbewusstsein werden die Zuhörer sich mit Windmühlen beschäftigen. Beamte, die beruflich mit diesen Windkraftanlagen zu tun haben, werden sich ins Gewissen rufen, dass es Menschen gibt, die bereit sind, gegen eine Entscheidung in den Kampf zu ziehen. Was glauben Sie, wann ist der Punkt erreicht, wo Entscheidungsträger den Weg des geringsten Widerstandes gehen und Anlagen ablehnen, wenn absehbar wird, dass es zu Schwierigkeiten kommen kann?«

»Das wird sehr schnell geschehen, denke ich«, antwortete Nadine.

»Wer soll es ihnen verdenken«, meinte der Detektiv, »wenn ein Irrer dort draußen herumläuft und bereit ist zu töten!«

Die Journalistin dachte einen Augenblick nach, während sie auf den Küchentisch starrte. Tristan stellte unterdessen die Tassen in die Spülmaschine.

»Warum hatte Natalie Neuser Ihre Visitenkarte bei sich?« hörte er sie fragen.

Er drehte sich um und setzte sich erneut an den Tisch.

»Frau Weinberger, ich versichere Ihnen, das weiß ich nicht«, antwortete er langsam.

»Verteilen Sie die Visitenkarten?« hakte sie nach.

»Nein, nur in bestimmten Fällen«, erwiderte er.

»Was meinen Sie mit „bestimmten Fällen"?« Nadine musterte den Detektiv aufmerksam mit wachen Augen.

»Nun«, es war Tristan peinlich zu antworten. »Momentan ist nicht viel zu tun. Zum Glück bin ich finanziell unabhängig.«

Nadine runzelte die Stirn.

»Eine Erbschaft!« erklärte er schnell.

»Sie Glücklicher!« antwortete die Journalistin mit einem leicht sarkastischen Unterton.

»Nun ja, für mich allein ist es ausreichend, aber wenn ich meiner Freundin mal was ...«

»Ich verstehe, Sie brauchen bezahlte Arbeit«, unterbrach sie ihn.

»So in etwa«, nickte Tristan. »Also habe ich der einen oder anderen Firma einen Werbebrief geschrieben. Sie erinnern sich vielleicht, dass mein Spezialgebiet die Werkspionage oder besser deren Abwehr ist.«

»Wie kommt Natalie Neuser an Ihre Visitenkarte?« wunderte sich Nadine.

»Na ja, ich habe auch einigen ausgesuchten Organisationen, wie zum Beispiel den Windkraftgegnern in Walpersdorf, meine Hilfe angeboten.«

Die Journalistin verstand nicht, was er ihr sagen wollte.

»Meine Schwester wohnt dort und das Dorf ist zweigeteilt, was die Windmühlen angeht. Einigkeit ist aber erfolgreicher, wenn man etwas verhindern will. Also habe ich angeboten, hier und da mal zu recherchieren.«

»Sie haben die Befürworter ausgespäht?« empörte sich die Journalistin.

»So würde ich das nicht nennen«, verteidigte er sich. »Ich habe nach Motiven gesucht, die Menschen dazu veranlassen, für eine Windmühle abzustimmen.«

»Motive?!« Nadine schüttelte den Kopf. »Sie haben Mittel gesucht, um die Leute zu beeinflussen.«

»Nein, das war nicht meine Intention«, erwiderte Tristan entschieden. »Mir ging es um den Dorffrieden. Ich wollte verstehen, weshalb die Menschen sich für die Windmühle entscheiden.«

»Und hat es was gebracht?« fragte sie spitz.

»Ja und nein«, musste er zugeben. »Jedenfalls habe ich bei der letzten Bürgerversammlung ein paar Visitenkarten dagelassen. Wahrscheinlich hat die Stadtplanerin sich dort eine mitgenommen.«

»Natalie Neuser war auch da!?« stieß Nadine überrascht aus. Ihr Gehirn begann fieberhaft zu arbeiten, schließlich sah die Journalistin Tristan nachdenklich an.

Das gefiel dem Detektiv überhaupt nicht.

»Was denken Sie?« fragte er.

»Hat man Sie eigentlich schon befragt, wie Sie zu den Windmühlen stehen?« Ihre Stimme klang kalt und erbarmungslos.

»Was?!« Tristan sprang auf. »Sie wollen doch nicht andeuten, dass ich etwas mit dem Mord zu tun habe?!«

»Wer weiß?« Sie antwortete langsam und gelassen.

Das verärgerte den Detektiv noch mehr. Er war kurz davor, die Journalistin rauszuschmeißen, als sie plötzlich laut auflachte. Tristan war verwirrt.

»Sie sollten mal Ihr Gesicht im Spiegel sehen«, erklärte sie, immer noch grinsend, dann wurde sie ernst. »Herr Irle, ich denke nicht, dass Sie was mit dem Mord zu schaffen haben, aber andere könnten diese Schlüsse ziehen.«

Tristan setzte sich wieder und dachte darüber nach.

»Sie haben Recht«, nickte er schließlich. »Wenn man meine Aktivitäten falsch bewertet oder deutet, kann durchaus der Eindruck entstehen, ich wäre ein Windkraftgegner.«

»Dieser Hauptkommissar Pfeiffer, der ist doch von der schnellen Einsatztruppe. Ich denke, dass er diesen „Eindruck" gerne als ein mögliches Motiv bewertet. Und wenn ich mich richtig erinnere, dann genügen diesem Mann schon ein paar Hinweise, um einen Haftbefehl zu beantragen.«

»Da erinnern Sie sich richtig. Pfeiffer kann unberechenbar werden.«

»Ich schlage vor, wir arbeiten zusammen und klären den Fall. Was halten Sie davon?« Sie sah Tristan ernst an.

»Die Frage hatten Sie die ganze Zeit schon auf der Zunge, was?« Der Detektiv nickte anerkennend.

»Ich bin Journalistin! Wir wollen Fakten und über Schicksale berichten«, antwortete sie mit einem Lächeln. »Also, sind wir ein Team?«

# 3. Eine leichte Brise ...

Mittwochnachmittag

Eine leichte Brise wehte über den Parkplatz, als Firmenchef Klaus-Peter Kiesling das Bürogebäude verließ. Der Chef nutzte die Mittagspause, um in der Produktionshalle nach dem Rechten zu sehen. Die riesige Halle stand am Fuße des Kindelsbergs nahe Kreuztal. Früher wurde die Halle als Lagerstätte für Rohre genutzt, die zum Bau von Ölpipelines gebraucht wurden. Doch das Geschäft war im Laufe des letzten Jahrzehnts immer mehr nach China verlagert worden, was Hallenkapazitäten in Kreuztal frei werden ließ. Kiesling erkannte die Chance, die in erneuerbarer Energie steckte und nutzte sie.

Als Ingenieur interessierte er sich für Aerodynamik. Die Kraft der Luft, die Flugzeuge fliegen und Segelschiffe über Ozeane treiben ließ, faszinierte den Firmenchef schon während seiner Studientage. Mit Beginn des Ökozeitalters war seine Stunde gekommen. Er entwickelte einen Propeller, der bereits bei einer leichten Brise begann sich zu drehen. Ein besonderes Profil und die Kunststoffbauweise machten diesen Propeller zu einem Verkaufsschlager. Da ein Propellerblatt noch keine Windkraftanlage ergab, kaufte er die Generatoren von einem Zweithersteller dazu. Die Masten ließ er in der Umgebung herstellen, nur die Propeller fertigten knapp sechzig Angestellte in seinem eigenen Werk. Neben der Produktionshalle unterhielt er ein Ingenieurbüro, das die Planung, den Verkauf und den Aufbau von Windanlagen organisierte. Ein ganz neues Verwaltungsgebäude hatte er sich vor einem Jahr gegönnt, in dem Ingenieure, Kaufleute, Buchhaltung und luxuriöse Besprechungsräume untergebracht waren.

Kiesling betrat die Halle und eine Phalanx an Propellerblättern begrüßte ihn wie eine Schlachtreihe griechischer Hopliten, nur dass die Propellerspitzen nicht so gefährlich waren wie die Lanzen der Krieger. Allerdings deutete die massive Anzahl der Blätter darauf hin, dass es einen Produktionsüberschuss gab. Momentan wurden nicht genügend Windkraftanlagen aufgestellt, obwohl die Auftragsbücher voll waren. Durch den Mord an der Stadtplanerin Neuser, das ahnte der Unternehmer, würden jetzt auch noch die Planungen und der Bau heimatlicher Windkraftparks gefährdet. Ganz zu schweigen von dem Dilemma, das die Bezirksregierung ausgelöst hatte. Geplante Bebauungsflächen für Windmühlen waren verschwunden, dafür hatte man neue ausgeschrieben. Doch bis diese Flächen freigegeben wurden, um darauf zu bauen, konnten Monate, wenn nicht Jahre vergehen. Zeit, die der Unternehmer nicht hatte.

Kiesling ging auf einen grauen Bürocontainer zu, den man in der Halle aufgestellt hatte. Es handelte sich um das Büro des Betriebschefs.

Er klopfte an und betrat den Container. »Guten Tag, Herr Molder.«

Molder, ein breit gebauter Mann mit sonnengebräunter Glatze, saß hinter einem Schreibtisch. Er stand auf und grüßte freundlich zurück.

»Haben Sie das Problem in den Griff bekommen?« fragte der Chef.

»Ja, es hat sich Kondenswasser auf den Formen gebildet«, erklärte der Betriebschef. »Die Temperaturunterschiede zwischen Nacht und Tag sind dafür verantwortlich. Wir kontrollieren das jetzt und wischen das kondensierte Wasser ab.«

»Gut, wirklich gut«, nickte Kiesling.

»Wann können wir mit dem Aufbau der Anlagen beginnen?« Molder war auch für die Lagerung der fertigen Propeller zuständig. Ihm ging der Platz aus. »Nach der jetzigen Charge müssen wir ins Freie ausweichen, um die Propellerblätter zu lagern.«

»Ich weiß«, stöhnte der Firmenchef. »Aber ich arbeite daran, um endlich mit dem Bau anzufangen, außerdem werden wir von den richtigen Partnern unterstützt.«

»Verstehe«, nickte Molder. »Ein paar Arbeiter bekamen von mir die Anweisung, Holzunterstände zu bauen. Die wollte ich hinter der Halle aufstellen. Dann liegen die neuen Blätter nicht in der Sonne.«

»Gute Idee«, antwortete Kiesling. »Ich werde versuchen die Lagerzeit zu verkürzen. Machen Sie weiter!«

Der Firmenchef wandte sich der Tür zu.

»Chef, ist es wahr, dass die Stadtplanerin Neuser ermordet wurde?« Molder betrachtete seinen Boss nachdenklich.

»Ja, ein abscheuliches Verbrechen, das zu einem wirklich unpassenden Zeitpunkt stattfand«, meinte Kiesling kalt.

»Findet Mord nicht immer zu einem unpassenden Zeitpunkt statt?« Molder starrte seinen Chef verstört an.

»Natürlich«, antwortete Kiesling streng und beruhigte den Angestellten. »Mord ist ein Verbrechen. Aber ich denke, Sie haben mich verstanden.«

»Ja, Chef!« Der sonnengebräunte Kopf des Betriebschefs nickte.

Der Unternehmer verließ die Halle.

Auf dem Parkplatz gingen zwei Männer in Anzügen auf ihn zu.

»Guten Tag«, grüßte Pfeiffer. »Können Sie uns sagen, wo wir einen Klaus-Peter Kiesling finden?«

»Und wer möchte das wissen?« erwiderte der Firmenchef.

»Die Polizei«, grinste Pfeiffer und zog seine Dienstmarke aus der Hosentasche.

»Nun denn, ich bin der Gesuchte«, antwortete Kiesling freundlich. »Was kann ich für Sie tun?«

»Wir würden Ihnen gerne ein paar Fragen stellen«, erklärte Pfeiffer. »Gäbe es einen Raum, wo wir ungestört wären?«

Kiesling breitete seine Arme aus und meinte: »Wir sind hier ungestört.«

Pfeiffer wechselte einen kurzen Blick mit Holzbaum. Der zuckte mit den Schultern, als wäre ihm der Ort des Verhöres egal.

»Nun, wie Sie wünschen«, knurrte der Hauptkommissar. »Wo waren Sie gestern Nacht?«

Kiesling wirkte überrascht. »Weshalb möchten Sie das wissen?«

»Beantworten Sie einfach die Frage«, zischte Pfeiffer.

»Warum sollte ich das tun? Es geht Sie nämlich einen feuchten Kehricht an.« Kiesling sah den Beamten gelangweilt an.

Pfeiffer reizte die zur Schau gestellte Gelassenheit. Der Polizist konnte es überhaupt nicht leiden, wenn man ihm keinen „Respekt" entgegenbrachte. Allerdings muss man wissen, dass sein Weltbild maßgeblich von Hollywoodfilmen geprägt war, in denen US-Polizisten beim Otto-normal-Bürger Fracksausen auslösten, wenn er von den Cops angesprochen wurde.

Der Hauptkommissar wünschte sich das gleiche Verhalten bei seinen bundesdeutschen Landsleuten, weil er *Respekt mit Angst* verwechselte. Pfeiffer kam nicht auf den Gedanken, dass eine schießwütige Staatsmacht keinen Respekt genoss, sondern nur dafür sorgte, dass der Selbsterhaltungstrieb einsetzte, wenn man der Polizei begegnete. Sein Verstand liebte das Einfache, das Klare und meist das Direkte. Ihm waren subtile

Methoden, wie zum Beispiel eine versteckte Drohung, die in einem Kompliment eingepackt war, viel zu kompliziert.

Holzbaum war da ganz anders. Er verstand sofort, dass Kiesling sich sicher fühlte, weil der Firmenchef nicht verstand, was die Polizei wollte. Deshalb zog er die Kopie des Briefes aus seiner Jacketttasche, die sie in Natalie Neusers Büro gefunden hatten.

Der Kommissar faltete die Kopie langsam auseinander und zeigte sie schließlich dem Unternehmer.

»Ist der Brief an die Stadtangestellte Neuser von Ihnen?« fragte Holzbaum streng.

»Äh, ja!« stotterte Kiesling plötzlich verwirrt, dann fing er sich und ging zum Angriff über. »Woher haben Sie den? Das ist ein vertrauliches Schreiben!«

»Herr Kiesling, in einer Mordermittlung gibt es keine Vertraulichkeit!« Pfeiffers Worte schossen wie Patronen aus seinem Mund. »Und jetzt nochmals, wo waren Sie gestern Nacht?«

Kiesling sah die Polizisten mit großen, angsterfüllten Augen an.

›Na, geht doch‹, dachte Pfeiffer.

## 2

Tristan Irle betrachtete seine neue Partnerin. Die Journalistin hatte den Detektiv mit Verve zur Zusammenarbeit überredet. Jetzt galt es, der Erwartung zu entsprechen und ein Verbrechen aufzuklären.

Er ging zu einem altmodischen Telefon, das auf einem schmalen Sekretär neben dem Eingang zur Küche im Wohnzimmer stand.

»Wen wollen Sie anrufen?« fragte Nadine neugierig.

»Meinen Schwager Hans«, antwortete er und begann zu wählen. »Es ist geplant, auf der Höhe zwischen Walpersdorf und Werthenbach eine Reihe Windräder aufzustellen. Da haben eine Menge Leute etwas dagegen. Hans kann bestimmt einen Kontakt nennen, der uns Einblick in die Szene gewährt.«

Am anderen Ende der Leitung meldete sich wenig später Hans Köhler. Tristan erklärte ihm die Sachlage und erhielt eine Adresse, die der Detektiv auf einen Block schrieb, der neben dem Telefon lag.

»Voll old school«, meinte Nadine und las. »Das ist aber nicht in Walpersdorf.«

»Nein, in Volnsberg, dieser Küschenrieder scheint im Widerstand eine wichtige Rolle zu leisten«, antwortete Tristan.

»Sie reden ja so, als kämpften wir im Untergrund.« Nadine griff sich ihre Tasche. »Wollen wir?«

»Ja, gerne, aber zuvor muss ich erst diesen Racker versorgen.« Der Detektiv deutete auf Marlowe. »Mitnehmen möchte ich ihn nicht. Vielleicht kann Erich ein Auge auf ihn werfen.«

Sie verließen das Haus und eilten über den Hof in die Marienkirche. Im Kirchenschiff befand sich niemand, also gingen sie in die Sakristei, wo Erich Roth, der Diakon, an einem Schreibtisch saß. Man hatte den Tisch auf vier dicke Holzklötze gestellt, sodass der Kirchenmann seine langen Beine unter die Tischplatte schieben konnte. Tristan kam gleich zur Sache und der Freund war bereit, Marlowe für den Nachmittag aufzunehmen.

Auf dem Weg zurück ins Wohnzimmer überlegte Tristan laut: »Warum ging das so problemlos?«

Nadine zuckte mit den Schultern. »Keine Ahnung! Heißt es nicht „Freunde“, weil sie einem problemlos helfen?!«

»Ja schon, aber für Marlowe die Aufsicht zu übernehmen, das bringt selbst den gütigsten Christenmenschen an seine Grenze«, antwortete er und fügte hinzu: »Glauben Sie mir!«

Der Detektiv nahm den Kakadu auf den Arm, griff beim Herausgehen noch die Autoschlüssel seines Oldtimers, dann brachte er Marlowe zu Erich in die Kirche.

»Ich bin so schnell wie möglich wieder da«, versprach der Detektiv.

»Nimm dir Zeit, wir laufen ja nicht weg.« Erich blickte Marlowe nach, der eine Runde durch das Kirchenschiff flog.

Tristan musterte seinen Freund kritisch. Erich führte was im Schilde, das spürte der Detektiv, doch im Augenblick war er froh, dass Marlowe untergekommen war.

»Also bis später«, verabschiedete sich der Detektiv.

Im Hof wartete Nadine vor dem Oldtimer. Das Borgward-Cabriolet stand mit offenem Verdeck im Schatten einer Kastanie.

»Steigen Sie ein«, bat Tristan und deutete auf die Beifahrertür. »Sie ist nicht verschlossen.«

»Sie lassen den Wagen offen stehen?!« wunderte sich die Journalistin.

»Abschließen bringt nicht viel, wenn man das Verdeck unter der Persenning lässt«, antwortete er schmunzelnd.

Nadine schnallte den Gurt an, den der Detektiv nachträglich hatte einbauen lassen, dann startete Tristan die alte Maschine. Der Vierzylinder sprang ohne Mucken an.

Die Journalistin nickte anerkennend.

»Eine gute Motorpflege macht sich bezahlt«, sagte Tristan stolz und legte den Rückwärtsgang ein. »Alle Lager wurden im Winter überprüft und geschmiert. Die Zündung ist neu eingestellt worden, sodass der Kraftstoff im richtigen Moment verbrennen kann.«

»Bin gespannt, wann wir nur noch Elektroautos fahren,« meinte Nadine, die eine Kappe aus ihrer Handtasche zauberte.

»Für mich kommt ein E-Auto nicht mehr infrage«, antwortete Tristan mit einem breiten

Grinsen. »Hören Sie doch mal, wie ruhig das Schätzchen läuft!«

Sie rollten vom Hof hinter der Marienkirche in die Zaungasse. Dort bogen sie auf die Löhrstraße und folgten dieser. Die Straße wechselte noch zweimal den Namen, bis der Borgward auf den Brüderweg stieß, um diesen nach einigen Metern wieder über die Hainer Hütte zu verlassen. Die steile Straße rollte der Borgward im Leerlauf hinunter. Nadine streckte ihre Hand in den Fahrtwind und genoss das Leben.

Am Fuße des Siegbergs lenkte Tristan das Cabriolet auf die Marienborner Straße, die sie nach Kaan-Marienborn führte. Im Stadtteil angekommen, bogen sie links in die Breitenbacher Straße ab, um nach einigen Metern erneut links abzubiegen. Eine schmale Straße, die sich Rabenhainstraße nannte, führte sie direkt zum Dorfkern.

»Was macht dieser Küschenrieder denn beruflich?« Nadine sah auf ihre Armbanduhr.

»Er ist Lehrer«, antwortete Tristan. »Hans meinte, dass er zu Hause anzutreffen sei.«

»Okay«, nickte sie, »dann wird das ein spezielles Gespräch.«

Tristan fand die gesuchte Hausnummer und parkte den Wagen am Straßenrand.

»Was verstehen Sie unter einem speziellen Gespräch?« hakte er nach.

»Jetzt sagen Sie nicht, dass Ihnen das noch nicht aufgefallen ist?!«

»Was?!«

»Die Art, wie Lehrer mit einem sprechen! Dieser Lehrertonfall gepaart mit einer rechthaberischen Argumentation, als stünden sie vor einer Klasse.«

»Nein, das ist mir noch nicht aufgefallen«, antwortete er. »Allerdings kann ich selbst auch etwas schulmeisterlich auftreten.«

»Dann lassen Sie uns mal beten, dass dieser Küschenrieder die sogenannte Ausnahme von der Regel ist«, stöhnte Nadine.

Sie standen vor einem schmucken Fachwerkhaus, das mit allerlei Blumenkästen geschmückt war. Ein gepflasterter Weg führte von der Straße an eine alte hölzerne Haustür. Links und rechts des Gehwegs wuchsen Begonien und Rosensträucher. Weiter hinten, im Vorgarten, leuchteten gelber Felberich und lilafarbene Lupinen. Bienen, Hummeln und andere fliegende Insekten beherrschten den Luftraum über dem Blütenmeer. Es duftete und summte.

Nadine musste laut niesen und sagte: »Hier hat einer ein Händchen für Blumen.«

Sie betraten den Vorgarten und gingen zur Haustür. Ein Klingelknopf war nicht zu finden, weshalb sie hart gegen die Holztür klopften. Tristan gefiel das, er selbst verzichtete ja auch auf eine Hausklingel.

»Einen Moment!« hörten sie eine Männerstimme rufen. Wenige Augenblicke später öffnete ihnen der Studienrat die Haustür.

»Guten Tag«, grüßte Tristan und stellte Nadine und sich vor.

Küschenrieder schien nicht überrascht und bat die beiden herein.

»Verzeihen Sie die Unordnung.« Er begann einen Stapel Zeitungen zusammenzuschieben. »Meine Frau ist ein paar Tage verreist, da bleibt schon mal was liegen, wo es nicht hingehört.«

Er führte sie durch ein großes Wohnzimmer auf eine Terrasse. Eine mit Weinranken bewachsene Pergola spannte sich über den gesamten Terrassenbereich. Das grüne Blätterdach spendete Schatten. Mehrere Gartenstühle, eine Holzbank und ein großer Tisch standen in der Mitte der Terrasse. Nadine musste ein zweites Mal niesen.

»Haben Sie Heuschnupfen?« fragte Küschenrieder, während er sich auf der Holzbank niederließ.

Die beiden Gäste suchten sich ebenfalls einen Platz.

»Ja, ein paar dieser Blüten reizen meine Schleimhaut«, antwortete die Journalistin. »Eine harmlose Allergie!«

»Was kann ich für Sie tun?« fragte der Studienrat, ohne auf Nadines Allergie einzugehen.

»Sie wurden uns empfohlen«, begann der Detektiv.

»So!?« Küschenrieder gefiel es anscheinend, empfohlen zu werden. Er lächelte geschmeichelt und forderte Tristan auf, weiterzusprechen.

»Wir möchten uns einen Einblick in die Szene des Naturschutzes verschaffen«, sagte Tristan.

»Könnten Sie das spezifizieren?« bat der Lehrer.

»Gibt es militante Naturschutzgruppen im Kreisgebiet?« Nadine schoss die Frage ab, als sei sie eine Harpune.

Küschenrieders Augen verengten sich zu einem schmalen Schlitz. Eine Denkfalte bildete sich auf seiner Stirn, dann murmelte er: »Sie sind hier, weil diese Stadtplanerin umgebracht wurde.«

»Das ist korrekt«, antwortete Tristan. »Wir haben den Verdacht, dass möglicherweise fanatische Umweltaktivisten für den Mord verantwortlich sind.«

»Das denke ich nicht!« Küschenrieder stand auf und begann nervös mit den Händen zu wedeln. »Wir sind eine engagierte und vielleicht auch manchmal penetrante Gruppe von Menschen, die sich dem Wohl unserer Natur widmen. Aber in meiner Laufbahn als aktives Mitglied im NABU ist mir noch keiner untergekommen, der so weit gehen würde, einen Menschen zu töten.«

»Sie halten es aber für denkbar?« Nadine beobachtete aufmerksam den Naturschützer.

»Wenn ich Ihnen diese Frage mit Ja beantworte, dann würde ich meine Mitstreiter belasten«, empörte er sich. »Diese Suggestivfragen sollten Sie lassen!«

»Wir wollen niemanden beschuldigen«, erklärte Tristan beschwichtigend. »Wir erhofften uns von Ihnen Informationen, um eventuell ein Motiv zu finden.«

Motiv 3
*Dicker Turm, Siegen*
Aquarell, 30 x 40 cm
Anja Georg, 2015

Motiv 4
*Krönchen, Nikolaikirche*
Aquarell, 30 x 40 cm
Anja Georg, 2015

»Ein Motiv?!« rief Küschenrieder entsetzt. »Mit Mord kann man keine Windkraftanlagen aufhalten!« Er machte eine Pause und schien über etwas nachzudenken, dann sprach er weiter. »Sie wissen schon, dass diese Windmühlen ein riesiges Geschäft sind?«

Sie nickten.

»Frau Neuser gehörte zu den Guten«, begann er zu erzählen. »Sie verstand die Nöte der Anwohner, wenn ihnen drohte, dass nur hundert Meter entfernt ein Windrad vor ihre Haustür gesetzt werden könnte, weil der Bebauungsplan das zulassen würde.

Sie müssen wissen, heute kann man Bauvorhaben nur noch stoppen, wenn der Naturschutz betroffen wird. Menschen zählen weniger als eine Wühlmaus.« Er schlug die Hände zusammen. »Verstehen Sie mich nicht falsch, ich bin froh, dass der Naturschutz einen so hohen Stellenwert erlangt hat, aber bitte schön, den Menschen sollte man nicht vergessen.

Jedenfalls, wenn eine Windmühle aufgestellt wird, gewinnt immer nur einer und das ist in der Regel der Besitzer der Anlage. Wir kämpfen mit legalen Mitteln, um unsere Projekte durchzusetzen. Doch durch die Änderungen der Bezirksregierung sind Absprachen gebrochen worden. Ich an Ihrer Stelle würde mir mal ansehen, was durch diese Änderungen bewirkt wurde.«

»Sie haben eine Vorstellung?« hakte Tristan nach.

»Natürlich habe ich eine Vorstellung«, nickte Küschenrieder. »Da sind Grundstücke verkauft worden, die jetzt nichts mehr wert sind.«

»Aber wieso sollte deshalb jemand die Stadtplanerin umbringen?« fragte Nadine ungläubig. »Deshalb ändert sich der Bebauungsplan nicht.«

»Ist das so?!« Der Studienrat schüttelte seinen grauhaarigen Kopf. »Natürlich ändert sich der Bebauungsplan! Wo man vorher ein Windrad hätte aufstellen dürfen, ist es nun plötzlich verboten. Dafür lacht der Nachbar, weil sein Grundstück jetzt für den Bau zugelassen ist. Ich denke, da bekommen Sie ein Motiv.«

»Ich verstehe nicht«, sagte Nadine.

»Rache«, grinste der Studienrat. »Es gibt Landbesitzer, die richtig viel Geld ausgegeben haben, um ein Windkraftrad errichten zu können.«

»Hätten Sie da einen bestimmten Landbesitzer im Auge?« Die Journalistin blickte dem Studienrat direkt in die Augen.

»Horst Maier, den würde ich mir vorknöpfen«, schoss es aus ihm heraus. »Seine Adresse gebe ich Ihnen gerne!«

## 3

Das Grinsen war Klaus-Peter Kiesling vergangen. Er betrachtete den Brief, seufzte laut und sagte leise: »Ich war sehr wütend. Frau Neuser gab mir ein Versprechen, das gebrochen wurde.«

Pfeiffer genoss seine vermeintlich starke Position und machte dem Unternehmer weiter Dampf.

»Was für ein Versprechen?« zischte er. »Können Sie das genauer erklären?«

»Ich hatte eine Vereinbarung mit ihr getroffen«, erklärte Kiesling. »Sie garantierte mir eine schnelle Bearbeitung und dafür wollte ich einem Verein ihrer Wahl eine Spende zukommen lassen.«

»Das grenzt an Bestechung!« schnaufte Pfeiffer.

»Es war keine Bestechung, sondern nur eine Leistung aus Dankbarkeit für einen guten Zweck.« Der Unternehmer schien sich gefangen zu haben. Trotzig blickte er dem Hauptkommissar in die Augen.

»Was wurde von ihr bearbeitet? Für die Baugenehmigung war die Stadtplanerin ja nicht zuständig!« Holzbaum zückte sein Notizbuch.

Pfeiffer blickte skeptisch zu seinem Partner.

›Was sollte die Frage?‹ dachte er.

»Da haben Sie Recht«, nickte der Unternehmer. »Es ging auch nicht um eine Windmühle, sondern um ein Haus.«

Pfeiffer glotzte ihn verständnislos an.

»Frau Neuser war auch für die Stadtentwicklung zuständig«, erinnerte Kiesling. »Mir wurde versichert, dass in Siegen am Giersberg eine Villa erhalten bleiben sollte, für die ich mich interessierte.«

»Sie deuten an, dass Ihnen Frau Neuser vertrauliche Informationen verraten hat? Damit machte sie sich strafbar!«

»Nein, Herr Kommissar, sie hat keine Dienstgeheimnisse verraten«, erklärte der Unternehmer. »Sie hat jemanden gesucht, der das Gebäude saniert!«

»Das ist doch Unsinn!« polterte es aus Pfeiffer heraus. »Das ist wohl kaum einen Cent wert!«

Das war Kiesling jetzt zu viel. Er blickte demonstrativ auf seine Armbanduhr und ging los. »Wenn Sie weitere Fragen haben, dann machen Sie einen Termin. Ich muss jetzt los! Guten Tag, meine Herren.«

»Moment mal«, bellte Pfeiffer, »haben Sie da nicht etwas vergessen?«

Der Hauptkommissar deutete auf das Schreiben, das Holzbaum in den Händen hielt.

»Was ist mit dem Brief?!« Kiesling spielte den Dummen. »Da drin steht nichts, was mich mit dem Mord in Verbindung bringen kann.«

»Das sieht der Staatsanwalt sicherlich anders«, zischte Pfeiffer. »Der Brief ist eindeutig ein Drohbrief!«

»Wenn Sie das so lesen, meinetwegen!« Der Unternehmer zuckte mit den Schultern. »Guten Tag, meine Herren!«

Er ließ die Beamten auf dem Parkplatz stehen.

»Das glaube ich jetzt nicht!« brummte der Hauptkommissar verärgert.

»Wir haben nichts Konkretes gegen ihn in der Hand«, musste Holzbaum zugeben. »Wir brauchen Beweise. Das Schreiben ist zu allgemein formuliert.«

»Ich weiß, dass dieser Kerl keine saubere Weste hat«, zischte Pfeiffer.

»Das reicht leider nicht, Chef. Wir müssen es ihm beweisen«, antwortete Holzbaum.

»Ja, so will es das Gesetz«, nickte Pfeiffer. »Und ich habe eine Idee, wie wir das machen können.«

»So?!« Holzbaum folgte ihm zum Dienstwagen. »Wie, Chef?«

»Wir folgen dem Geld«, antwortete er.

Arne Affolderbach mochte es nicht, wenn man ihn von wichtigen Ermittlungen ausschloss. Doch sein Unmut hielt sich in Grenzen. Beim Sondieren von Natalie Neusers Internetaktivitäten war er auf interessante Hinweise gestoßen. So hatte sich die Stadtplanerin an diversen Diskussionsforen beteiligt, die sich alle um das Thema Energiewende drehten. Die Einträge des Opfers waren deshalb so relevant, weil sie konkrete Sachverhalte nannten. So gab es einen Eintrag, in dem sie darauf hinwies, wie man den Bau einer Windmühle verhindern könnte. Die Expertin ging nicht einmal subtil vor, sondern nannte einfach die bestehenden Verordnungen und Gesetze, die zu beachten seien. Affolderbach musste erkennen, dass man diese Vorgehensweise keineswegs als zwielichtig hätte beschreiben können. Es war eine äußerst neutrale Position, die die Stadtplanerin eingenommen hatte.

Dann entdeckte er einen Eintrag, der ihn neugierig machte. Das führte den Jungkommissar zu einer neuen Seite, auf der er weitere Hinweise fand, denen er folgte. Mit unzähligen Klicks wühlte er sich durch Dutzende von Internetseiten und landete schließlich auf einer Homepage, die zu einer Bürgerinitiative gehörte. Wie sich herausstellte, war es die offizielle Homepage einer heimischen Initiative gegen Windräder.

»Das ist ja schockierend«, murmelte er und machte sich Notizen, speicherte außerdem den Link zu dieser Seite ab.

Nach diesem Fund gönnte er sich eine Tasse Kaffee. Die Kaffeemaschine stand in einer kleinen Tee-Küche am Ende des Büroflurs. Nachdenklich trank er die Tasse aus, um sich dann wieder der Internetrecherche zu widmen. Erneut begann er in Foren, die von der Stadtplanerin besucht worden waren, zu forschen. Schließlich fand er eine Plattform, auf der sich Windmühlenbesitzer austauschten. Ein besonderer Eintrag weckte sein Interesse.

Es ging um eine konkrete Frage zu einer Waldfläche, die zu einem Bauplatz für ein Windrad freigegeben werden sollte. Die Stadtplanerin hatte mit einer klaren Aussage eine Antwort verweigert. Der Fragesteller akzeptierte das nicht und hakte nach. Sie verweigerte erneut

Motiv 17
*Kohlenmeiler Walpersdorf*
Aquarell, 40 x 30 cm
Anja Georg, 2015

Motiv 18
*Viadukt Weißbachtal*
Aquarell, 40 x 30 cm
Anja Georg, 2015

eine Antwort und so setzte sich das Spielchen noch drei Absätze lang fort. Schließlich offerierte der Fragesteller einen Vorschlag, den man mit wenig Fantasie als einen Bestechungsversuch hätte lesen können. Damit endete der Dialog. Da keiner außer der Stadtplanerin einen Klarnamen verwendet hatte, war es vorerst unmöglich zu erkennen, wer dieses Angebot unterbreitet hatte.

Affolderbach wollte das aber wissen. Er notierte sich die kryptischen Kürzel und rief einen IT-Kollegen an. Ihm gab er die Adresse des Internetforums sowie das Kürzel durch. So war es möglich, auf die IP-Adresse des Teilnehmers zu stoßen. Mit dieser IP-Adresse konnte man den registrierten Halter ausfindig machen, der das Internetforum besucht hatte. Leider dauerte das eine Weile.

Er legte gerade den Hörer auf, als Pfeiffer und Holzbaum die Bürotür aufstießen.

## 4

»Haben Sie das Funkeln in seinen Augen gesehen«, flüsterte Nadine auf dem Weg zu Tristans Borgward.

»Nein, das habe ich nicht«, antwortete der Detektiv.

»Ich hatte das Gefühl, als würde er mir an die Kehle springen wollen.« Sie schüttelte sich. »Dieser Mann sollte sich statt mit Tieren mehr mit Menschen abgeben.«

»Er ist Lehrer!« erinnerte Tristan.

»Um so schlimmer!« erwiderte Nadine trotzig.

Sie erreichten das Cabriolet.

»Wir sollten diesen Horst Maier gleich besuchen«, schlug Tristan vor. »Wenn die Adresse richtig ist, dann wohnt er nebenan im Nachbardorf.«

»Okay, ich bin Ihrer Meinung«, nickte Nadine und zückte ihr Handy.

»Wen wollen Sie jetzt anrufen?« fragte der Detektiv.

»Niemanden, ich google den Mann«, antwortete sie. »Voilà, da haben wir ihn schon.« Sie las vor: »Horst Maier, Windbauer und Pionier der Windenergie im Kreisgebiet. Hat sein erstes Windrad bereits vor 10 Jahren aufgestellt, als noch niemand daran dachte, sie flächendeckend einzusetzen.« Nadine gab noch einige Stationen seines Lebenslaufes zum Besten, dann stieg sie ein.

Das Nachbardorf Breitenbach lag nur einige Kilometer weiter. Eine schmale Straße führte in das kleine beschauliche Dörfchen.

»Wir müssen in den Schnepfenweg«, erklärte Nadine.

»Prima, und wo ist der?« antwortete Tristan.

Sie hielt ihr Handy hoch und grinste. »Fahren Sie die erste Straße, die abbiegt, links rein.«

Dank GPS-Handy lotste sie den Wagen direkt vor Maiers Haustür.

»Das nenn ich mal 'ne Hütte«, raunte Nadine, als sie den Borgward verließen.

»Ja, wenn man den Protz gut findet«, meinte Tristan abfällig.

»Schlecht geht es dem nicht.« Die Journalistin drückte die Klinke des Gartentors. Es war verschlossen, stattdessen rannte ein Dobermann um die Ecke und bellte sie an.

Erschreckt trat sie einen Schritt zurück.

»Der Mann mag es wohl nicht, dass man sein Grundstück betritt«, schimpfte sie.

»Wer ist da?« Eine hohe Fistelstimme fragte das. Der dazugehörige Mensch versteckte sich hinter einer mannshohen Hecke, die unweit des Gartentores den Blick auf das Grundstück verdeckte.

»Hallo, mein Name ist Nadine Weinberger. Ich arbeite für den Siegener Generalanzeiger. Hätten Sie einen Augenblick Zeit, mir ein paar Fragen zu beantworten?«

»Warten Sie!« kam als Antwort. Der Dobermann kläffte weiter.

Einen Moment später humpelte ein übergewichtiger Mann in Badehose und Hawaiihemd auf das Gartentor zu. Sein linker Fuß war bandagiert. Maier stützte sich mit einem Spazierstock ab. Ein feistes Grinsen zierte ein verschwitztes Gesicht, als er die attraktive Journalistin erblickte. Es verschwand jedoch, als er Tristan wahrnahm.

»Wer ist das neben Ihnen?« rief er ungehalten und deutete mit dem Spazierstock auf den Detektiv.

»Oh, das ist Herr Irle, er begleitet mich.« Sie setzte ihr berühmtes unschuldiges Lächeln auf.

»Bello, Platz!« befahl Maier.

Nadine blickte zu Tristan und grinste. Der Detektiv ahnte, was sie dachte.

»Was für ein netter Name«, log sie unterdessen. »Er ist doch nicht gefährlich?«

»Haben Sie Angst vor Hunden?« Maiers Fistelstimme nahm einen weichen Ton an, was sie noch unerträglicher machte.

»Ein wenig, ja, muss ich gestehen«, antwortete sie, als sei es ihr peinlich.

Der Hausbesitzer schickte den Wachhund weg. Bello hörte aufs Wort und verschwand hinter der Hecke.

»So, jetzt können Sie eintreten.« Der halb nackte Mann lächelte sie schmierig an.

»Wir stören doch nicht?« fragte Nadine besorgt.

»Ganz und gar nicht«, antwortete Maier und öffnete das Gartentor. »Verzeihen Sie mir, dass ich so langsam bin! Hab mir den Fuß verletzt.«

Er führte seine Gäste um die Ecke der Hecke. Vor ihnen lag eine breite Holzterrasse. Daneben befand sich ein langer Pool, in dem das Wasser blau leuchtete.

»Bitte, setzen Sie sich doch«, bat der Hausherr. »Möchten Sie etwas trinken?«

Motiv 5
*Eiche im Winter*
Aquarell, 30 x 40 cm
Anja Georg, 2015

Motiv 6
*Eiche im Sommer*
Aquarell, 30 x 40 cm
Anja Georg, 2015

»Ein Wasser wäre nett«, antwortete sie.

»Für mich ebenfalls«, sagte der Detektiv.

Maier schlich zu einer Gartenbar, die, ebenso wie ein riesiger Grill, zum Inventar der Terrasse gehörte. Er lehnte den Spazierstock an die Bar. Die Gehhilfe besaß einen mächtigen silbernen Knauf, der an einer langen Manschette am Holz des Stockes befestigt war.

Tristan und Nadine nahmen in Loungesesseln Platz, die unter einem breiten Sonnenschirm standen. Sie blickten direkt auf einen Bergkamm, auf dem sich ein Windrad drehte.

Maier bemerkte den Blick.

»Das gehört mir«, sagte Maier stolz. »Wird nicht das einzige bleiben.«

»Schön, dass Sie das ansprechen«, griff Nadine auf. »Wir kommen wegen dieses Themas.«

»So?!« Maier reichte den beiden jeweils ein Glas mit Wasser. Für sich selbst nahm er eine Flasche Bier aus der Bar. »Was genau wollen Sie denn ansprechen?«

»Wir haben Ihren Namen von William Küschenrieder genannt bekommen«, erklärte Nadine frei heraus.

»Diese feige Schlange!« zischte er. »Glauben Sie ihm kein Wort.«

»Was sollen wir ihm denn nicht glauben?« hakte Tristan nach.

»Sicher hat er mich schlecht gemacht«, knurrte Maier. »Mir gehört der halbe Berg da!« Er deutete auf das Windrad. »Die Naturfuzzis terrorisieren unsereinen ja.«

»Haben Sie heute Nachrichten gehört?« fragte Nadine.

Maier zupfte an seinem Hemd und nickte.

»Das mit der Stadtplanerin ist eine Schweinerei«, sagte er betroffen.

»Sie kannten Frau Neuser?« Tristan nippte an seinem Glas.

»Ja, sicher. Sie war maßgeblich für meinen Reichtum verantwortlich.« Seine hohe Stimme sprang nochmals die Tonleiter hinauf.

»Für Ihren Reichtum verantwortlich?!« Nadine schüttelte den Kopf. »Können Sie mir das erklären?«

»Gute Frau! Sicher!« Maier verzog seine Gesichtsmuskeln zu einer Fratze. »Ohne den Weitblick dieser Frau hätte ich vor Jahren nicht das erste Windrad aufstellen können. Frau Neuser erkannte den Wert und Nutzen eines Kraftwerkes, das ausschließlich durch Wind betrieben wird. Mir tut es schmerzlich leid, was da passiert ist.«

»Man sagt, dass durch die Bezirksregierung einiges durcheinander geworfen wurde«, warf Nadine ein.

»Quatsch!« schnaufte Maier. »Der Berg da ist für Windmühlen vorgesehen. Daran hat sich auch nach den Angaben der Bezirksregierung nichts geändert.«

Tristan runzelte die Stirn. »Man hat uns etwas anderes gesagt.«

»Küschenrieder, was?!«

Der Detektiv nickte.

»Hier in Breitenbach ist alles so geblieben, wie mit der Stadt ausgemacht«, erklärte Maier. »Aber es gibt Gebiete, da hat die Bezirksregierung wirklich alles auf den Kopf gestellt.«

»Hier gab es keine Reibereien?« wunderte sich Nadine.

»Die Stadtplanerin hat versucht, alle Interessenlager fair zu behandeln. Allerdings hat das nicht jeder so empfunden.« Er nahm einen kräftigen Schluck.

»Sie kennen nicht zufällig jemanden, der sich unfair behandelt fühlte?« fragte Tristan.

»Sicher kann ich Ihnen einen Namen nennen«, brummte er. »Aber dann wäre ich ja nicht besser als dieser Studienrat, oder?«

»Jetzt rücken Sie ihn schon heraus!« bat Nadine.

Maier zierte sich, dann deutete er auf eine Pferdekoppel, die am Fuße des Berges lag, auf dem sich das Windrad drehte.

»Dort drüben würde ich mal nachfragen«, grinste er. »Der Reiterhof gehört einer gewissen Renate Kirschbaum-Müller.«

## 5

Das vor fünfzehn Jahren erweiterte Gebäude der Kreispolizeibehörde wirkte mit seinen schmalen Fenstern wie eine Trutzburg. Zum Glück schenkte der Architekt der Polizeistation ein gläsernes Foyer. Es war großzügig und transparent angelegt. Allerdings blieb das Gebäude eine Polizeistation, was die ständig besetzte Wache gleich neben dem Foyer bewies.

Die Kommissare aus Hagen benutzten seit Jahren immer dasselbe Büro in Siegen. Doch mit Affolderbach als drittem Mann benötigten sie nun mehr Platz. Im zweiten Stock der Behörde fanden sie einen Raum, der drei Schreibtische aufnahm, ohne gleich als überfüllt zu gelten. Die Fenster lagen nicht zur vierspurigen Hauptstraße, sondern nach hinten. Man blickte auf die Eisenbahntrasse, auf Grünflächen und auf den Giersberg. Außerdem lag Polizeidirektor Wilhelm Flenders Schreibtisch so weit entfernt, dass ein plötzliches Auftauchen des Direktors wegen des langen Fußmarsches so gut wie ausgeschlossen war.

Pfeiffer ließ die mitgebrachten Karten auf den Schreibtisch fallen und sank müde auf seinen Bürostuhl. Dann griff er nach seiner Zigarettenschachtel, klopfte einen der Glimmstängel heraus und steckte ihn an. »Affolderbach, ich hoffe, Ihre Recherche hat etwas gebracht?«

»Hat sie«, nickte der Jungkommissar stolz. »In einem Internetforum entdeckte ich, dass das Opfer eine Offerte erhalten hat.«

»Eine was?« Pfeiffer blies eine blaue Rauchwolke in die Luft.

»Eine Offerte«, wiederholte Affolderbach. »Darin wird der Stadtplanerin ein Angebot unterbreitet.«

»Was für ein Angebot? Und wer genau war das?« Der Hauptkommissar sprach langsam und nachdenklich.

»Das Angebot ist Geld gegen Informationen auszutauschen. Wer dieses Angebot gemacht hat, kann ich im Moment noch nicht sagen.« Der Jungkommissar blickte enttäuscht zu seinem Mentor. »Aber spätestens in einer halben Stunde wissen wir mehr.«

»Muss ich mir Sorgen machen?« hakte Pfeiffer nach.

Affolderbach verstand die Frage nicht.

»Der Chef will wissen, ob illegale Wege zu diesem Wissen führten«, erklärte Holzbaum.

»Was!? Illegal?!« Affolderbach schüttelte heftig den Kopf. »Ganz und gar nicht illegal. So was macht man doch nicht!«

»Na, dann ist es ja gut«, grinste der Hauptkommissar und inhalierte erneut das giftige Gemisch aus Teer, Tabak und Luft.

Es klopfte an der Tür, die kurz darauf geöffnet wurde.

»Post für euch!« sagte ein Kollege und warf Holzbaum, der am nächsten stand, einen DIN-A4-Umschlag zu.

Der Kommissar las den Absender und meinte: »Die Obduktionsergebnisse.«

»Mach den Umschlag auf«, befahl Pfeiffer.

Holzbaum riss den Umschlag auf und las. Es dauerte einen Augenblick, in dem nur der Lüfter des Computers zu hören war.

»Was schreibt der Rechtsmediziner?« fragte Affolderbach.

»So wie es aussieht, wurde das Opfer zwischen Mitternacht und den frühen Morgenstunden erschlagen.«

»Erschlagen?!« Pfeiffer drückte die Zigarette in einem überfüllten Aschenbecher aus.

»Ja!« nickte Holzbaum. »Sie wurde mit einem runden Gegenstand auf den Kopf, genauer: auf den seitlichen Kopf geschlagen. Dabei wurde die Schädeldecke zersplittert und das Gehirn beschädigt. Was schließlich zum Tod führte. Die Schürfwunden am Hals sind postmortal.«

»Soll das heißen, dass der Tatort möglicherweise nicht der Brunnen ist?« fragte Pfeiffer entsetzt.

Holzbaum nickte.

»Ich hätte da auch noch etwas, das Sie interessieren könnte«, warf Affolderbach ein und begann auf der Computertastatur eine Internetadresse einzugeben.

»Haben Sie herausgefunden, dass Natalie Neuser gar nicht Natalie Neuser war und wir keine Leiche mehr haben?« maulte der Hauptkommissar, weil ihm die Entwicklung der Recherchen gar nicht gefiel.

»Sehen Sie selbst«, bat der Kollege und deutete auf den Bildschirm.

Pfeiffer stand langsam auf und schlenderte um den Schreibtisch.

»Wieder eine Internetseite?« knurrte er, als sein Blick auf die Kopfzeile des Browsers fiel.

»Ja, aber die hat es in sich.« Affolderbach betonte den Satz falsch. Statt die Betonung auf „die“ zu setzen, vermasselte er es und betonte alle Silben gleich. Das klang dann gar nicht mehr nach einer Überraschung.

Der Hauptkommissar schüttelte den Kopf und zwang sich, einen Blick auf die Internetseite zu werfen. Schreibkram gehörte nicht zu seinen Stärken. Berichte überließ er, was das Lesen und das Schreiben anging, meistens Holzbaum. Zur Tastatur griff er nur in den nötigsten Fällen, zum Beispiel wenn jemand eine Waffe an seinen Kopf hielte. Deshalb schweiften die Augen nur unruhig über den Bildschirm. Innerlich zählte er von zehn hinunter, um eine glaubwürdige Zeit für das Lesen der Seite vorzutäuschen. Dann schnappte sein Gehirn in dem Text einen Namen auf. Erschrocken über die Information wich er zurück, was Holzbaum überrascht zur Kenntnis nahm.

Als Pfeiffer seinen Kopf erneut vorbeugte und nun den Text wirklich von vorne an las, wurde der Kommissar ebenfalls neugierig.

»Das ist ja ...«, schnaufte der Hauptkommissar. »Ich fass es nicht!«

»Was sind das für Neuigkeiten?« Holzbaum trat ebenfalls an Affolderbachs Schreibtisch.

»Unser lieber Privatdetektiv Irle hat Leute ausspioniert«, grinste Pfeiffer teuflisch. »Er gehört zu den Windmühlengegnern und hat anscheinend Hintergrundrecherche für eine Bürgerinitiative betrieben.«

»Daran ist nichts Verwerfliches«, stellte Holzbaum fest.

»Irle hat die gewonnenen Informationen benutzt, um Abweichler zu erpressen«, erklärte Pfeiffer in einem vergnüglichen Ton.

»Das kann ich mir nicht vorstellen«, erwiderte Holzbaum und begann die Internetseite selbst zu lesen.

In diesem Moment klingelte Affolderbachs Bürotelefon.

»Das dürfte das Ergebnis der IP-Adressenanfrage sein.« Hastig nahm er den Hörer ab. »Ja, am Apparat ... Sie haben eine Adresse ... ich schreibe mit.«

Er notierte die durchgegebene Adresse.

Pfeiffer stand immer noch hinter dem Jungkommissar und las dessen Notiz: »Kiesling, das darf doch nicht wahr sein!«

»Sie kennen den Namen?« fragte Affolderbach.

Der Hauptkommissar ging an seinen Schreibtisch zurück und nickte.

»Was können Sie mir noch über diese IP-Adresse sagen?«

»Dieser Kiesling hat sich unter dem Kürzel „Kohle“ mehrmals mit dem Dienstrechner der Stadtplanerin verbunden.«

»Sie sagen Dienstrechner und nennen nicht Neuser«, bemerkte Holzbaum, der den Internettext zu Ende gelesen hatte und ebenfalls langsam zu seinem Schreibtisch schlenderte.

»Ja, denn man kann nicht 100-prozentig davon ausgehen, dass Natalie Neuser den Computer bedient hat.«

»Jetzt mal nicht so kleinlich«, mahnte Pfeiffer. »Mit sehr, sehr hoher Wahrscheinlichkeit hat sie ihren Computer selbst bedient.«

»Höchstwahrscheinlich«, nickte Affolderbach. »Jedenfalls wurde über dieses Forum fünfmal kommuniziert.«

»Können Sie die Texte ausdrucken?« Pfeiffer steckte sich die zweite Zigarette an.

»Hier, ist schon geschehen.« Affolderbach reichte ihm einen Hefter.

»Gut!« nickte der Hauptkommissar. »Jetzt, lieber Kollege, nehmen Sie sich die Konten von Frau Neuser und diesem Kiesling vor.«

»Kein Problem«, nickte der Jungkommissar. »Wann wollen Sie die ersten Ergebnisse haben?«

»Gestern, bitte!« Pfeiffer stand auf. »Wir, Holzbaum, besuchen unseren Freund!«

»Was für einen Freund?« fragte der Kommissar.

»Jetzt enttäusch' mich nicht«, knurrte der Hauptkommissar. »Du weißt genau, wen ich meine!«

»Irle hat nichts mit dem Mord zu schaffen«, schnaufte Holzbaum genervt. »Wir sollten uns um den Tatort kümmern.«

»Später. Zuerst will ich eine Erklärung von ihm persönlich hören und sehen, wie er sich windet.«

## 6

Tristan Irle steuerte den Oldtimer zurück auf die Breitenbacher Straße. Nach einer Weile fragte Nadine: »Was halten Sie von diesem Typ?«

»Ich denke, wir sollten nicht alles glauben, was er uns aufgetischt hat«, antwortete Tristan.

»Ja, das dürfte stimmen«, nickte sie. »Aber er dürfte einer der wenigen sein, denen die Stadtplanerin sozusagen zugearbeitet hat.«

»Das ist richtig«, Tristan setzte den Blinker. Sie erreichten das Dorfende.

Der Reiterhof war schon von Weitem zu erkennen. Seine Koppeln waren von weiß gestrichenen Lattenzäunen umgeben, die sich entlang einer Senke den Berghang hinaufzogen.

»Echt idyllisch«, grinste Nadine. »Wir sind keine zehn Minuten von der Stadt entfernt und man hat den Eindruck, irgendwo in der Ferne zu sein.«

»Unser Land ist schön«, antwortete Tristan trocken, während der Borgward langsam die Koppel entlang auf den Hof zu rollte. »Aber wie idyllisch wird es hier noch sein, wenn da oben auf dem Kamm ein einhundert Meter hohes Windrad steht?«

»Nicht schön!« gestand die Journalistin.

»Der Anblick ist eine Sache«, sagte Tristan und sah sich nach den Himmelsrichtungen um. Er fand das einzelne Windrad. »Wenn dieser Maier hier weitere Windmühlen aufstellt, dann haben Sie jeden Vormittag einen heftigen Schattenschlag auf der Koppel.«

»Schattenschlag?« Nadine sah den Detektiv neugierig an. »Was ist denn das?«

»So nennt man den Schatten, den die Propeller auf den Boden werfen«, erklärte er. »Die Sonne geht über dem Kamm auf und wandert dann von uns aus gesehen hinter den Windmühlen nach Süden.«

»Mann, das geht ja gar nicht!« schnaufte Nadine. »Die Pferde werden ja geck!«

»Nicht nur die Pferde!« meinte Tristan. »Lassen Sie uns da vorne parken.«

Die Ankömmlinge waren bereits entdeckt worden, als sie an den Pferdekoppeln vorbeifuhren. Ein kläffender Leonberger begrüßte sie nun.

»Was ist denn das?« rief Nadine entsetzt.

»Ein sehr großer Hund«, bemerkte Tristan.

»Das sehe ich auch«, zischte sie. »Hat denn hier jeder einen riesigen Köter? Ich steig nicht aus.«

Ein junges Mädchen trat in Reithose und Reitstiefeln aus einer Scheune, die links neben dem eigentlichen Wohnhaus stand.

»Hallo«, grüßte das Mädchen freundlich und ging zu dem Hund. »Charly ist harmlos! Sie können aussteigen!«

Das Mädchen kraulte den großen Hund, der sich das genüsslich gefallen ließ.

Nadine blickte skeptisch zu Tristan.

»Na los!« forderte er und stieg aus.

»Ich trau dem Vieh nicht«, flüsterte sie und öffnete langsam die Beifahrertür.

Tristan ging zu dem Hund und dem Mädchen.

»Hallo, mein Name ist Tristan Irle«, stellte er sich vor.

»Ich bin Penny«, antwortete das Mädchen. Charly, der Leonberger, musterte Tristan aus seinen dunklen Augen.

»Ist die Besitzerin anwesend?« fragte er und wagte es, den Hund zu streicheln.

»Ja, Renate ist drüben in der Scheune«, antwortete Penny. »Was ist mit Ihrer Begleiterin?«

Tristan sah sich nach Nadine um, die zwar die Tür geöffnet hatte, aber noch auf dem Sitz festklebte.

»Ich glaube, Charly macht ihr Angst«, erklärte Tristan.

»So?!« staunte Penny, die das nicht verstehen konnte. »Kommen Sie, Charly ist lieb!« rief sie Nadine zu.

Die Journalistin ließ sich eigentlich von nichts aufhalten. Sie stürmte immer nach vorne. Rückzug war ein Wort, das selten über ihre Lippen kam. Doch eine Sache, die war Kryptonit für sie: große Hunde. So wie Superman von Kryptonit in die Knie gezwungen werden konnte, schafften das bei Nadine große Hunde. Sie konnten noch so liebevoll dreinblicken, ihre Schlappohren schütteln und die tollsten Kunststücke vorführen, sobald sie mit ihrer Schnauze Nadines Taille berühren konnten, waren sie für die Journalistin der reinste Horror.

»Könnt ihr die Bestie anleinen?« rief Nadine mit einem panischen Unterton.

»Was ist da los, Penny?« Eine kräftige Frauenstimme meldete sich aus der Scheune.

»Du hast Besuch!« antwortete das Mädchen.

»Der soll in die Scheune kommen.«

»Eine Frau hat Angst vor Charly. Sie sitzt noch im Auto!«

»Dann bring Charly ins Haus«, befahl die Frauenstimme.

»Okay!« Penny warf Nadine einen verärgerten Blick zu, fasste den Leonberger am Halsband und ging mit ihm in Richtung Haus.

»Jetzt ist er weg«, sagte Tristan mitfühlend.

Nadine stieg erst aus, als der Hund hinter der Haustür verschwunden war.

»Sagen Sie jetzt kein Wort«, giftete sie den Detektiv an, als sie an ihm vorbei auf das offene Tor der Scheune zuging.

Renate Kirschbaum-Müller, die Besitzerin des Reiterhofs, rieb eines ihrer Reitpferde ab. Die Frau war schlank und hochgewachsen. Problemlos strich sie über den Rücken des Pferdes. Sie standen in der Mitte der Scheune, die links und rechts mehrere Boxen aufwies. Tristan stellte fest, dass diese zur Hälfte leer waren.

»Guten Tag, Frau Kirschbaum-Müller«, grüßte der Detektiv. »Das ist Frau Weinberger und ich bin Tristan Irle. Frau Weinberger ist Journalistin und ich bin Privatdetektiv.«

»Interessant, was führt Sie nach Breitenbach?« Ihre kräftige Stimme erfüllte die Scheune.

»Wir hätten ein paar Fragen.« Nadine zückte einen Block.

»So, Fragen?!« Renate beendete das Abreiben. »Was sind das für Fragen?«

»Es geht um den geplanten Windpark«, erklärte Tristan.

Sie antwortete nicht, sah den Detektiv nur traurig an.

»Vielleicht haben Sie ja schon von dem Unglück gehört«, sagte Nadine freundlich.

Sie sah zur Journalistin und schüttelte den Kopf. »Was für ein Unglück?«

Die beiden erklärten der Pferdefreundin, was geschehen war.

»Nein, davon höre ich jetzt zum ersten Mal«, sagte sie nachdenklich. »Wird das Projekt jetzt gestoppt?«

»Dazu können wir nichts sagen«, erwiderte Tristan. »Wir versuchen zu verstehen, ob es vielleicht in der Bürgerinitiative Hardliner gibt, die mehr als demonstrieren wollen.«

»Sie denken doch nicht, dass ich etwas mit diesem Mord zu schaffen habe?« Die Reiterhofbesitzerin baute sich vor Tristan auf.

»Haben Sie?« fragte er gelassen.

»Nein, natürlich nicht«, antwortete sie laut.

»Frau Kirschbaum-Müller, wir ermitteln in alle Richtungen«, erklärte er ruhig.

»Ich hätte wirklich einen Grund gehabt, dieser Frau das Leben zu nehmen«. Sie klang resigniert. »Ich habe mir einen Traum erfüllt, der zu einem Albtraum würde, wenn die Windmühlen aufgestellt werden sollten. Sie können sich nicht vorstellen, wie oft ich diesen „Grünen" den Hals umdrehen wollte.«

»Sie haben es hier wirklich schön«, unterbrach Nadine. »Ich schätze Sie als Frau ein, die weiß, wie man ein Ziel erreicht. Mord gehört sicherlich bei Ihnen nicht zu den Optionen.«

Renate nickte und sagte: »Sind Sie sicher, dass jemand aus der Bürgerinitiative den Mord begangen hat?«

»Nein, wir haben noch keine konkreten Ansätze«, antwortete Tristan ehrlich. »Weshalb fragen Sie nach?«

»Da gibt es diesen Küschenrieder«, sagte Renate.

»Ja, den haben wir kennen gelernt«, nickte Nadine.

»Er sammelt eine Menge Geld für ein Projekt, das den Waldkauz oben auf dem Bergkamm ansiedeln will.«

»Den Waldkauz?!« Nadine grinste vergnügt.

»Nein, das ist wichtig und keine Spinnerei«, rügte Renate, »sollte das Vorhaben gelingen, dann wären alle Pläne, dort weitere Windräder aufzustellen, geplatzt.«

»Wissen Sie, woher er das viele Geld bekommt?« hakte Tristan nach.

»Nicht genau, aber einen Hauptsponsor gibt es. Irgendein Finanzexperte aus Siegen«, antwortete sie. »Sein Name hat was mit Feuerwehr zu tun. Warten Sie, gleich fällt er mir ein.«

Sie führte das Pferd zu einem Gatter.

»Löschmann!« rief sie plötzlich. »Der Mann heißt Michael Löschmann!«

## 7

Hanna Dorn hatte den ganzen Vormittag Bauchschmerzen. Sie war eine zierliche ältere Frau, die seit mehr als 20 Jahren zuerst für die Gemeinde Netphen und nun für die Stadt Netphen als Stadtplanerin tätig war. Die Schmerzen im Bauch hingen eindeutig mit dem Tod ihrer Siegener Kollegin zusammen. Hanna hatte Natalie Neuser gut gekannt. Ihr plötzliches Dahinscheiden kam zu einem äußerst unglücklichen Zeitpunkt. Nicht, dass es für Mord je einen glücklichen Zeitpunkt geben könnte! Aber eine oder zwei Wochen später wären Hanna Dorn gelegener gewesen. Alles, wofür sie gearbeitet hatte, konnte nun verloren gehen. Das verursachte Bauchschmerzen, gegen die sie jetzt etwas unternehmen wollte.

Sie griff zum Telefon und rief einen Kollegen in Bad Berleburg an. Dort meldete sich Jürgen Pohl. Wie Hanna, so verfolgte auch er den ganzen Morgen über die Berichterstattung zu Natalies Mord. Wie Hanna, so kam auch ihm der Mord äußerst ungelegen.

»Was machen wir jetzt?« fragte Hanna nervös.

»Ruhe bewahren«, antwortete Jürgen mit einer kräftigen Stimme. »Wir ziehen das durch, wie geplant!«

»Wie soll das noch gehen, jetzt wo wir Natalie verloren haben?« jammerte Hanna.

»Streng nach Vorschrift«, betonte er. »Wir haben nichts Illegales getan.«

»Glaubst du, der Mord hat etwas mit dieser *Sache* zu tun?« Hannas Stimme überschlug sich fast.

»Nein! Natalies Tod würde die *Sache* nicht stoppen«, beruhigte Jürgen. »Wir haben unsere Vorschriften und Gesetze. Halten wir uns daran, wie abgesprochen, und nichts passiert.«

»Ich traue diesen Leuten nicht«, seufzte sie. »Warum nur ist uns Arnsberg in den Rücken gefallen?«

»Dafür können wir nichts«, antwortete er. »Hanna, bitte beruhige dich, wir meistern das gemeinsam.«

»Okay, ich versuche es«, erwiderte sie. »Gleich bekomme ich Besuch von diesen Umweltmenschen. Ihnen wird gefallen, was ich zu sagen habe.«

»Noch ist nicht sicher, ob es bei der endgültigen Planung bleibt«, warnte er.

»Man kann sich die Vorschläge runterladen«, erinnerte Hanna. »Aber ich habe verstanden, ich verhalte mich professionell.«

»Gut!« man hörte Pohl durch den Hörer atmen. »Sollten sich die anderen melden, dann vertröste sie. Sag, dass noch nichts in trockenen Tüchern sei. Je mehr Zeit vergeht, desto besser für uns.«

»Okay, ich halte mich an den Plan«, antwortete Hanna. Als sie aufgelegt hatte, wirkte sie nicht mehr ganz so aufgebracht wie zuvor.

Hanna rief sich in Erinnerung, dass sie nach dem Gesetz nichts Falsches getan hatte, dann ging sie zu ihrem Besprechungstisch und räumte Unterlagen beiseite. Schließlich wollte sie für das kommende Gespräch einen professionellen Auftritt hinlegen.

Sie hatte die letzten Ordner in einem Schrank verschlossen, als es an der Tür klopfte.

»Pünktlich auf die Minute«, stöhnte sie. »Okay, dann wollen wir mal.«

Studienrat Küschenrieder sowie ein gewisser Walter Göbel standen vor ihrer Tür. Sie bat die beiden Herren herein.

Walter Göbel gehörte zu der Bürgerinitiative Siegtal, die das Errichten von Windrädern auf der Anhöhe zwischen Walpersdorf und Werthenbach verhindern wollte. Küschenrieder unterstützte auch diese Bürgerinitiative sowie eine weitere, die sich im Wittgensteiner Land organisiert hatte.

»Bitte, setzen Sie sich, meine Herren«, bat Hanna freundlich.

»Das ist sehr nett«, nickte Walter Göbel unterwürfig.

Ihm schien der Besuch im Rathaus Respekt einzuflößen. Der leicht untersetzte Mann wirkte nervös. An der Hand, die eine abgewetzte Aktentasche fest umschloss, leuchteten die Fingerknöchel wie Landebahnmarkierungen. Seine Gesichtsfarbe unterschied sich kaum von Leichengrau. Das alles lag daran, dass man Walter ausgewählt hatte, die Interessen des Dorfes zu vertreten. Natürlich die Interessen der Windmühlengegner. So hatte Walter Göbel, anders als der Studienrat, etwas zu verlieren. Er wollte in dem Gespräch keinen Fehler machen.

»Nun, was kann ich für Sie tun?« fragte Hanna freundlich, als sie an dem Besprechungstisch Platz genommen hatten.

»Wir überreichen Ihnen hiermit offiziell einen schriftlich formulierten Einspruch«, antwortete Küschenrieder. »Herr Göbel, Sie sollten jetzt das Papier überreichen!«

»Oh, natürlich!« Hastig griff er nach seiner Aktentasche und entnahm ihr den Einspruch.

»Meine Herren, Sie wissen, dass ich diesen Einspruch nur entgegennehmen kann«, sagte Hanna. »Was daraus wird, entscheiden andere.«

»Das ist uns bekannt«, erwiderte der Studienrat. »Wir betrachten diesen Vorgang auch mehr als eine moralische Geste.«

»So?!« wunderte sich Göbel. »Ich dachte, es wäre von Wichtigkeit, diesen Einspruch einzulegen?«

»Ja, das wäre es, wenn es sich noch um das gleiche Gebiet handelte«, erklärte der Lehrer überheblich. »Habe ich Recht, Frau Dorn?«

»In der Tat, Herr Küschenrieder«, nickte sie.

»Soll das heißen, dass wir uns die Arbeit umsonst gemacht haben?« Göbel verlor langsam seinen Respekt, er wurde wütend.

»Hätte die Bezirksregierung ...«, begann Hanna und wurde von Walter Göbel unterbrochen.

»... Sie wollen sagen, dass wir wieder von vorne anfangen müssen!« Seine Stimme bebte.

»Walter, beruhige dich«, bat Küschenrieder. »Alles ist gut! Wir haben durch den Verwaltungsakt Zeit gewonnen!«

Nun schaute Hanna den Studienrat überrascht an.

»Was wollen Sie damit andeuten?« fragte sie.

»Jetzt, wo die Arnsberger alles auf Anfang gesetzt haben«, grinste er, »sind wir ihnen einen Schritt voraus. Es wurde ein Waldkauz gesichtet.«

»Das ist nicht dein Ernst!« rief Göbel erfreut aus. Ihm war die Bedeutung bewusst, die ein lebender Waldkauz auf das Projekt ausüben konnte.

»Doch! Und wie das mein Ernst ist!« Küschenrieder stand auf. »Walter, wir sind hier fertig!«

Hanna erhob sich und sagte schließlich: »Ihnen ist schon klar, dass eine Anerkennung erforderlich ist. Eine bloße Sichtung reicht da nicht aus!«

»Ja, wir sind ja nicht blöd«, erwiderte Küschenrieder. »Ein großzügiger Sponsor hat gerade eine große Summe gespendet, damit die nötigen Beobachtungen und Felduntersuchungen angegangen werden können.«

Walter Göbel riss die Augen auf, als wäre er ein kleiner Junge, der einen Haufen Geschenke unter dem Tannenbaum vorfand. Er grinste über beide Backen und klopfte dem Studienrat auf die Schulter.

»Mensch, William, warum sagst du das erst jetzt?«

Hanna bemerkte, dass der Lehrer es hasste, so angefasst zu werden. Seine Augen funkelten wütend, doch er ließ es geschehen.

Die Stadtplanerin hatte nur eine Erklärung: Der Lehrer wollte so schnell wie möglich das Büro verlassen. Vielleicht hatte er Angst davor, dass sie ihn bei einer Aussage korrigierte. Denn streng genommen war durch die Bezirksregierung nichts auf Anfang gesetzt worden.

Hanna ahnte, warum Küschenrieder so tat, als sei die Bürgerinitiative nun im Vorteil. Der Mann liebte es, im Mittelpunkt zu stehen und als Held gefeiert zu werden. Sollte es jedoch tatsächlich einen Waldkauz in den Wäldern rund um Walpersdorf oder Werthenbach geben, dann wäre es in der Tat ein Schlag gegen die Windenergie.

## 8

»Die meinte das ernst, das mit dem Waldkauz«, sagte Nadine entsetzt.

Tristan und die Journalistin saßen im Borgward und fuhren zurück nach Siegen.

»Ja, das glaube ich«, antwortete er.

»Ein Kauz, jetzt mal ehrlich! Wer kommt denn auf die Idee?« Sie schüttelte den Kopf.

Dann griff sie zu ihrem Handy. Sie wischte über das Display und hielt sich wenig später das Telefon an die Ohren.

»Hier ist Nadine, Strubbel«, rief sie in das Mikrofon. »Ja, ich sitze in einem Cabrio, das macht Windgeräusche. Hör zu, recherchiere mal, was der heimische Naturschutz über den Waldkauz schreibt! Nein, ich bin nicht unter die Onkologen gegangen, das hat was mit Krebs zu tun. Du meinst die Ornithologen. Mach es bitte! Ja, ich bin auf dem Weg zurück! Ach, und klopf noch einen Löschmann ab, der soll irgendetwas mit Finanzen zu tun haben. Danke, du bist ein Schatz!«

Tristan grinste.

»Was?!« zischte die Journalistin.

»Sie haben Ihren Kollegen fest im Griff?!«

»Wir arbeiten zusammen! Da teilt man sich die Aufgaben«, antwortete sie. »Außerdem sparen wir so etwas Zeit bei der Recherche.«

»Danke für die Hilfe«, lächelte der Detektiv und wurde ernst. »Wenn unser lieber Studienrat Geld annimmt, was macht er damit, wenn es zu keiner Waldkauz-Ansiedlung kommt?«

»Ich nehme mal an, dann wird die Spende für ein anderes Projekt verwendet«, meinte Nadine.

»Das geht aber nicht, wenn die Spende zweckgebunden ist.«

»Dann zahlt Küschenrieder das Geld halt zurück!«

»Wirklich?!« Tristan schüttelte den Kopf.

»Zuerst sollten wir klären, über welche Summen wir hier reden«, sagte sie.

»Da gebe ich Ihnen Recht«, nickte er. »Das bekommt sicherlich Pfeiffer heraus.«

Sie erreichten die Innenstadt. Nadine stieg vor dem Zeitungsgebäude aus, während Tristan weiter über den Obergraben in die Altstadt fuhr.

Auf dem Hof hinter der Marienkirche stand Pfeiffers Dienstwagen. Die beiden Kommissare saßen etwas weiter auf einer Bank, die um einen Brunnen aufgestellt war. Tristan parkte seinen Oldtimer neben dem Seiteneingang der Kirche.

Pfeiffer und Holzbaum schienen auf den Detektiv gewartet zu haben. Als der Borgward geparkt war, standen sie auf und kamen auf Tristan zu.

»Habe gerade an Sie gedacht«, rief er den beiden Polizisten zu.

»So?!« grinste Pfeiffer. »Wir denken schon eine Weile an Sie.«

Tristan bemerkte den scharfen Ton, den der Hauptkommissar an den Tag legte. Irgendetwas schien ihn wütend gemacht zu haben.

»Was ist los?« fragte Tristan gerade heraus.

»Das wollte ich Sie gerade fragen«, konterte der Hauptkommissar. »Seit wann sind Sie unter die Erpresser gegangen?«

»Wovon reden Sie?!« wehrte sich Tristan.

»Jetzt spielen Sie nicht den Unschuldigen!« schimpfte Pfeiffer.

»Bitte, meine Herren!« ging Holzbaum dazwischen. »Chef, geben wir doch Irle die Chance, die Sache zu erklären!«

»Was für eine Sache?!« hakte Tristan nach.

»Diese Sache!« Pfeiffer zog die Kopie der Internetseite aus seiner Jacketttasche und reichte sie dem Detektiv.

Tristan erkannte am Kopf der Seite, um welchen Beitrag es sich handelte und er verstand Pfeiffers Wutausbruch.

»Das kann ich erklären!« Tristan fühlte sich schuldig und das spürte der Hauptkommissar.

»Bitte, wir hören zu«, forderte Pfeiffer ihn auf.

»Lassen Sie uns reingehen«, schlug Tristan vor.

Drinnen im Wohnzimmer begann Tristan über die Bürgerinitiative zu reden, die die Windräder auf der Anhöhe zwischen Werthenbach und Walpersdorf verhindern wollte. Er berichtete von den aufkommenden Streitereien zwischen einzelnen Dorfbewohnern. Freunde wurden plötzlich Feinde und keiner verstand weshalb, da anders als in Breitenbach die Standorte weit von der Ortschaft entfernt lagen.

»Schließlich bat mich mein Schwager, der Sache auf den Grund zu gehen«, erklärte der Detektiv. »Das tat ich auch.«

»Und das Ergebnis war, dass einige Dorfbewohner gut daran verdienten, ihre Waldflächen zu verkaufen«, maulte Pfeiffer. »Und mit diesem Wissen haben Sie die Leute erpresst.«

»Nein, ich habe diesen Leuten nur mitgeteilt, was ich herausgefunden habe«, antwortete Tristan laut. »Deren schlechtes Gewissen hat sie glauben lassen, ich würde sie erpressen.«

»Das steht hier aber anders«, erwiderte der Hauptkommissar.

»Sie sollten nicht alles glauben, was im Internet steht, Herr Pfeiffer.« Tristan ging in die Küche und kam mit einer Flasche Wasser zurück. »Möchte jemand was?«

Die Polizisten lehnten ab, während Tristan sich ein Glas füllte.

»Mir ging es nur darum, dass der Dorffrieden wieder hergestellt wurde«, stöhnte der Detektiv. »Aber das ging nach hinten los. Als die anderen erfuhren, dass die Befürworter an den Windmühlen Geld verdienen würden, hörten die Streitereien auf.«

»So?!« staunte Holzbaum.

»Ja, jetzt war den Gegnern klar, weshalb die Befürworter so kämpften. Man sprach einfach nicht mehr miteinander und ging sich im Dorf aus dem Weg.«

»So kann man einen Streit auch beenden«, nickte Pfeiffer. »Das hätten Sie uns aber früher sagen müssen.«

»Weshalb?!« Tristan wurde wütend. »Das liegt gar nicht im Zuständigkeitsbereich der ermordeten Stadtplanerin! Hat also gar nichts mit dem Fall zu tun!«

»Wir haben etwas herausgefunden«, sagte Holzbaum. »Das könnte Sie interessieren.«

Zuerst erklärte der Kommissar, dass Natalie Neuser erschlagen wurde.

»Das hatte ich bereits vermutet«, gestand Tristan.

»Wie das?!« fauchte Pfeiffer, der immer noch wütend auf den Privatdetektiv war.

»Jemand hat mich darauf aufmerksam gemacht«, antwortete Tristan vorsichtig.

»Jemand?!« Der Hauptkommissar rückte seine Nickelbrille zurecht.

»Sie kennen diesen jemand«, erwiderte der Detektiv.

»So?! Mir fällt niemand ein. Helfen Sie mir.« Der Hauptkommissar lächelte den Detektiv zynisch an.

»Nadine Weinberger«, erklärte schließlich Tristan.

»Was!? Die Journalistin!« rief Pfeiffer entsetzt. Es war kein Geheimnis, dass er mit der Presse seine Schwierigkeiten hatte. Er wusste, dass sie als vierte Macht in einer Demokratie absolut notwendig war, aber ihm missfiel, wenn er sich in einer Zeitung wiederfand.

»Ja, Frau Weinberger«, nickte Tristan. »Sie hatte eine ähnliche Vermutung, die nun bestätigt wird.«

Der Detektiv blickte Pfeiffer in die Augen.

Holzbaum entschied, seinen Report einfach fortzusetzen. Er berichtete, dass der Unternehmer Kiesling höchstwahrscheinlich die Stadtplanerin bestochen hatte. Und berichtete von dem Brief, in dem der Unternehmer ein Treffen zur Tatzeit vorschlug.

»Momentan untersucht Affolderbach die Geldströme«, sagte Holzbaum.

»Da hätte ich noch einen zweiten Geldstrom, den Sie sich mal ansehen sollten. Der Name des Kontoinhabers lautet Küschenrieder«, antwortete Tristan. Dann teilte er den Beamten seine Recherchеergebnisse mit.

## 9

Helga Bottenberg, Pensionsbesitzerin und Tristans Freundin, strich sich eine ihrer störrischen Locken aus dem Gesicht. Dann setzte sie den Blinker und lenkte ihren Fiat Panda auf den Hof hinter der Marienkirche. Der Kleinwagen passte in eine Lücke, die zwischen dem Borgward und einem Kastanienbaum vorhanden war. Der Kastanienbaum gehörte zu einem von zweien, die den Seiteneingang der Marienkirche säumten. Helga stieg aus und sah sich im Hof um. Die Studenten-WG im Nachbarhaus schien wieder eine Party gefeiert zu haben. Vor ihrem Haus standen einige leere Bierkisten und eine Menge Mülltüten.

Sie ging um den Panda herum, öffnete die Heckklappe und griff nach zwei vollen Einkaufstaschen.

»Hallo, Helga!« rief Tristan hinter ihr und eilte ihr entgegen. »Warte, ich helfe dir.«

Sie gaben sich einen Begrüßungskuss, dann drückte Helga ihm eine der Taschen in die Hand.

»Wow, was ist denn da drin?« wunderte sich der Detektiv.

»Ich habe ein paar Sachen aus der Pension mitgebracht«, antwortete Helga, während sie den Wagen abschloss.

»Ein paar Sachen?! Das ist wieder viel zu viel«, meinte Tristan.

»Du hast noch Platz in der Gefriertruhe«, erwiderte Helga mütterlich. »So kannst du dir was Ordentliches zum Essen warm machen, wenn ich nicht da bin.«

»Danke, aber ich bin nicht verhungert, als du noch nicht an meinem Leben teilnahmst!« brummte er missmutig.

»Na und! Hat es denn auch so gut geschmeckt?« hakte sie nach, während beide die Taschen in die Küche trugen.

›Nur jetzt nichts Falsches antworten‹, dachte er und schwieg.

»Heute Abend kannst du Erich zum Essen einladen. Ich habe Hirschragout mitgebracht«, sagte Helga unterdessen.

»Wie bist du denn an das Wild gekommen?« Tristan öffnete eine kleine Kühltruhe, die über dem Kühlschrank angebracht war. Bis auf eine Plastikschachtel mit Eis war sie leer.

»Dein Bekannter Gernot von Weißdorn hat das Wildfleisch vorbeigebracht«, erklärte sie und reichte Tristan einige Tupperdosen, die gefüllt und beschriftet waren. »Was hat es hier gegeben? Und wo ist Marlowe?«

Er erzählte seiner Freundin, was in den letzten Stunden geschehen war und dass die Ermordete vermutlich mit ihm sprechen wollte, weshalb sie die Visitenkarte bei sich führte.

»Ich habe von dem Mord im Radio gehört«, sagte sie traurig. »Und du bist sicher, dass die Frau vorhatte, dich aufzusuchen? Ich meine, eine Visitenkarte von dir heißt doch nichts.«

»Da hast du Recht, Helga. Aber mein siebter Sinn sagt mir was anderes«, antwortete Tristan.

»Und wo ist Marlowe nun?« hakte sie nach.

»Oh, der ist bei Erich.«

»Und das hat unser Diakon erlaubt?« Helga wunderte sich. »Ich meine, das letzte Mal hat Marlowe fast die Heiligenfiguren im Kirchenschiff zerstört!«

»Ja, ich habe mich auch gewundert, als er ihn so bereitwillig aufnahm«, sagte Tristan nachdenklich. »Du kommst hier ja bestens klar. Ich geh mal rüber und hol den Racker ab.«

»Lade Erich zum Abendessen ein, vergiss es nicht!« mahnte sie und verstaute weitere Behältnisse in der Truhe.

Tristan ging über den Hof auf den Seiteneingang der Kirche zu. Von draußen hörte er ein lautes Kinderlachen. Vorsichtig öffnete er das große Holztor und trat ein.

Die Marienkirche war Siegens einzige Barockkirche. Auch sie war im Krieg zerstört und danach wieder aufgebaut worden. Allerdings gab es einen kleinen, aber entscheidenden Unterschied. Während man unter Barock gemeinhin einen ausladenden und schwelgerischen Kunststil verstand, reduzierte sich im Siegerland der Begriff zu einem Hauch seiner eigentlichen Bedeutung. Der gläubige Siegerländer wusste Schönheit zu schätzen, doch Protzen war ihm ein Graus. Protestantische Kirchen waren schlicht und funktional, eben ein Ort der Zusammenkunft, der geistigen Kontemplation. Man musste Gott keinen Palast bauen, ihn ausschmücken und damit tausend Ablenkungen schaffen. Gott war in der schäbigsten Stube zu Hause, wenn man seiner gedachte. Diese Einstellung färbte auf die heimischen katholischen Gemeinden ab. Die Marienkirche wurde nur mit wenigen barocken Stilelementen ausgestattet. Vier Apostelfiguren bewachten die Sitzreihen der Gläubigen, während hinter dem Altar weitere mannsgroße Figuren das Kreuz Christi flankierten. Vor dem Altar auf dem Boden saß Erich mit einer Schar Kindergartenkinder unterschiedlicher Hautfarbe. In der Mitte watschelte Marlowe hin und her.

»Hallo, Erich!« rief Tristan zur Begrüßung.

Der Zwei-Meter-Mann reckte seinen Kopf und winkte seinen Freund zu sich.

»Komm her!« rief er. »Wir haben Besuch!«

Die Kinder beobachteten neugierig, wie sich Tristan näherte.

»Alle mal zuhören!« Erichs Baritonstimme klang durch das Kirchenschiff. »Das ist mein Freund Tristan Irle. Er ist der Papa von Marlowe!«

Das beeindruckte die Kleinen und sie fingen an, durcheinander zu reden. Marlowe sträubte seinen Kamm, was von einem lauten Kichern der Kinder begleitet wurde. Dann hob der Kakadu ab und flog direkt auf Tristan zu. Der hielt ihm seinen Arm hin, auf dem der Vogel landete. Das wurde mit großem Staunen und Händeklatschen honoriert.

»Schluss für heute!« rief Erich. »Auf, nach Hause! Bis nächste Woche!«

Erst jetzt erkannte Tristan zwei Kindergärtnerinnen, die etwas abseits saßen. Die jungen Frauen dirigierten die Schar zum Ausgang. Als es in der Kirche ruhig wurde, fragte Tristan: »Hast du mir was zu sagen?«

»Äh, ja«, stotterte der Diakon. »Eigentlich wollte ich ja Marlowe Hausverbot erteilen! Du weißt schon«. Er deutete auf die Figur des St. Johannes. »Aber dann bekam ich diese Anfrage.«

»So?!« Tristan blickte ihn über den Rand seiner Halbbrille an.

»Die Gemeinde fragte an, ob ich nicht ein paar Flüchtlingskindern etwas über die Kirche und den Glauben sagen könnte.«

»Dazu benötigst du Marlowe?!« Seine Augen verengten sich.

»Ja, er ist doch Gottes Schöpfung«, erklärte der Kirchenmann. »Und dazu noch so lebendig.«

»Natürlich! Ein echter Entertainer, nicht wahr?« Tristan streichelte Marlowe über die Brust.

»Ja, sicher, die Kinder lieben ihn und er scheint bei den Kleinen auch etwas umgänglicher zu sein als bei uns Großen«, bestätigte Erich.

»Und die ganz große Nummer ist natürlich, wenn er spricht!« warf Tristan ein.

»Die Kinder sind ganz hin und weg«, nickte der Diakon. »Ich hab die Rasselbande noch nie so aufmerksam erlebt.«

»Das hätte auch mit Verletzungen enden können!« schnaufte Tristan verärgert. »Ich hätte dafür geradestehen müssen!«

»Deshalb habe ich besonders achtgegeben!« antwortete Erich und zog einen Keks aus seiner Soutane.

Marlowe entdeckte den Keks in Erichs Hand und brabbelte: »Spare deine guten Lehren / Für den eigenen Genuss. / Kaum auch wirst du wen bekehren, / Zeigst du, wie man's machen muss.«

Sie gingen zum Seitenausgang.

»Helga lädt dich zum Abendessen ein«, sagte Tristan versöhnlich. »Es gibt Hirschragout.«

»Sie ist vom Giller runtergekommen?« Der Diakon freute sich.

»Ja! Hatte anscheinend Angst, dass ich verhungere, so viel hat sie mitgebracht«, antwortete der Detektiv.

»Sei froh«, meinte der Diakon. »Bis später!«

»Ja, bis später«, wiederholte der Detektiv und ging zurück in sein Haus.

Er setzte Marlowe auf der Kletterstange ab; in seinem Fressnapf lag ein weiterer hausgemachter Keks.

»Du verwöhnst ihn zu sehr«, meinte Tristan, als er in die Küche kam.

»Ach was, ich seh euch doch in der Saison so selten«, antwortete Helga. »Was wollen wir zu dem Ragout essen?«

Sie einigten sich auf Klöße und Birnen.

»Hab ich mir schon gedacht«, grinste Helga, die Tristans Geschmack kannte. »Deshalb habe ich die Zutaten mitgebracht.«

»Wir hätten auch noch einkaufen können«, meinte Tristan.

»Unsinn!« Helga schüttelte den Kopf. Sie begann, die Klöße vorzubereiten. »Ich war übrigens noch bei deiner Schwester.«

»So?!«

»Ja, hab ihr eine Schale Nachtisch für die Kinder dagelassen«, erklärte sie. »Hans bat mich, dir zu sagen, dass die Windräder anscheinend nicht gebaut werden können.«

»Wie das?!« wunderte sich Tristan.

»Irgendein Umweltschützer meinte, dass man einen Waldkauz dort nistend vorgefunden hätte«, antwortete Helga.

»Wurde dir zufällig der Name des Umweltschützers genannt?«

»Ja, ein Lehrer namens Küschenrieder«, sagte Helga.

## 10

Klaus-Peter Kiesling befand sich allein in seinem Büro. Die Belegschaft hatte längst Feierabend. Für den Unternehmer war es noch zu früh, um nach Hause zu fahren. Er griff zum Telefon und wählte die Nummer des Netphener Rathauses.

»Kiesling, guten Abend, Frau Dorn«, grüßte er freundlich.

»Hallo, Herr Kiesling«, erwiderte Hanna vorsichtig.

»Herr Pohl aus Bad Berleburg rief heute Nachmittag an.« Kiesling sprach in einem Plauderton. »Er berichtete mir, Sie seien sehr aufgebracht.«

»Ja, das mit Natalie ist schrecklich«, stöhnte sie in den Hörer.

»Da stimme ich Ihnen zu«, sprach Kiesling ruhig. »Dennoch ändert das nichts an unserer Vereinbarung. Oder sehe ich das falsch?«

Hanna beeilte sich, dem nicht zu widersprechen. Sie sehe das genauso, die Vereinbarung bleibe bestehen.

»Allerdings fällt jetzt ein Bezirk aus«, meinte Kiesling. »Hätten Sie einen Vorschlag, wie man das ausgleichen könnte?«

»Oh nein, das habe ich nicht«, rief Hanna entsetzt.

»Bitte, regen Sie sich nicht auf, das war nur eine Idee«, erklärte Kiesling freundlich. »Man wird uns nicht auf die Schliche kommen. Und wenn doch jemand misstrauisch werden sollte, dann müsste er tief, sehr tief graben.«

»Ich muss jetzt los«, unterbrach Hanna. »Die nächste Ratssitzung. Ich melde mich morgen bei Horst, der wird Sie dann kontaktieren.«

»Das ist genau das, was ich hören wollte, Frau Dorn«, säuselte Kiesling. »Eine schöne Sitzung noch.«

Er legte auf.

Während des Telefonates war eine SMS auf sein Handy gesendet worden. Mit einem gierigen Grinsen, das seine weißen Zähne zeigte, las er die Nachricht. Es war eine Einladung, die er dringend annehmen musste.

»Dann will ich mich mal auf den Weg machen«, stöhnte er und verließ das Büro.

Mit dem Auto über die Hüttentalentlastungsstraße dauerte die Fahrt von Kreuztal nach Volnsberg nur eine knappe Viertelstunde.

Horst Maier erwartete den Unternehmer bereits. Der Windbauer trug eine sportliche Sommerhose und ein blaues Hemd, das sich über dem dicken Bauch spannte. Mit dem Spazierstock in der Hand humpelte er zum Tor und begrüßte Klaus-Peter Kiesling.

»Was ist dir denn passiert?« rief Kiesling, als er Maiers bandagierten Fuß erblickte.

»Eine dumme Sache am Pool«, antwortete Maier. »Bin dort umgeknickt, als ich hastig zum Telefon laufen wollte.«

»Man wird nicht jünger, was?!« grinste der Unternehmer. »Wo treibt sich Bello rum?«

»Der pennt im Wohnzimmer«, antwortete Maier grinsend. »Komm, wir setzen uns auf die Terrasse.

Er führte seinen Gast langsam um die Hecke, hinter der die Terrasse lag.

»Setz dich«, bat Maier. »Was möchtest du trinken?«

»Ein kaltes Bier wäre nicht schlecht«, antwortete Kiesling.

Maier nickte und nahm aus der Gartenbar zwei kalte Flaschen Bier. Mit einer geübten Handbewegung öffnete er die Flaschen und füllte zwei Gläser. Kiesling sah ihm dabei schweigend zu. Als sich eine akzeptable Schaumkrone gebildet hatte, reichte Maier seinem Gast das Glas, nahm sein eigenes und setzte sich.

»Prost!« sagte er und nahm einen kräftigen Schluck.

Dann sahen sich die Männer an.

»Wie sieht es aus?« Der Unternehmer deutete auf das Windrad, das sich langsam vor der untergehenden Sonne drehte.

»Gut, sehr gut sogar.« Maier nickte zufrieden. »Dieser bedauerliche Todesfall ist allerdings Sand im Getriebe.«

»Ja, das ist er«, bestätigte Kiesling. »Pass auf, dass dir nicht die Genehmigungen entzogen werden. Ich muss die Hallen leer bekommen.«

»Keine Sorge!« Maier schüttelte seinen Kopf, als säße der auf einer Wackelfigur. »Diese Neuser hat mir eine Mail gesendet, in der sie den Bebauungsplan vorläufig bestätigt.«

»Vorläufig?!« Kiesling wirkte alarmiert.

»Beruhige dich«, mahnte Maier. »Das ist so gut wie durch.«

»Was ist mit diesen Umweltschützern?« hakte Kiesling nach.

»Du meinst die Sache mit dem Waldkauz?« Maier grinste schmierig. »Alles nur Show.«

»Wie?!« Der Unternehmer sah ihn mit großen Augen an.

»Psychologie! Die Leute verkaufen schneller ihr Land, wenn sie das Gefühl haben, sie hauen jemanden übers Ohr oder machen ein Schnäppchen!« Maier gefiel der Ausdruck Psychologie.

»Das verstehe ich nicht!« Kiesling nahm einen Schluck Bier.

»Überleg mal: Wie fühlt sich wohl ein braver Bürger, wenn ihm für ein paar scheinbar wertlose Quadratmeter Waldboden ein Haufen Geld geboten wird? In den meisten Fällen wird er skeptisch, denkt, dass man ihn übers Ohr hauen will. Dann wird er sich informieren und herausbekommen, was man mit dem Boden vorhat. Jetzt gibt es zwei Möglichkeiten: Er überlegt, eventuell selbst aktiv zu werden oder fängt an, darüber nachzudenken, was er alles mit dem Geld kaufen könnte.

In den meisten Fällen sind die Menschen zu faul, um aktiv zu werden. Sie fangen eher an, sich vorzustellen, was sie alles mit dem Geld kaufen könnten. Wenn du ihnen genügend Zeit lässt, in ihren Wünschen zu schwelgen, werden sie irgendwie real.

Jetzt schnappt die Falle zu.

Denn als Nächstes wird das Angebot plötzlich bedroht. Eine Eule, die man nur mal kurz gesehen haben will, könnte alles zunichte machen. Was würdest du jetzt unternehmen?«

»Ich würde schnell verkaufen!« antwortete Kiesling.

»Bingo!« rief Maier. »Ich habe etliche Kaufverträge vorbereitet. Warte nur noch auf die Anrufe!«

Die beiden Männer prosteten sich zu.

»Und?! Bleiben die anderen bei der Stange?« fragte Maier.

»Mir scheint, dass Netphen etwas wackelig wird«, antwortete Kiesling.

»Das ist nicht gut«, meinte Maier. »Was ist mit Berleburg?«

»Stabil, würde ich meinen.« Kiesling leerte sein Glas. »Hatte vor, mich mal um Netphen zu kümmern.«

»Gute Idee«, nickte Maier. »Brauchst du Hilfe?«

## 11

Die Ratssitzung verlief wie erwartet. Hanna Dorn berichtete dem Rat, aber viel gab es nicht zu referieren. Der Entwicklungsstand entsprach in etwa dem der letzten Ratssitzung. Eine Änderung musste sie jedoch nennen. Obwohl sie den Ankündigungen des NABU-Vertreters Küschenrieder nur bedingt Glauben schenkte, musste sie doch von der Möglichkeit ausgehen, dass ein Waldkauz in den Wäldern rund um Werthenbach oder Walpersdorf sesshaft wurde. Dem Rat war diese neuerliche Wendung ein paar Minuten Diskussionszeit wert. Mehr war auch nicht nötig, solange keine wissenschaftliche Bestätigung für eine Ansiedlung vorlag.

Einigen Ratsmitgliedern würde dieser Waldkauz ruhige Nächte schenken, sollte tatsächlich ein Tier heimisch werden. Langsam setzte der

Streit um die Windmühlen den gewählten Volksvertretern zu. Wer hätte gedacht, dass etwas Nützliches wie ein Windrad die Gemüter so aufheizen konnte? Für Hanna war die Sitzung nun vorbei. Sie machte sich auf den Weg zu ihrem Büro. Dort angekommen hörte sie noch ihre Sprachnachrichten ab, die auf einem altmodischen Anrufbeantworter aufgenommen wurden.

»Oh nein!« Sie stöhnte, als sie Kieslings Nachricht hörte, in der dieser seinen späten Besuch ankündigte. »Jetzt aber schnell raus hier!«

Hastig räumte sie ihre Sachen zusammen, fuhr den Computer herunter und schloss den Schreibtisch ab. Als sie ihre Jacke greifen wollte, klopfte jemand an die Bürotür.

»Zu spät«, seufzte sie.

# 4. Die Abenddämmerung ...

Mittwochabend

Die Abenddämmerung kroch von Osten heran. Mit der untergehenden Sonne wich das Licht aus den grünen Tälern des Rothaargebirges. Lange graue Schatten schlichen aus den Talsohlen die Berghänge hinauf. Nur die drehenden Propeller der Windmühlen funkelten in den letzten Sonnenstrahlen des Tages. In der Senke, die einst von den Vorfahren als Siedlung ausgewählt worden war, ging eine Reinigungskraft durch das Netphener Rathaus. Sie machte das Licht auf den Fluren an und begann, ein Büro nach dem anderen zu reinigen. Für die Frau aus Moldawien war es eine Tätigkeit wie jeden Abend in der Woche. Mit stupider Routine schloss sie die Bürotüren auf, betrat den Raum, leerte den Papierkorb, wischte über den Schreibtisch und notfalls saugte sie auch den Boden. Als sie vor Hanna Dorns Bürotür stand, wurde die Routine unterbrochen. Die Tür war nicht verschlossen. Zaghaft klopfte sie und lauschte. Da niemand sich meldete, öffnete sie langsam die Bürotür, trat ein und schrie.

Hauptkommissar Norbert Pfeiffer sowie seine beiden Kollegen aßen in einem Restaurant zu Abend, als sie die Nachricht über einen weiteren Mord erreichte. Die Pizza wurde daraufhin in Kartons gepackt und mitgenommen. Zum Glück lag das Restaurant an der B 62 in Dreis-Tiefenbach, sodass die Fahrt nach Netphen keine fünf Minuten dauerte. Die Kollegen aus Netphen, deren Wache sich nur wenige Schritte vom Rathaus befand, hatten den Tatort gesichert.

»So was hab ich noch nicht gesehen«, stöhnte einer der Streifenpolizisten.

»So viel Blut?« fragte Pfeiffer.

»Nein, Blut gibt es kaum«, antwortete der Kollege. »Sehen Sie selbst, aber passen Sie am Eingang auf.«

Die Kommissare betraten vorsichtig das Büro und waren überrascht.

»Wow!« stieß Pfeiffer aus. »Das ist gruselig!«

Der Mörder hatte Hanna Dorn an den Büroschrank gehängt. Ihre Arme waren über dem Kopf zusammengebunden und an einer Schranktüre befestigt worden. Die Beine waren weit auseinandergespreizt und wurden durch je ein Seil, das ebenfalls an einer Schranktüre befestigt war, in dieser Position gehalten.

Arne Affolderbach machte mit seinem Handy ein paar Fotos, während Holzbaum sich die Kopfwunde ansah.

»Sie wurde, soweit ich das erkenne, erschlagen«, stellte er fest und deutete auf kleine Blutspritzer nahe der Bürotür. »Wahrscheinlich hat sie ihren Mörder hereingelassen und wurde direkt an der Tür niedergestreckt.«

Affolderbach begutachtete den Boden und meinte: »Dann ist sie zu dem Schrank geschleift worden, man sieht hier die Gummiabreibungen ihrer Schuhsohlen.«

Pfeiffer runzelte die Stirn. »Das ist ihr Büro, da gibt es natürlich Gummiabreibungen ihrer Schuhe!«

»Sehen Sie!« erklärte der Jungkommissar unbeirrt. »Dort gibt es Blutstropfen auf dem Boden und da sind sie verschmiert. Ich würde wetten, dass wir an den Schuhen der Toten Blutspuren finden.«

»Das lassen wir die Spurensicherung machen«, sagte Pfeiffer und entdeckte den altmodischen Anrufbeantworter.

Der Hauptkommissar drückte die Taste PLAY und das Gerät spielte die einzige Nachricht ab, die es aufgezeichnet hatte: *»Hallo, Frau Dorn, hier spricht Kiesling! Ich wollte mich für einen Überraschungsbesuch anmelden. Was natürlich Quatsch ist, denn jetzt ist es ja keine Überraschung mehr! Na ja, also bis später. Ich werde so gegen 19.00 Uhr bei Ihnen sein.«*

Die Beamten sahen sich an. Dann eilte Pfeiffer auf den Flur und fragte die Streifenpolizisten: »Ist Ihnen heute Abend ein Fremder begegnet?«

»Äh, wir kennen nicht jeden, der im Rathaus arbeitet«, antwortete einer der Kollegen verunsichert.

Affolderbach war da seinem Chef einen Schritt voraus. Er lud ein Bild von Klaus-Peter Kiesling auf sein Handy und zeigte es den Streifenbeamten. »Haben Sie diesen Mann gesehen?«

»Nein!« antworteten die Kollegen unisono.

»Dennoch, wir müssen einen Haftbefehl beantragen«, zischte der Hauptkommissar. »Rufen wir den Staatsanwalt an.«

## 2

Das Hirschragout war köstlich. Helga, Tristan und Erich saßen im Wohnzimmer am Esstisch und genossen das Abendessen. Der Hausherr hatte entschieden, in der feinen Stube zu dinieren und nicht wie gewohnt in der Küche. Da Helga für jede Beilage eine eigene Schüssel benötigte, wäre der Küchentisch zu klein gewesen. Marlowe begrüßte die Entscheidung, indem er brav auf seiner Kletterstange sitzen blieb.

Helga hatte neben Birnen auch noch Preiselbeeren angerichtet. Als sich der Diakon nun einen Löffel voll auf den Teller legte, erinnerte ihn die rote Farbe der Beeren an eine Frage.

»Tristan, was ich dich den ganzen Tag schon fragen wollte, hast du die Schweinerei gesehen, die heute Morgen vor meinem Haus lag?« Der Diakon wohnte ebenfalls hinter der Marienkirche, allerdings weiter oben am Berg als der Detektiv.

»Nein«, schüttelte Tristan den Kopf und zerteilte einen Kloß.

»Komisch, du müsstest daran vorbeigegangen sein, als du in der Früh die Barstewende hinaufgegangen bist.«

»Mir ist nichts aufgefallen«, antwortete Tristan und nahm sich einen Zuschlag Hirschragout. »Allerdings war es noch dämmrig. Da sehen alle Katzen grau aus.«

»Was war das denn für eine Schweinerei?« Helga schob eine ihrer Locken zurecht, die ihr ins Gesicht gefallen war. »Haben die Studenten einen Müllsack umgeworfen?«

»Zum Glück nicht«, erwiderte Erich, »das hatten wir aber auch schon. Nein, es war ein rotbrauner Fleck, muss irgendeine Flüssigkeit gewesen sein, die da ausgeschüttet wurde. Bin mit einem Eimer Wasser darangegangen. Hab die Schweinerei weggespült.«

Tristan blickte von seinem Teller auf. »Wo genau hast du den Fleck gefunden?«

»An der Kreuzung, wo die Untere Metzgerstraße auf die Barstewende trifft«, antwortete Erich.

Tristan legte das Besteck beiseite und stand auf. Er ging in die Küche und öffnete eine Schranktür unterhalb der Spüle. Er bewahrte dort eine spezielle Sprühflasche auf, die er nun herausnahm.

»Ist das Abendessen vorbei?« Man konnte Helgas Unmut anhand ihrer Betonung gut heraushören.

»Nein, aber ich habe da einen Verdacht, dem ich sofort nachgehen möchte«, antwortete Tristan in einem Tonfall, den Passagiere eines Linienfluges nicht aus der Lautsprecheranlage während eines Fluges hören möchten. Anschließend ging er ins Wohnzimmer, öffnete eine Schublade des Sekretärs und nahm eine Brille mit gelb gefärbten Gläsern sowie eine UV-Taschenlampe heraus.

»Kann das nicht bis nach dem Essen warten?« schimpfte Helga.

»Ich denke, man sollte keine Zeit verlieren.« Tristan blickte seinen Freund an. »Zeigst du mir die Stelle?«

Erich nickte und ging mit Tristan nach draußen. Helga mochte es nicht, allein am Tisch zurückgelassen zu werden. Doch einfach das Essen stehen zu lassen, kam ihr nicht in den Sinn. Sie stellte die Schüsseln mit dem Ragout und den Klößen in den Herd, den sie zum Wärmen einschaltete. Dann folgte sie den Männern auf den Hof.

»Wir müssen da oben hin«, deutete der Diakon an.

Vor dem Nachbarhaus hatten sich die Studenten nach draußen gesetzt. Sie beobachteten, wie die drei auf die Barstewende zugingen. Tristan hielt die Sprühflasche sichtbar in der Hand.

»Was ist denn da drin?« rief einer der jungen Leute.

»Luminol«, antwortete der Detektiv.

»Wow!« Der Student sprang auf. »Sie suchen Blutspuren!«

Tristan blieb stehen und blickte seinen Nachbarn überrascht an.

»Was?!« Der junge Mann gesellte sich zu ihnen. »Ich bin nicht blöd!«

»Ist das wahr?« wollte Helga wissen.

»Ja, mit Luminol lassen sich Blutspuren auffinden«, erklärte der Detektiv. »Die Sachen habe ich von Dr. Liliane Lindenberg, ihr erinnert euch, die forensische Pathologin.«

Die Pathologin hatte Tristan in zwei Fällen maßgeblich bei der Überführung eines Mörders geholfen. Jetzt war er froh, dass sie ihm die Sachen dagelassen hatte. Zusammen gingen sie bis an die Stelle, die Erich gereinigt hatte.

»Hier war es«, erklärte Erich und deutete auf den gepflasterten Boden.

Tristan sprühte die Flüssigkeit auf die angezeigte Stelle. Dann setzte er die Brille auf und schaltete die UV-Taschenlampe ein. Die Brille filterte bestimmte Lichtwellen aus dem Farbspektrum heraus, sodass er mit der UV-Taschenlampe auch bei Tageslicht das fluoreszierende blaue Leuchten erkennen konnte, das bei der chemischen Reaktion von Luminol und Blut entstand.

»Und?!« Helga war aufgeregt. »Erkennst du was?«

Tristan nickte, zog die Brille ab und reichte sie seiner Freundin.

»Oh, das schimmert überall blau«, staunte sie.

»Ja!« Tristan wandte sich an Erich. »Ich denke, Natalie Neuser wurde hier erschlagen!«

»Wie, erschlagen? Ich dachte, sie wurde erhängt?!« Der Diakon blickte Tristan verblüfft an.

»Wir haben noch nicht darüber gesprochen«, antwortete der Detektiv, »aber die Obduktion hat ergeben, dass sie erschlagen wurde.«

»Was hat sie hier gesucht?« Erich sah sich um, dann hatte er eine Idee. »Sie wollte zu dir?!«

»Ja, das denke ich auch«, antwortete Tristan traurig.

»Wir sollten Pfeiffer benachrichtigen«, meinte Helga und reichte Tristan die Brille zurück.

## 3

Chefredakteur Peter Reuters hatte keinerlei verwandtschaftlichen Beziehungen zu der großen Nachrichtenagentur Reuters. Dennoch wurde er nun ein Nachrichtenagent. Eine Kontaktquelle hatte ihm gerade eine Nachricht gesimst, die er schnellstens weitergeben musste. Hastig stand er auf und eilte aus seinem Büro über den Flur in die Redaktionsräume.

Dort saß Strubbel und informierte Nadine Weinberger, was er über Löschmann und den Waldkauz herausbekommen hatte. Um ihn herum schwirrten die Kollegen hin und her, tippten fieberhaft auf die Tastaturen ihrer Computer oder telefonierten. Es war kurz vor Redaktionsschluss und jeder, der schon einmal für eine Zeitung gearbeitet hatte, wusste, dass das der hektischste Zeitpunkt des Tages war.

Motiv 9
*Oberes Schloss, Siegen*
Aquarell, 30 x 40 cm
Anja Georg, 2015

Motiv 10
*Schloss Bad Berleburg*
Aquarell, 30 x 40 cm
Anja Georg, 2015

Reuters sah sich um und fand Nadine bei Strubbel. Er ging auf sie zu.

»Frau Weinberger, es hat einen weiteren Mord an einer Stadtplanerin gegeben«, informierte er sie.

»Wo?!« fragte Nadine.

»In Netphen«, antwortete der Chefredakteur. »Sie und Müller sollten sofort dorthin fahren.«

»Macht das Sinn?« warf Strubbel ein. »Ich meine, wenn Sie uns das mitteilen, dann ist die Polizei doch schon vor Ort und hat alles abgeriegelt.«

Nadine nickte. »Strubbel hat Recht. Wir werden da nichts Neues finden.«

Peter Reuters blickte seine Mitarbeiter verdutzt an. Er fragte sich, ob sie mit seinem Vorgänger Dr. Sommerwind auch so gesprochen hätten. Doch die Zeiten waren vorbei, als der Chefredakteur seine Truppen wie ein General dirigierte. Reuters gehörte zu einer anderen Generation von Chefredakteuren. Teamgeist war angesagt und er wusste mit dem Input seiner Leute kreativ umzugehen.

»Was schlagen Sie also vor?« fragte er.

»Ich habe da eine Idee«, grinste Nadine. »Wir informieren Irle.«

»So?!« Reuters musterte Nadine.

»Ja, ich gehe jede Wette ein, dass wir dort auch auf Pfeiffer stoßen.«

»Pfeiffer? Das ist der Hauptkommissar, der die Mordkommission leitet!« grummelte Reuters.

»Ja, genau!« Sie stand auf und schnappte sich ihre Tasche. »Strubbel, kommst du?«

Der Fotograf saß auf seinem Stuhl und blickte zu seinem Chef.

»Na, worauf warten Sie?« Reuters scheuchte ihn mit den Händen auf.

»Okay!« brummte Strubbel, griff seinen Fotoapparat und seinen Rucksack.

In der Abenddämmerung eilten sie in die Siegener Altstadt.

»Bist du sicher, dass das eine gute Idee ist?« Strubbel maulte vor sich hin.

»Ja, ganz sicher!« erwiderte Nadine bissig. »Wir kommen in Netphen nicht mal in die Nähe des Tatortes.«

»Ja, aber bei Irle bekomme ich keine vernünftigen Aufnahmen«, motzte er weiter.

»Ach, deshalb machst du so ein Gesicht? Du bist sauer, weil es nichts zu fotografieren gibt!«

»Ich bin Fotojournalist!« antwortete er selbstbewusst.

Sie erreichten die Alte Poststraße. Links und rechts der Einkaufsstraße saßen Restaurant- und Cafébesucher im Freien. Kellnerinnen eilten wie Bienen um einzelne Tische herum. Nadine und Strubbel bahnten sich einen Weg durch wartende Gäste, die auf der Straße standen und noch einen Platz suchten.

»Ich fühle mich wie auf einem Laufsteg«, brummte Strubbel, den die vielen glotzenden Gesichter nervten.

»Ist doch toll«, grinste Nadine, die ihren Auftritt als selbstbewusste Frau genoss.

»Hast du jemanden erkannt?« fragte Strubbel, als sie die Löhrstraße überquerten.

»Nein. Du?« Nadine schüttelte den Kopf.

»Nee, hab mich auch nicht richtig umgesehen«, antwortete der Fotograf immer noch missmutig.

Die Journalistin ließ ihn in Frieden und marschierte am Kirchenschiff vorbei. Dann sah sie Tristan, Erich und Helga, die mit einer Taschenlampe rumfuchtelte.

»Na, was ist denn das?« Ihre Augen verengten sich, ein Reflex, den wir von unseren steinzeitlichen Vorfahren geerbt haben, um unsere Beute besser erkennen zu können.

»Was ist was?« fragte Strubbel, der die kleine Gruppe am Rand des Hofes noch nicht wahrgenommen hatte.

»Sieh und staune, wie mich mein Instinkt wieder einmal richtig geleitet hat!« Stolz marschierte sie auf Tristan zu. »Na, was machen Sie denn da?«

»Guten Abend, Frau Weinberger. Wonach sieht es denn aus?« erwiderte Tristan freundlich.

Nadine nahm die Spritzflasche wahr, erkannte die UV-Taschenlampe, die von Helga mit einer gefärbten Brille an Tristan weitergereicht wurde, und kombinierte die Fakten.

»Sie suchen nach Blutspuren«, antwortete Nadine. »Richtig?«

»In der Tat«, nickte Tristan. »Erich Roth und meine Freundin Helga Bottenberg kennen Sie ja.«

Nadine reichte Helga die Hand. »Ja, wir kennen uns. Was macht Ihre Pension auf dem Giller?«

»Ich hoffe, sie brennt heute Nacht nicht ab«, antwortete Helga trocken.

»Gibt es berechtigte Gründe, dass es so weit kommen könnte?« fragte Nadine ernst.

»Ich bin in Siegen«, meinte Helga nur und grinste.

»Verstehe! Sie machen einen Scherz«, lächelte Nadine. »Das da auf dem Boden ist aber kein Scherz!«

»Nein, das ist es nicht.« Tristan reichte ihr die Brille und leuchtete dann mit der Lampe auf den Tatort.

Die Journalistin sah sich den fluoreszierenden Boden an. »He, Strubbel, das müsstest du fotografieren.«

Sie reichte die Brille an Strubbel weiter.

»Wow, ist das alles Blut?« staunte der Fotograf.

Tristan berichtete den beiden, dass Erich den Blutfleck am Morgen nicht erkannte hatte. Nadine zog die Augenbrauen nach oben, als wollte sie sagen, dass man Blut doch immer erkennen müsse. Der Detektiv ahnte ihre Gedanken und erklärte, dass Blut in der Sonne schnell trockne und die im Blut enthaltenen Eisenteile oxidierten, was es dann braun werden lasse.

»Jedenfalls hat Erich den Fleck mit Wasser abgewaschen und ihn so vergrößert«, sprach Tristan weiter. »Was wir jetzt mit der Brille, dem UV-Licht und dem Luminol sehen, sind die verdünnten Überreste des Blutflecks.«

»Ist die Polizei informiert?« fragte Nadine.

Tristan nickte.

»Gut!« Die Journalistin holte tief Luft. »Wie es scheint, wurden Sie aber noch nicht informiert. Es hat einen zweiten Mord gegeben. Dieses Mal in Netphen, wieder eine Stadtplanerin.«

## 4

Die kleine Teeküche am Ende des Ganges wurde belagert. Pfeiffer, Holzbaum und der junge Affolderbach standen vor oder teilweise in dem kleinen Raum und starrten auf die Digitaluhr einer Mikrowelle. Im Inneren des Gerätes drehte sich ein Teller mit einem Stück Pizza.

»Wann wird er hier ankommen?« fragte der Hauptkommissar, während der Käse auf dem Pizzastück zu brutzeln begann.

»Müsste jeden Moment so weit sein«, antwortete Holzbaum. »Das Stück ist fertig!«

Er drückte einen Knopf und es machte „Ping“. Vorsichtig nahm er das heiße Stück Pizza heraus und reichte es an Pfeiffer weiter.

»Danke«, nickte der und biss vorsichtig ein Stück ab.

Unterdessen hatte Holzbaum ein weiteres Stück in die Mikrowelle gelegt und sie eingeschaltet. Erneut drehte sich der Teller im Inneren der Maschine.

»Was, meint ihr, wird er als Ausrede vorbringen?« fragte Pfeiffer.

»Er wird sich als unschuldig darstellen«, sagte Affolderbach, der dem kauenden Pfeiffer zusah. Pfeiffers Kaumuskeln traten sichtbar hervor, wenn er einen Bissen zermalmte. Das verformte sein Gesicht zu einer grimmig-teuflischen Maske.

»Das denke ich auch«, sprach er mit vollem Mund. »Was setzen wir ihm entgegen?«

»Das Band auf dem Anrufbeantworter«, erwiderte Affolderbach.

»Richtig!« nickte Pfeiffer mit einem Blick, der Medusa erschreckt hätte.

Holzbaum nahm inzwischen das zweite Stück aufgewärmter Pizza aus der Mikrowelle und reichte es an Affolderbach weiter. Dann legte er das dritte Stück in die Mikrowelle.

Sie hatten einen Haftbefehl erhalten und eine Polizeistreife war auf dem Weg, um Klaus-Peter Kiesling einzukassieren. Liebend gerne wäre der Hauptkommissar selbst nach Kreuztal gefahren, um dem Unternehmer die Handschellen anzulegen. Doch sie mussten zuerst Staatsanwalt Büdenbender überzeugen, was einen Umweg nach Siegen bedeutete. Der Staatsanwalt stimmte schließlich zu, als ihm Affolderbach die Finanzrecherchen vorlegte.

Motiv 11
*An der Sieg*
Aquarell, 30 x 40 cm
Anja Georg, 2015

Motiv 12
*Wasserrad, Langenholdinghausen*
Aquarell, 30 x 40 cm
Anja Georg, 2015

Der Jungkommissar hatte herausgefunden, dass Kiesling in regelmäßigen Abständen hohe Geldbeträge auf ein Konto überwies, auf das auch Natalie Neuser und Hanna Dorn zugegriffen hatten. Diese Verbindung zu den beiden Opfern genügte dem Staatsanwalt, um ein ausreichendes Verdachtsmoment gegen den Firmenchef zu haben. Das Konto lief auf eine Firma, deren Inhaber Afflerbach noch nicht ausgemacht hatte. Dem Staatsanwalt war das im Moment egal. Ihm reichte es aus, dass er Kiesling mit den Toten in Verbindung bringen konnte.

Büdenbender befand sich ein Stockwerk höher und wartete genauso gespannt auf den Verdächtigen wie die Kommissare.

»Wann wollen wir Irle informieren?« fragte Holzbaum, der endlich etwas zu essen bekam.

»Gar nicht!« zischte Pfeiffer.

»Er wird es herausbekommen«, meinte Holzbaum.

»Soll er doch!« erwiderte Pfeiffer.

»Warum so grantig?« wunderte sich Holzbaum.

»Bin nicht grantig!« Pfeiffer wischte sich die Hände ab. »Er hat diese Journalistin im Schlepptau. Der möchte ich nichts für ihre Storys geben.«

»Früher oder später wird er es herausfinden«, sagte Holzbaum.

»Lieber später«, grinste Pfeiffer. »Wo bleiben die denn?!«

Landrat Robert Fischer erhielt den Anruf, als er sich auf den Weg zu einem Abendessen mit ausländischen Investoren machen wollte.

»Was soll das heißen, verhaftet?!« brüllte er in die Hörmuschel. »Was soll er verbrochen haben?«

Der Landrat war informiert worden, dass sein Bekannter Klaus-Peter Kiesling des Mordes verdächtigt wurde.

»So ein Schwachsinn!« Mit einem lauten Knall haute er den Telefonhörer auf die Telefongabel. »Was mache ich jetzt?!«

Der Politiker blickte in einen Spiegel, der unweit des Telefons an der Wand befestigt war. Sein jugendlich glattes Gesicht blickte ihn versteinert an. In seinen Adern brannte Wut, die er dringend kühlen musste. Im feinen Abendanzug eilte er vor sein Haus, wo ein Dienstfahrzeug des Kreises samt Fahrer auf ihn wartete.

»Willi, fahren Sie mich zur Kreispolizeibehörde, und zwar schnell!« fauchte er.

»Schnell, im Sinne von zügig? Oder schnell im Sinne von Führerschein weg?« fragte der Chauffeur, als der Landrat auf dem Rücksitz Platz genommen hatte.

»Schnell im Sinne von „Wir sind jetzt schon da!"« Fischers Wut hatte sich nicht gelegt.

Der Chauffeur zog die Augenbrauen nach oben und startete den Wagen.

Das Problem, das Landrat Fischer in einen Dampfkessel mit Überdruck verwandelt hatte, befand sich in Form einer teuer gekleideten Gesellschaft im Foyer des Hauses der Siegerländer Wirtschaft. Fischer wurde dort erwartet, um ein Abendessen anzuführen, das für eine Delegation ausländischer Investoren gegeben wurde. Nach dem Abendessen sollte es einen Ausflug nach Kreuztal geben, um die neueste Windmühlentechnik zu besichtigen. Leider ließ ein übermütiger Hauptkommissar den Gastgeber dieser Besichtigung gerade wegsperren.

Der Chauffeur gab sein Bestes und raste zur Kreispolizeibehörde. Dort kam er wenig später als der Gefangene Kiesling an.

»Wo finde ich Klaus-Peter Kiesling?« fragte Fischer einen Streifenpolizisten, der gerade die Wache verließ, als der Landrat ins Foyer stürmte.

»Wen?« Der Polizist hatte von Kiesling nichts gehört.

»Sie haben einen Gefangenen. Wo finde ich den?« hakte Fischer aufgebracht nach.

»In der Zelle«, antwortete der Polizist und ging ohne eine Erklärung weiter.

Fischer starrte ihm hinterher, als er von einem anderen Mann in Uniform angesprochen wurde. Der Polizist hatte seinen Dienstherrn erkannt, als dieser ins Foyer stürmte. Der Mann erklärte Fischer, dass man Kiesling nach oben zum Verhör geführt hatte. Geistesgegenwärtig gab der Polizist zudem eine Wegbeschreibung.

So kam es, dass Hauptkommissar Pfeiffer, Staatsanwalt Büdenbender und der junge Landrat zum ersten Mal aufeinandertrafen.

Unternehmer Kiesling saß mit Handschellen gefesselt auf einem harten Stuhl vor einem leeren Tisch. Das Verhörzimmer war schlicht und hätte auch als Besprechungszimmer durchgehen können, wenn da nicht der festgeschraubte Tisch gewesen wäre. Pfeiffer stand vor dem Tisch und spielte dem Gefangenen gerade die Aufnahme des Anrufbeantworters ab, als Landrat Fischer in den Raum platzte.

Der Hauptkommissar glotzte den Politiker mit einer Mischung aus Wut und Erstaunen an.

»Lassen Sie den Mann sofort frei!« befahl der Landrat.

Pfeiffer atmete tief ein und antwortete überraschend ruhig. »Bitte, verlassen Sie sofort diesen Raum!«

Aus dem Nachbarzimmer beobachteten Staatsanwalt Büdenbender sowie die Kommissare Holzbaum und Affolderbach, was in dem Verhörzimmer passierte.

»Was will der denn hier?« schimpfte Büdenbender, als er Fischer erkannte.

»Oh, der Landrat«, bemerkte Affolderbach überrascht.

»Das ist nicht gut«, seufzte Holzbaum und eilte zur Tür.

Büdenbender erfasste die Situation ebenfalls und folgte dem Kommissar.

Motiv 7
*Eremitage, Rödgen*
Aquarell, 30 x 40 cm
Anja Georg, 2015

Motiv 8
*Ginsburg*
Aquarell, 30 x 40 cm
Anja Georg, 2015

Unterdessen wandte sich im Verhörzimmer Fischer an Kiesling.

»Entschuldigen Sie dieses Missverständnis«, erklärte der Landrat und trat an den Tisch. »Ich hole Sie jetzt sofort hier raus.«

Die Halsschlagader des Hauptkommissars schwoll sichtbar an. Ohne ein weiteres Wort schnappte Pfeiffer den Landrat am rechten Arm, drehte ihn auf den Rücken und warf den Politiker aus dem Verhörzimmer. Der Landrat fiel Holzbaum und Büdenbender direkt vor die Füße.

Pfeiffer schlug die Tür hinter sich zu und schenkte seine Aufmerksamkeit wieder Kiesling.

Der Unternehmer grinste vergnügt. »Jetzt stecken Sie in Schwierigkeiten«, sagte er und schüttelte den Kopf.

»Ach nein? Was für Schwierigkeiten?« hakte Pfeiffer selbstsicher nach. Schließlich trug sein Gegenüber Handschellen und nicht er.

»Sie haben gerade den Landrat rausgeschmissen! Sie sind ja einer!« Kiesling lachte Pfeiffer aus.

»Was?!« Pfeiffers Selbstsicherheit bröckelte und fiel gänzlich in sich zusammen, als Staatsanwalt Büdenbender hereinstürmte und die Situation aufklärte.

## 5

Das Verhör war damit beendet. Aber es wurde noch schlimmer. Der Landrat bestand darauf, dass man Kiesling freilasse, da der Politiker von der Unschuld des Mannes überzeugt war.

»Wann genau wurde diese Frau umgebracht?« fragte Fischer den Staatsanwalt.

»Vor gut einer Stunde«, erklärte Büdenbender. »So in etwa!«

»In etwa! Wissen Sie das nicht genau?« Der Landrat rieb seinen rechten Arm. »Ich kann Ihnen sagen, dass Kiesling ein langes Gespräch mit einem ausländischen Investor führte. Ich war dabei! Es wurde in etwa vor einer Stunde geführt!«

Der Staatsanwalt sah den Landrat schockiert an.

»Ich würde Ihnen jetzt empfehlen, den Mann sofort frei zu lassen«, knurrte Fischer.

Büdenbender gab sich geschlagen. So blieb Hauptkommissar Pfeiffer nichts anderes übrig, als Kiesling die Handschellen abzunehmen und ihn laufen zu lassen.

Der tätliche Angriff auf den Landrat stand auf einem anderen Papier. Fischer war jedoch schlau genug, die Sache erst mal auf sich beruhen zu lassen. Die erlittene Demütigung würde er nicht vergessen und zu gegebener Stunde darauf reagieren. Jetzt galt es für den Landrat, den Abend zu retten und die Investoren nicht länger warten zu lassen.

Zusammen mit Kiesling rauschte er in seinem Dienstwagen davon.

Pfeiffers Emotionen kochten derweil in einer Suppe aus Wut und Frust. Zum Glück erhielt er eine Nachricht von Irle. Sofort machte er sich mit

Holzbaum auf den Weg. Arne Affolderbach bekam den Befehl, das gefundene Geldkonto genauer zu untersuchen und sich die Finanzen von Küschenrieder anzusehen, um die der Detektiv gebeten hatte.

Nach einer märchenhaften Zeit von weniger als fünf Minuten trafen die Beamten hinter der Marienkirche ein. Tristan, Erich und Helga saßen auf einer Bank, die vor Tristans Haus stand. Nadine und Strubbel hatten es sich am Brunnen, der am Ende des Hofes vor sich hin plätscherte, gemütlich gemacht. Den Tatort hatten Erich und Tristan mit ein paar rot-weißen Pylonen abgesichert, die die beiden Journalisten im Auge behielten.

Nach einer eher frostigen Begrüßung zündete Pfeiffer eine Zigarette an und brummte: »Was gibt es?«

»Lassen Sie die Spurensicherung kommen«, bat der Detektiv. »Wir haben die Stelle gefunden, an der Natalie Neuser erschlagen wurde.«

»Sicher?« Pfeiffer blies einen dicken Rauchkringel in die Luft.

»Ziemlich sicher«, nickte der Detektiv und zeigte auf Nadine und Strubbel.

»Die sind auch da«, maulte der Polizist.

Helga platzte der Kragen. Sie kannte Pfeiffers schnoddrige Art, aber jetzt war er schlicht unerträglich.

»Mann, was ist Ihnen denn über die Leber gelaufen?« schimpfte sie und sprach allen Anwesenden damit aus der Seele.

»Eine dumme Sache«, antwortete Pfeiffer und ließ Holzbaum den Rest erklären.

Der Kommissar fasste in wenigen Sätzen das Geschehen des Abends zusammen.

»Das erklärt einiges«, nickte Helga mit einem verschmitzten Lächeln. »Sie haben den Landrat aus dem Raum geschmissen?!«

»Ja«, seufzte Pfeiffer, »ich habe ihn wirklich nicht erkannt. Mensch, der sieht aus, als käme er gerade aus einem Pfadfindercamp.«

»Nun ja«, meinte Erich, »er wird Ihnen das wohl nicht so schnell vergessen.«

»Ja, das befürchte ich auch«, antwortete Pfeiffer und blickte zu Nadine. »Kein Wort zu den Journalisten, klar!«

Sie nickte und sah dabei den Hauptkommissar ernst an.

»Gut, dann lassen Sie uns mal einen Mörder fangen«, schnaufte der Polizist und blies einen weiteren Rauchkringel in die Luft.

Die Polizisten ließen sich den Fleck zeigen, dann rief Pfeiffer die Spurensicherung. Während sie auf das Team warteten, informierte Tristan die Kommissare über seine und Nadines Ermittlungen.

Sie hatten sich ebenfalls an den Brunnen zurückgezogen. Helga reichte ein paar Gläser und füllte sie schließlich mit gekühltem Weißwein. Die frische Abendluft, das angenehme Plätschern des Wassers und die Stille wirkten beruhigend auf die Gruppe.

»Sie waren also bei einem Windmühlengegner und einem Windmühlenbesitzer«, meinte Pfeiffer sichtlich entspannt. »Und inwieweit stehen die in Beziehung zu den zwei Morden?«

»Haben Sie schon mal daran gedacht, dass die Morde aus Fanatismus begangen sein könnten?« fragte Tristan.

»Wie kommen Sie denn darauf?« grinste der Hauptkommissar. »So etwas wie Islamisten? Gewaltbereite Windmühlengegner!«

»Ja, so in etwa«, nickte Tristan. »Bloß viel gefährlicher. Bedenken Sie, dass der Mörder oder die Mörder die Leiche von Natalie Neuser von hier bis zum Brunnen schleifen mussten. Ein gewaltiges Risiko, erwischt zu werden. Da muss eine Menge an Emotionen oder falsch geleiteten Überzeugungen als Motivation gedient haben. Er oder sie wollten eine Nachricht hinterlassen, die jeder sehen sollte.«

»Chef, Irle könnte Recht haben«, mischte sich Holzbaum ein.

»Wieso?« Pfeiffer betrachtete seinen Partner.

»Man hat die Leiche von Hanna Dorn ebenfalls aufgehängt«, erklärte Holzbaum. »Allerdings nicht am Hals, sondern am ganzen Körper, und dann hat man sie an den Schränken ihres Büros drapiert.«

»Wie drapiert?« rief Nadine, die aufmerksam zugehört hatte.

»Jetzt, wo Irle diesen Hinweis gab«, erklärte Holzbaum, »würde ich sagen, dass ihr Körper wie ein dreiblättriger Propeller aussah. Sie wissen schon, wie das Friedenszeichen, bloß ohne Kreis drum herum.«

»Also wieder eine Nachricht«, flüsterte Tristan schockiert.

»Haben Sie durch Ihre Ermittlungen einen Verdächtigen gefunden?« Holzbaum sah den Detektiv hoffnungsvoll an.

»Wir sind auf einen Umweltschützer namens William Küschenrieder gestoßen«, antwortete Tristan. »Ist Ihnen der Name bei Ihren Ermittlungen aufgefallen?«

»Nein, wir haben uns ausschließlich mit dem Unternehmer Kiesling befasst«, antwortete der Kommissar.

»Dieser Küschenrieder, ist das der Mann, dessen Geldströme wir untersuchen sollten?« Pfeiffer nahm einen kräftigen Schluck aus seinem Glas.

»Ja! Außerdem sammelt er Spenden ein, unter anderem von einem Gönner namens Michael Löschmann.« Tristan blickte zu Strubbel. »Haben Sie etwas über Löschmann herausgefunden?«

Der Fotograf nickte und zog einige Zettel aus seiner Hosentasche.

»Michael Löschmann wohnt und arbeitet in der Friedrichstraße gegenüber dem RWE-Komplex. Er verdient sein Geld seit Jahren als Versicherungsmakler und Finanzberater. Er hat eine Sekretärin und bis vor ein paar Jahren hatte er auch einen Partner. Der hieß Felix Müller und hat das Geschäft sowie das Haus und Löschmann sozusagen mit aufgebaut.«

»Dieser Müller war so etwas wie ein Mentor?« hakte Tristan nach.

»Ja, so kann man das sagen. Jedenfalls gab es da vor vier Jahren einen kleinen Skandal um diesen Müller. Irgendetwas mit Betrug und Veruntreuung. Man wollte Müller vor Gericht zerren, doch dann setzte er sich nach Angaben seines Partners ins Ausland ab. Löschmann übernahm das Büro samt Kunden und so weiter. Die Polizei suchte zwar noch nach dem Mann, aber die wenigen Spuren verliefen im Sand. So konnte Löschmann weitermachen. Nach Auskunft von unserem Finanzexperten in der Redaktion gehört er zu den Big Five im Kreisgebiet.«

Die anderen sahen Strubbel verdutzt an.

»Er hat mit seinem Geschäft eine Menge Kohle gemacht«, erklärte er. »Allerdings haust er immer noch in dem schäbigen Bau, den sein Vorgänger bewohnt hat. Das versteht mein Kollege nicht, denn nach seiner Ansicht hat Löschmann so viel Geld, dass er locker eine Villa als Büro bezahlen könnte. Jedenfalls gibt er eine Menge Geld für den Naturschutz aus. Es soll sogar einen Fonds geben, den Löschmann ins Leben gerufen hat, der ausschließlich Naturschutzprojekte finanziert. Außerdem heißt es, dass er nur zweckgebundene Spenden gibt.«

»Ihm ist es anscheinend wichtig, die Kontrolle zu behalten«, meinte Helga.

»Keine Ahnung«, murmelte Strubbel und führte weiter aus: »Seine Vorliebe gilt Eulen, genauer dem Waldkauz. Bei dessen Wiederansiedlung ist er stark engagiert.«

»Meinst du emotional?« fragte Nadine.

»Auf seiner Geschäftshomepage gibt es einen Link zu einem Blog. Er schreibt da über die Fortschritte und Niederlagen des Projektes Waldkauz. Das Zeug liest sich grauenhaft und, ja, er ist eindeutig gefühlsmäßig engagiert.«

»Ein möglicher Täter!« kommentierte Pfeiffer.

»Ja, ganz sicher«, nickte der Fotograf. »Niemand in diesem Geschäft ist so erfolgreich, wenn er nicht einen Killerinstinkt hat.«

»Nur hat die Überlegung einen Haken«, warf Tristan ein. »Keine der beiden Stadtplanerinnen hätte etwas für oder gegen die Ansiedlung des Waldkauzes unternehmen können. Welches Motiv sollte er also haben?«

»Hm, da ist was dran. Also dann dieser Küschenrieder«, brummte Pfeiffer.

Tristan zuckte mit den Schultern. »Ja, durchaus ein möglicher Täter.«

## 6

Der mögliche Täter saß zusammen mit seinem Hauptsponsor auf einem Hochsitz nahe Breitenbach. Löschmann hielt ein teures Fernglas von Leica in der Hand, während der Studienrat mit einem Nachtsichtgerät die Umgebung absuchte.

»Sehen Sie was?« flüsterte Löschmann aufgeregt.

»Nein«, schüttelte Küschenrieder den Kopf.

»Ich hätte mir auch so ein Nachtsichtgerät besorgen sollen«, murmelte Löschmann neidisch. »Das Fernglas ist zwar ausgezeichnet, aber bei Dunkelheit nicht wirklich zu gebrauchen.«

Der Studienrat nickte, während er die Baumkronen nach dem Waldkauz absuchte.

»Sind Sie sicher, dass wir an der richtigen Stelle sind?« fragte Löschmann leise.

»Ja, das wurde mir so berichtet«, antwortete Küschenrieder, ebenfalls im Flüsterton.

»Dann müssen wir jetzt warten?« Der Finanzexperte benahm sich wie ein ungeduldiger Teenager.

»So sieht's aus«, nickte Küschenrieder.

Der Waldkauz gehört zu den mittelgroßen Eulen in Europa. Sie benötigen als Brutareal reich strukturierte Landschaften, in denen sich Wälder, Haine und Wiesen abwechseln. Er ist ein Höhlenbrüter und bevorzugt neben Baumhöhlen auch Mauerlöcher, Dachböden sowie Felshöhlen. Sein charakteristischer Ruf „Huh-Huhuhu-Hu" wird gerne in Filmen verwendet, wenn die Filmszene unheimlich wirken soll. Waldkäuze sind ausgeprägte Standvögel, die ihr Revier auch im Winter nicht verlassen. Deshalb sind sie als Windmühlenkiller die perfekte geschützte Tierart.

Die beiden Männer zuckten zusammen, als der Ruf plötzlich durch die Nacht schallte.

»Haben Sie das gehört!« platzte es aus Löschmann heraus. »Es gibt hier wirklich einen Waldkauz!«

»Ja, ja«, brummte Küschenrieder, »das hatten wir doch schon geklärt. Die Frage ist, brütet er hier oder ist er auf der Durchreise?«

»Ich würde ihn zu gerne in Aktion erleben.« Der Finanzmann blickte mürrisch auf sein Fernglas. »Werde mir morgen direkt mal ein Nachtsichtgerät anschaffen«.

Plötzlich vibrierte Küschenrieders Handy. Er griff in seine Jackentasche und zog es heraus.

»Sprechen Sie leise«, mahnte Löschmann, der seinen Kopf in alle Himmelsrichtungen drehte, um ja nichts zu verpassen.

»Was!? Das ist ja eine Katastrophe«, flüsterte unterdessen der Studienrat in sein Handy. »Ja, ich komme.«

»Was ist geschehen?« fragte Löschmann verärgert.

»Es wurde eine weitere Stadtplanerin ermordet«, antwortete der Lehrer. »Das war Walter Göbel, er bittet, dass ich sofort nach Walpersdorf komme.«

»Das ist jetzt aber unpassend«, murrte Löschmann, der von Küschenrieder mitgenommen worden war.

»Sie müssen wohl oder übel mitkommen, wenn Sie nicht von hier aus nach Siegen laufen wollen«, meinte der Umweltschützer und stand auf.

»Also eine Versammlung wildfremder Menschen, darauf habe ich jetzt gar keine Lust«, knurrte der Finanzexperte.

»Sie unterstützen dort ein Projekt«, erinnerte Küschenrieder den noblen Spender.

»Ach ja?!« Löschmann war in vielen Gegenden mit seinen Projekten aktiv.

»Man hat dort vor einigen Tagen ebenfalls einen Waldkauz gesichtet«, erklärte Küschenrieder und stieg den Hochsitz hinab. »Ich habe Sie informiert.«

»War das auf einem Bergkamm mit dem Namen *Heller Kopf*?« fragte Löschmann nach.

»Genau!« antwortete Küschenrieder. Sie erreichten den Waldboden, als ein weiteres Mal der Waldkauz sein unheimliches „Hu-HuHuHu-Huhu" durch die Nacht hören ließ.

## 7

In Siegens Altstadt war nichts Unheimliches zu hören. Die kleine Gruppe von Journalisten, Polizisten und dem Detektiv mit Freunden saß immer noch um den Brunnen herum. Erich hatte sich verabschiedet und war in die Sakristei gegangen, deren Eingang gleich neben dem Brunnen lag.

Nadine hatte Strubbels Ausführungen zu Michael Löschmann genau verfolgt, doch ihr negativer Eindruck von Horst Maier beschäftigte sie noch immer.

»Was ist, wenn jemand es so aussehen lassen will, als wären die Täter fanatische, gewaltbereite Umweltaktivisten?« stellte sie in den Raum.

»Dann würde ich fragen: Aus welchem Grund sollte man das machen?« Tristan sah zu Nadine.

»Um von dem eigentlichen Motiv abzulenken«, antwortete sie überzeugt.

»Was für ein Motiv sollte das sein?« fragte Holzbaum.

»Ein wirtschaftlicher Vorteil, zum Beispiel.« Nadines Augen glühten. »Stellen wir uns doch nur einen Moment vor, dass Maier Informationen erhalten hat, die ihm diesen wirtschaftlichen Vorteil einbrachten?«

»Wie das?« Pfeiffer leerte sein zweites Glas Wein.

Helga goss nach, da der Tropfen den Hauptkommissar sichtbar beruhigte.

»Nun, wenn man als Erster weiß, welche Fläche im Wald für Windkraftanlagen vorgesehen ist, kann man sie vielleicht günstiger kaufen«, erklärte Nadine. »Aber dann kommen die Beschlüsse aus Arnsberg, und alles ist für die Katz, weil plötzlich ganz andere Grundstücke wertvoll werden.«

»Sie gehen davon aus, dass die getöteten Stadtplanerinnen Informationen verkauften?« Tristan rückte seine Halbbrille zurecht. Eine Geste, die er automatisch machte, wenn seine grauen Zellen zu arbeiten begannen.

»Ja, das denke ich«, nickte die Journalistin.

»Ich dachte, für den Raum Siegen hat sich nicht viel geändert«, bemerkte Holzbaum.

»Für den Raum Siegen, ja. Aber was ist mit Netphen? Oder Bad Berleburg, Kreuztal und so weiter?« erwiderte Nadine.

»Das sollten wir klären«, nickte Pfeiffer.

Tristan, der grundsätzlich gegenüber jedem Vorschlag offen war, dachte über Nadines Vermutung nach, schließlich sagte er: »Sie haben erwähnt, dass beide Opfer mit einem runden Gegenstand erschlagen wurden. Horst Maier benutzt einen Spazierstock, der als Waffe gut geeignet wäre.«

»Mensch, daran habe ich gar nicht gedacht«, rief Nadine aufgeregt. »Das Ding ist ein wahrer Totschläger!«

Holzbaum ließ sich den Spazierstock beschreiben und machte sich einige Notizen. Dann wurde es plötzlich laut auf dem Hof. Die Spurensicherung war eingetroffen. Pfeiffer zeigte die Stelle, die es zu untersuchen galt, und ließ sie dann ihre Arbeit machen. Mit den Experten war auch Affolderbach zum Tatort gekommen. Er gesellte sich zu den anderen am Brunnen.

Tristan stellte den jungen Beamten vor. Nadine und Strubbel musterten den Polizisten ausgiebig.

»Ich hoffe, Pfeiffer versaut ihn nicht«, flüsterte Nadine Tristan zu.

»Affolderbach hat einen ganz eigenen Charakter«, antwortete der Detektiv und fügte als

Erklärung hinzu: »Er kommt aus dem Siegerland!«

»Okay, das wird ihn resistent gegen gewisse Eigenschaften machen«, grinste Nadine.

Inwieweit sich der junge Beamte von seinen Kollegen unterschied, machte Affolderbach deutlich, als er ein Glas Wein kategorisch ablehnte, solange er noch im Dienst sei.

»Und, Affolderbach«, fragte Pfeiffer, »was haben Sie Nützliches herausbekommen?«

Der Kommissar blickte verdutzt in die Runde.

»Jetzt zieren Sie sich nicht, wir sind hier unter Freunden«, erklärte Holzbaum, der Affolderbachs Zögern, seine Ermittlungen sozusagen auf einem Marktplatz feilzubieten, verstand.

»Wenn Sie wünschen«, nickte er und zog sein Handy aus der Jacketttasche.

»Hightech«, kommentierte Strubbel anerkennend, »erschreckt Sie das nicht, Herr Pfeiffer?«

»Ach, Spielzeug!« erwiderte der Hauptkommissar, während er nach der Weinflasche suchte.

Das Spielzeug leuchtete auf und Affolderbach begann zu berichten: »Also, wie von Ihnen angewiesen, habe ich mir das auffällige Konto genauer angesehen. Dabei habe ich zwei weitere Personen ausfindig machen können, die Zugriff auf das Konto haben.«

Die anderen sahen den Polizisten neugierig an.

»Und, die Namen!?« lallte Pfeiffer.

»Die Namen lauten Jürgen Pohl und Horst Maier«, antwortete er. »Daraufhin habe ich die

Personenverzeichnisse von Gemeinde- und Stadtverwaltungen im Kreisgebiet abgeglichen. Der Name Jürgen Pohl findet sich im Personalverzeichnis der Stadt Bad Berleburg wieder. Der Name Horst Maier taucht in keinem Verzeichnis auf.«

»Da haben wir es!« stieß Nadine aus. »Dieser Maier ist der Täter!«

Affolderbach verengte seine Augen und musterte die Journalistin verständnislos.

Holzbaum erklärte ihm, was Nadine zu der Vermutung brachte.

»Frau Weinberger, Ihre Argumentation basiert auf einem sehr dünnen Fundament«, erklärte Affolderbach. »So, wie sich die Transaktionen darstellen, scheint dieser Maier Geld eingezahlt und abgehoben zu haben. Es erschließt sich mir nicht, weshalb er sich dadurch verdächtig macht.«

»Allein, weil er dieses Konto benutzt!« erwiderte sie spitz.

»Haben Sie die Finanzen von Küschenrieder untersucht?« fragte Tristan.

»Ja, aber dort gibt es ebenfalls keine auffälligen Bewegungen«, antwortete Affolderbach. »Der Mann führt drei Konten: ein privates Konto und zwei Konten für den NABU – den Naturschutzbund.«

»Gab es größere Summen, die eingezahlt wurden«, hakte Tristan nach.

»Ja, auf eines der NABU-Konten. Es ist als Spendenkonto ausgewiesen und keine Summe überschritt die 15.000-Euro-Marke«, erklärte Affolderbach. Überwiesene Summen, die unter 15.000 Euro blieben, mussten von der Bank nicht auf ihren Absender überprüft werden. Dadurch wollte der Gesetzgeber Geldwäsche und Korruption verhindern. »Allerdings wurden mehrere Male 14.990 Euro anonym überwiesen.«

»Der Absender lässt sich nicht ermitteln?« fragte Pfeiffer.

»Nicht direkt«, antwortete Affolderbach. »Jedoch nehme ich an, dass eine solche Summe sicherlich für das Finanzamt quittiert werden soll.«

»Das würde Sinn machen«, nickte Nadine und meinte: »Glauben Sie, dass diese Summen von Michael Löschmann stammen?«

## 8

Der Finanzexperte hätte dies beantworten können. Leider quälte er sich zu diesem Zeitpunkt mit einem Holzstuhl herum, der feine Splitter in sein Gesäß trieb. Löschmann empfand das als Strafe dafür, dass er als Protestant in einem katholischen Pfarrheim saß. Während er nach einem Kissen Ausschau hielt, stritten sich die Bürger des Dorfes lautstark.

»Was wird jetzt aus dem Vorhaben?« rief ein älterer Mann.

»Solange nicht klar ist, weshalb Frau Dorn ermordet wurde, sollten wir den Ball flach halten«, äußerte ein anderer Bürger seine Meinung.

William Küschenrieder schüttelte genervt den Kopf. Er war als Gast hinzugezogen worden, da Walter Göbel einen Fachmann an seiner Seite haben wollte.

»Wenn wir jetzt von vorne anfangen müssen, dann steige ich aus!« Eine Frau im mittleren Alter fuchtelte wild mit den Armen.

»Der reinste Kindergarten«, brummte Horst Maier, der sich neben Küschenrieder gesetzt hatte.

»Sie haben keine Angst um Ihre Investitionen?« fragte der Studienrat neugierig.

»Nö, meine Kohle ist sicher«, antwortete Maier schnoddrig.

Unterdessen wurde Walter Göbel laut.

»Jetzt beruhigt euch!« schrie der Mann in den Saal. »Es gab einen Mord, da sollten wir mit mehr Respekt an die Verstorbene denken.«

Einige Unmutsäußerungen wurden nach diesem Vorschlag laut.

Göbel ließ sich nicht verunsichern und begann mit fester Stimme die Versammlung zu leiten. »Jetzt hört mal alle zu! Ich bin sicher, dass wir die Windmühlen verhindern können. Daran wird dieser Mord auch nichts ändern.«

»Sicher!?« rief jemand.

»Sicher, wir haben nämlich das Gesetz auf unserer Seite«, antwortete Göbel. »Erst heute morgen war ich bei dieser Frau, und durch den Waldkauz werden wir die Windmühlen verhindern.«

»Quatsch!« zischte Maier laut. »Noch ist ja gar nicht dokumentiert, dass es sich überhaupt um einen Waldkauz handelt!«

»Das ist nicht korrekt!« mischte sich Küschenrieder ein. »Ein erfahrener Ornithologe hat mir bestätigt, einen Waldkauz am *Hellen Kopf* gesehen zu haben.«

»Ja, ja, Reinhold Messner will einen Jeti gesehen haben«, sagte Maier provokativ. »Den Beweis blieb er schuldig – so wie ihr.«

»Das wird sich nur um Tage handeln, bis wir den Beweis vorlegen«, erwiderte Göbel. »Richtig, Herr Küschenrieder?!«

»Ja, wir haben bereits mehrere freiwillige Helfer organisiert, die den Wald absuchen«, bestätigte der Studienrat.

»Das wird bestimmt funktionieren«, grinste Maier, »die werden ja alle so lautlos sein?!«

»Was meint er damit?« rief Göbel, dem Maiers arrogantes Verhalten unheimlich wurde.

»Nichts, vergessen Sie das«, versuchte Küschenrieder abzuwehren.

Löschmann, der von der Szenerie gut unterhalten wurde, kräuselte die Stirn. Er hatte eine Menge Geld gespendet, um den Waldkauz ausfindig zu machen und gegebenenfalls neu anzusiedeln. Wenn der Studienrat jetzt von Freiwilligen spricht, wofür werden seine Spenden dann verwendet?

»Herr Küschenrieder, auf ein Wort!« rief er und stand auf. »Darf ich mich vorstellen, mein

Name ist Michael Löschmann und ich bin die treibende Kraft, die dafür sorgen will, dass der Waldkauz im Siegerland wieder heimisch wird.«

Es wurde leise im Pfarrheim.

»Herr Küschenrieder, habe ich das gerade richtig verstanden? Um den Nachweis eines Waldkauzes zu erbringen, werden Sie Freiwillige einsetzen?«

Dem Studienrat wurde seine heikle Lage sofort bewusst. Normalerweise saß sein Hauptspender nicht in den Versammlungsräumen und hörte somit auch nicht, was der Umweltschützer von sich gab. Ihm blieb nichts anderes übrig, als das Beste aus der Situation zu machen.

»Ja, das ist richtig, Herr Löschmann«, antwortete er ruhig. »Ihre Spenden werden gebraucht, um Equipment anzuschaffen, so wie das Nachtsichtgerät, das Sie eben bewunderten. Außerdem muss ein wissenschaftliches Gutachten erstellt werden, das wir ebenfalls bezahlen müssen.« Küschenrieder lächelte in die Versammlung. »Diese Maßnahmen werden dafür sorgen, dass wir den Nachweis erbringen können.«

»Alles Quatsch!« polterte Maier. »Was Ihre Leute da gesehen haben, war zwar ein Waldkauz, aber den habe ich bestellt!«

»Wie?! Was?!« rief Göbel.

»Noch nie was von Falknerei gehört!« Maiers feistes Gesicht blickte zufrieden in den Raum. »Ja, glaubt ihr denn, ich würde meine Interessen nicht schützen?«

Der Windbauer stand auf. »Die gute Hanna Dorn lebt nicht mehr, aber die Windräder werden kommen! Verlasst euch drauf!«

Dann verließ er die Versammlung.

»Was soll das bedeuten?« wunderte sich Göbel.

»Das soll heißen, dass wir einer Täuschung aufgesessen sind«, knurrte Löschmann. »Der Mann hat unseren Leuten einen trainierten Kauz vorgesetzt!«

## 9

Tristan und Helga saßen zusammen auf dem Sofa. Mehrere Kerzen brannten auf dem Kaminsims und auf dem Esstisch. Es war zu warm, um Feuer im Kamin brennen zu lassen, aber Helga mochte das natürliche Licht einer Flamme. So hatte sie überall in der Wohnung dicke Kerzen aufgestellt und angezündet. Das warme Licht erhellte das Wohnzimmer gerade so weit, dass elektrische Lampen ausgeschaltet bleiben konnten.

Sie blätterte einen Bestellkatalog für professionelles Kochgeschirr durch, während Tristan eine Karte ansah, die von der Bezirksregierung herausgegeben worden war. „Windenergiekonzept Südwestfalen" stand am Rand und in der Legende gab es Bezeichnungen wie „potenzielle Vorranggebiete". Der Detektiv studierte diese Vorranggebiete und verglich sie dann mit Karten, die die Städte Siegen und Netphen herausgegeben hatten.

Nun wollte er herausfinden, ob die von der Bezirksregierung für den Bau von Windmühlen bestimmten Gebiete von denen der Städte Siegen und Netphen abwichen. Tristan musste nicht lange suchen, um die erste Unstimmigkeit festzustellen. Allerdings überraschte ihn der Fund.

In der Karte aus Arnsberg war das Bebauungsgebiet für den Windpark zwischen Walpersdorf und Werthenbach gänzlich verschwunden. Dort war plötzlich gar keine Fläche mehr vorgesehen.

»Das ist komisch«, murmelte Tristan und weckte Helgas Neugier.

Sie legte den Katalog beiseite und beugte sich zu ihrem Freund.

»Was ist komisch?«

Er zeigte ihr beide Karten und deutete dann mit dem Zeigefinger auf eine Stelle in der Arnsberger Karte. »Hier sollte der Windpark eingezeichnet sein. Ist er aber nicht.«

»Ein Fehler?« fragte Helga, während sie die beiden Kartenabschnitte verglich.

»Nein, denke ich nicht«, antwortete Tristan. »Ich habe noch andere Karten gefunden. Vielleicht helfen die bei der Aufklärung. Warte, ich sehe nach.«

Er ging an den Sekretär, der rechts des Kücheneingangs an der Wand stand. Das viktorianische Möbel passte zu dem meterlangen

Bücherregal und dem zierlichen Sofa. Der Bildschirmschoner eines aufgeklappten, schmalen Notebooks projizierte unterschiedliche Aquarellzeichnungen mit Motiven aus dem Kreisgebiet auf den Bildschirm. Neben dem Computer thronte auf dem polierten Nussbaumholz der Arbeitsfläche ein altmodisches Telefon. Auf dem Boden, gleich neben dem Sekretär, brummte ein kleiner Drucker.

»Wo hast du die Karten her?« wollte Helga wissen.

»Kann man sich von der Homepage der Bezirksregierung und der beiden Städte herunterladen«, erklärte Tristan.

Helga grinste. »Wie bist du denn darauf gekommen?«

Der Detektiv mochte Technik nur in begrenzten Maßen einsetzen. Mit dem Internet arbeitete er deshalb äußerst selten.

»Der junge Kommissar hat mir den Tipp gegeben, bevor er mit Pfeiffer und Holzbaum gefahren ist.«

»Hat er was gebracht, der Tipp?« hakte sie nach.

»Wie du siehst, ja. Verwirrung!«

Tristan kam mit mehreren DIN-A4-Blättern zurück. Sie alle waren mit Karten bedruckt, die die Bezirksregierung herausgegeben hatte.

»Was erhoffst du dir von den Karten, was du nicht schon weißt?« Sie stand auf und räumte den kleinen Sofatisch frei, auf dem Tristan die Blätter auszubreiten begann.

»Ich versuche zu verstehen, wie genau man ein Gebiet für Windmühlen festlegt.«

»Na, das ist doch nicht schwer«, grinste Helga und meinte: »Dort, wo der meiste Wind strömt, ist der beste Standort!«

Wie sich herausstellte, war es leider nicht so einfach. Der Standort musste zahlreiche Kriterien erfüllen, bevor ein Gebiet ausgeschrieben werden konnte. Da waren das Schutzgut Mensch, das Schutzgut Tier, einschließlich Pflanzen und biologischer Vielfalt, sowie die Menge an Wind, die durchschnittlich im Jahresmittel vorbeiströmte. Allerdings gab es Lücken und Auslegungsbereiche, die vor Gericht geklärt werden müssten, würde jemand sich gegen den Beschluss eines Gemeinderats oder eines Stadtrats wehren.

Tabellen von Abständen, die zwischen Windmühlen und Häusern bestehen mussten, waren da genauso aufgeführt wie die Arten von Vögeln, die besonderen Schutz genossen. So konnten die Stadträte und Gemeinderäte relativ sicher ein Gebiet bestimmen, das sie für Windanlagen freigeben wollten. Interessant war nun, dass Arnsberg restriktiver vorging als die örtlichen Entscheidungsgremien.

»Hm, ich sehe keine Möglichkeit, wie man aus diesen Informationen einen Vorteil ziehen kann«, nuschelte der Detektiv.

»Wenn du das ganze Gebiet kaufst, bist du auf der sicheren Seite«, lächelte Helga und fuhr mit dem Finger über die Karte.

»Das ist riesig und teuer«, antwortete Tristan.

»Sicher, aber bestimmt lukrativ«, erwiderte Helga.

»Man müsste überprüfen, wem das Land gehört«, äußert er sich.

»Kein Problem, dafür ist das Katasteramt zuständig«, meinte Helga. »Dort erhält man die nötige Auskunft.«

»So?!« Der Detektiv lächelte seine Freundin an. »Wie kommst du denn darauf?«

»Ganz einfach, ich habe mich schlau gemacht, weil mich die Wiese hinter der Pension interessiert«, erklärte sie. »Dachte daran, sie zu kaufen und Pferde draufzustellen.«

»Du machst Witze?!« Tristan wirkte entsetzt.

»Wegen der Pferde oder des Kaufs?« hakte Helga amüsiert nach.

»Wegen der Pferde natürlich! Die Tiere müssen versorgt werden! Dann kommst du noch seltener nach Siegen!«

»Jetzt enttäuschst du mich«, antwortete Helga. »Hörst du nicht zu? Ich habe nicht von eigenen Pferden gesprochen. Die Leute machen jetzt Pferdewanderungen! Erst vorgestern standen wieder vier Reiterinnen mit ihren Pferden vor der Tür. Das scheint der neue Trend zu werden, da muss man mitgehen.«

»Also keine eigenen Pferde«, stöhnte Tristan erleichtert.

»Nein«, sagte sie und gab ihrem Freund einen Kuss. »Aber ich benötige den Platz für einen Unterstand.«

»Und da warst du beim Katasteramt?«

»Nein, noch nicht, das wollte ich morgen erledigen.« Dann grinste sie. »Weißt du was. Wir gehen morgen zusammen hin. Du schaust nach, wem die Waldflächen gehören und ich bekomme heraus, wer die Wiese hinter meinem Haus besitzt.«

# 5. Mit einem lauten Knall ...

Donnerstagvormittag

Mit einem lauten Knall fiel die Tür ins Schloss. Der Bürgermeister der Stadt Siegen war wütend. Als Politiker und Verwaltungsbeamter musste er sich auf unterschiedliche Charaktere einlassen, das war nun mal so, gut. Ein ständiges Balancieren zwischen den Interessen verschiedener Gruppen gehörte ebenfalls zu seinen alltäglichen Aufgaben und erforderte hier und da eine geballte Faust, schön versteckt in den Hosentaschen. Okay, er hatte sich den Job ja freiwillig ausgesucht. Selbst den Fakt, dass die Stadtkasse so ausgetrocknet war, dass selbst ein Hightech-Bohrer nicht mehr auf eine Wasserader treffen würde, musste er akzeptieren, auch wenn er insgeheim an ein Wunder glaubte.

Doch was ihm gerade von seiner Sekretärin mitgeteilt wurde, sprengte die mühsam gepflegte Selbstbeherrschung. Ihm war mitgeteilt worden, dass man einen Verdächtigen im Mordfall Neuser auf freien Fuß gesetzt hatte, nur weil der Landrat das so wollte. Das roch sehr nach Amtsmissbrauch, was den Bürgermeister nicht weiter wunderte, neigten seiner Meinung nach die Sozialisten doch zu Kungeleien. Als Christdemokrat sah er die große Koalition ohnehin mit Zwiespalt, da auf der kommunalen Ebene beide Parteien ganz andere Wege gingen.

Er eilte zum Schreibtisch, riss den Hörer des Telefons in die Höhe und begann zu wählen.

»Bitte, verbinden Sie mich mit Hauptkommissar Pfeiffer.« Seine Stimme klang ruhig, mit einem leichten Zittern, aus dem man die Anspannung hätte heraushören können.

»Was! Der Hauptkommissar ist nicht in seinem Büro? ... Könnten Sie eine Nachricht für ihn entgegennehmen?«

Die nette Frauenstimme am anderen Ende nahm seine Nachricht entgegen. Missmutig legte er auf.

»Herr Bürgermeister!« Seine Sekretärin stand in der Tür.

»Ja?« Er blickte nachdenklich zu ihr hinüber.

»Sie haben Besuch«, antwortete sie. »Die Polizei! Herr Pfeiffer und Herr Holzbaum.«

»Nein!?« grinste er. »Das ist jetzt wohl göttliche Fügung. Herein mit ihnen!«

Er setzte sich und erwartete die Beamten.

Pfeiffer und Holzbaum traten einen Augenblick später ein.

»Guten Morgen, die Herren«, rief der Bürgermeister aus und stand erfreut auf, trat um den Schreibtisch herum und gab den Männern die Hand.

Der Hauptkommissar blinzelte seinem Kollegen skeptisch zu. Auch Holzbaum empfand die übertriebene Höflichkeit des Stadtoberhauptes als suspekt.

»Setzen Sie sich«, bat der Bürgermeister und führte sie an einen Besprechungstisch.

»Möchten Sie Kaffee?« fragte unterdessen seine Sekretärin.

Er nickte ihr zu und setzte sich zu den Polizisten. Die Sekretärin verschwand und kam wenig später mit einer Kanne zurück, die sie auf den Tisch stellte.

»Danke«, sagte der Bürgermeister und wartete, bis sie den Raum verlassen hatte, dann fragte er: »Was kann ich für Sie tun?«

Pfeiffer griff nach einer Tasse, die bereits auf dem Tisch stand, und schenkte sich Kaffee ein.

»Wir möchten Sie über den Stand der Ermittlungen informieren«, erklärte Holzbaum.

»So? Ich habe da etwas gehört, das mich irritiert«, antwortete der Bürgermeister.

»Wenn Sie die Sache mit diesem Kiesling meinen«, erklärte Pfeiffer, »dann wissen Sie ja schon das Wichtigste.«

»Dann ist es also wahr, dass sich der Landrat eingemischt hat!« zischte der Bürgermeister.

»Ja, so kann man das sehen«, nickte der Hauptkommissar und nippte an der Kaffeetasse.

»Das ist ungeheuerlich!« schimpfte der Bürgermeister.

»Es gab Zweifel«, mischte sich Holzbaum ein. »Die konnte man nicht ignorieren.«

»Ich denke da eher an Absprachen«, warf Pfeiffer ein.

»Sie meinen, der Landrat steckt mit in der Sache?« wunderte sich das Stadtoberhaupt.

»Von was für einer Sache sprechen wir denn?« Pfeiffer wurde vorsichtig.

»Na, von der Sie gerade sprachen«, antwortete der Politiker.

»Ich sprach davon, dass der Landrat das Alibi unseres Verdächtigen bestätigte«, erklärte der Hauptkommissar. »Er hat sich zum Zeitpunkt des Mordes mit Kiesling getroffen. Das wurde bestätigt.«

»Ach nein?« Der Bürgermeister blickte die Polizisten skeptisch an. »Weshalb sind Sie denn nun hier?«

»Wir haben den Verdacht, dass Natalie Neuser Informationen verkaufte«, antwortete Holzbaum.

»Das wäre ein schlimmes Vergehen«, murmelte der Bürgermeister. »Das kann ich mir bei der Frau nicht vorstellen.«

»Uns ist noch nicht klar, womit genau gehandelt wurde«, erklärte Holzbaum. »Momentan gehen wir davon aus, dass es ein Netzwerk geben könnte.«

»Ein Netzwerk? Was meinen Sie damit?«

»Es hat gestern Abend einen zweiten Mord gegeben«, sagte Pfeiffer. »Dieses Mal traf es eine Stadtplanerin aus Netphen. Wir vermuten, dass es vielleicht eine Arbeitsgruppe gibt, in der sich die Stadtplaner der einzelnen Städte und Gemeinden beraten, absprechen oder so was.«

»Ja, die gibt es«, nickte der Bürgermeister.

Pfeiffer blickte Holzbaum verblüfft an.

»Haben Sie eine Liste, wer dieser Arbeitsgruppe angehört?« hakte der Hauptkommissar nach.

»Nein, aber die kann besorgt werden«, antwortete der Bürgermeister.

## 2

Helga und Tristan waren bereits auf dem Weg, eine Besorgung zu machen. Sie schlenderten die Einkaufsstraße hinunter, die im Schatten der mehrstöckigen Wohn- und Geschäftsgebäude lag. Entlang der neu gepflasterten Einkaufsmeile hatten sich im Erdgeschoss der Häuser kleine Läden und Boutiquen angesiedelt. Darüber befanden sich meist Wohnungen, sodass die Einkaufsstraße auch nach Geschäftsschluss belebt blieb. Als die beiden nun auf das Kölner Tor zugingen, öffneten links und rechts die ersten Läden. Junge Verkäuferinnen schoben Ständer vor die Tür, die von Helga neugierig gecheckt wurden.

»Einkaufen kannst du später«, meinte Tristan freundlich.

»Mal sehen«, nickte sie. »Wir wollen uns jetzt erst einmal auf die bevorstehende Aufgabe konzentrieren?«

»Du sprichst das an, als hätten wir eine Himalaja-Expedition vor uns«, meinte Tristan und lächelte.

»Es dürfte dir doch nicht fremd sein, dass man mit Behörden so seine Erfahrungen macht.«

»Ja, aber wir haben nichts Illegales vor«, erwiderte der Detektiv.

»Nun, ich bin da etwas zurückhaltender.«

Sie erreichten das Kölner Tor, an dem die Einkaufsstraße die Sandstraße kreuzte. Durch den Umbau der ehemals zweispurigen Sandstraße floss der Verkehr jetzt nur noch einspurig in Richtung Weidenau. Der gesamte Bereich rund um das Kölner Tor war auf diese Weise verkehrsberuhigt, was eindeutig einer Verbesserung gleichkam. Helga wollte das neu gestaltete Ufer der Sieg ansehen, weshalb sie sich auf dem Weg zum Kreishaus, in dem das Katasteramt zu finden war, einen kleinen Umweg gönnten.

Die Neugestaltung des Siegufers im Innenstadtbereich war fast abgeschlossen. Die Terrassen am Siegufer strahlten weiß in der Morgensonne. Allerdings war vom Fluss nur ein Rinnsal zu sehen. Die anhaltende Trockenheit hatte das Gewässer schrumpfen lassen.

Von der Siegbrücke gingen sie in Richtung Kochs Ecke. Nach einem fünfminütigen Spaziergang erreichten sie das Kreishaus. Sie folgten der Beschilderung und landeten schließlich vor einer Bürotür. Dort klopften sie an.

Eine jüngere Frau mit blonden Haaren öffnete ihnen die Tür.

»Was kann ich für Sie tun?« fragte sie freundlich.

Tristan erklärte kurz sein Anliegen.

»Ja, bitte, kommen Sie herein«, bat sie. »Normalerweise wäre eine Anmeldung von Vorteil, weil wir dann die betreffende Katasterauskunft vorbereitet hätten.«

»Wird es auch so gehen?« fragte Helga und lächelte die Frau mit ihrem Gute-Laune-Gesicht an.

»Was genau möchten Sie denn wissen?« fragte eine weitere Kreisangestellte, die weiter hinten im Büro vor einem Computer saß.

»Es geht um Waldgebiete nahe Breitenbach und im Johannland«, erklärte der Detektiv.

»Und ich möchte mich über eine Wiese auf der Ginsberger Heide erkundigen«, ergänzte Helga.

»Nun, das wird wohl gehen«, nickte die Kreisangestellte und begann etwas in den Computer einzutippen.

»Wenn Sie zu mir rüberkommen könnten«, forderte die blonde Frau Helga auf. »Ihr Mann kann dann zu Elke gehen.«

Die beiden gesellten sich zu den Angestellten.

»Ihnen ist bekannt, dass dies kein Grundbucheintrag ist, den Sie einsehen?« fragte die blonde Frau.

»Ja, das ist uns bekannt«, antwortete Tristan. »Wir wollen eigentlich nur die Eigentümer der Flurstücke wissen, um uns mit ihnen in Verbindung zu setzen.«

»Das dürfte kein Problem werden«, nickte die Frau.

In der Tat dauerte die Aktion nur wenige Minuten. Helga fand heraus, dass ein alter Bekannter aus Lützel der Eigentümer der Wiese hinter ihrer Pension war. Etwas länger dauerte es bei Tristan. Das lag an der genauen Bestimmung des Flurstücks. Als der Detektiv vorschlug, einfach ein beliebiges Flurstück in dem ausgewählten Waldbereich zwischen Werthenbach und Walpersdorf anzusehen, kamen sie weiter. Es stellte sich heraus, dass das gesamte Gebiet von einer Firma aufgekauft worden war.

»Das ist interessant«, murmelte der Detektiv. »Können Sie die Suche so einstellen, dass nur Flurstücke angezeigt werden, die dieser Firma gehören?«

»Ja, das müsste möglich sein«, antwortete sie und begann ein anderes Menü aufzurufen. Sie gab den Namen der Firma in einem Suchfeld ein und drückte die Enter-Taste.

»Das könnte jetzt einen Augenblick dauern«, meinte sie.

Doch kaum hatte sie es ausgesprochen, da erschien eine Liste von Flurstücken, bei denen die genannte Firma als Eigentümer eingetragen war.

»Das ist ungewöhnlich«, meinte die Kreisangestellte, »so wie es aussieht, hat die Firma den gesamten Wald rund um Breitenbach sowie zwischen Werthenbach und Walpersdorf aufgekauft.

Sehen Sie hier, das sind die dazugehörigen Flurstücke.«

Tristan bemerkte, dass die Suche noch weitere Flurstücke auflistete, die nicht zu den genannten Waldstücken zählten.

»Was ist mit den anderen Flurstücken?« fragte er.

»Die gehören zu Bad Berleburg«, antwortete sie. »Warten Sie, da muss ich eine andere Karte aufrufen.«

Sie tippte erneut auf die Tastatur, klickte mit der Maus auf einzelne Menüpunkte und dann öffnete sich eine Karte.

»Die Flurstücke gehören zu einem Waldgebiet, das in der Nähe von Schwarzenau liegt. – Warten Sie, ich drucke Ihnen eine Übersichtskarte aus.«

»Das wäre hilfreich«, nickte Tristan.

Nach einer Dreiviertelstunde verließen die beiden das Kreishaus. Tristan hielt einen Umschlag in der Hand. Er verfügte nun über eine Unterlage, die alle Flurstücke auflistete, die der ominösen Firma gehörten.

»Was ist eigentlich so interessant an dieser Firma?« fragte ihn Helga, als sie der Frankfurter Straße Richtung Altstadt folgten.

»Das ist die Firma, auf deren Namen das Konto läuft, zu dem die beiden Toten Zugriff hatten«, antwortete Tristan.

# 3

Die Polizisten warteten auf die Liste. Sie hielten sich auf dem Flur des Rathauses auf, bis die Sekretärin des Bürgermeisters ihnen das Blatt Papier überreichte. Wie sich herausstellte, waren die beiden Stadtplanerinnen in dieser Arbeitsgemeinschaft tätig gewesen.

»Hast du gesehen«, sagte Pfeiffer und deutete mit einer Zigarette auf einen Namen. »Dieser Jürgen Pohl ist ebenfalls genannt.«

»Wir sollten nach Bad Berleburg fahren«, schlug Holzbaum vor. »Vielleicht kann der Mann uns etwas Genaueres über dieses mysteriöse Konto sagen.«

»Wenn er bestochen worden ist, wird er das möglichst vermeiden wollen«, meinte der Hauptkommissar und steckte sich die Zigarette an.

»Wenn wir ihn nicht befragen, bekommen wir darauf keine Antwort«, antwortete Holzbaum.

»Okay, dann auf nach Bad Berleburg«, nickte Pfeiffer.

»Was wird aus Affolderbach?« wollte Holzbaum wissen.

»Der soll sich um die Obduktionsergebnisse von Hanna Dorn kümmern«, meinte Pfeiffer. »Besonders die Kopfwunde soll untersucht werden. Ich will nicht, dass Irle mit seiner Spazierstockidee uns zuvorkommt.«

»Ja, Chef, dann gebe ich Affolderbach Bescheid«, nickte Holzbaum und rief den Jungkommissar an.

Anschließend gingen sie zusammen zum Dienstfahrzeug und machten sich auf den Weg nach Bad Berleburg.

Die Fahrt in die Stadt der Fürsten von Schayn zu Widerstein führte durch die ersten Ausläufer des Rothaargebirges und war Pfeiffer bestens vertraut. Die Sonne schien vom blauen Himmel herunter, was perfekte äußerliche Bedingungen für eine rasante Fahrt durch die engen, kurvenreichen Straßen bis nach Berleburg versprach. Holzbaum fand sich mit einer blutdrucksteigernden Beförderung ab und schnallte sich an.

Nach einer Dreiviertelstunde erreichten sie das Rathaus von Bad Berleburg. Dort angekommen, fragten sie sich zum Büro von Jürgen Pohl durch.

Der Stadtplaner besaß eine kräftige Statur und grüßte die Polizisten mit einem festen Händedruck.

»Verzeihen Sie«, entschuldigte sich der Mann mit einem breiten Lächeln, als er Pfeiffers Hand zu sehr quetschte. »Aber manchmal weiß ich nicht wohin mit meinen Kräften.«

»So?!« schimpfte der Hauptkommissar und schüttelte seine Hand.

Pohl ignorierte die Geste und fragte: »Was kann ich für Sie tun?«

»Wir sind hier, um Ihnen ein paar Fragen zu einer Arbeitsgemeinschaft zu stellen«, begann Holzbaum.

Jürgen Pohl nickte, als hätte er das erwartet. »Sie meinen die Arbeitsgruppe, in der auch Natalie und Hanna waren.«

»Ja, genau«, bestätigte Holzbaum.

»Das war eine ganz gewöhnliche Arbeitsgruppe, wie sie von der Stadt bzw. Gemeinde übergreifend eingesetzt wird, um Dinge zu koordinieren.«

»In Ihrem Fall die Energiewende?« hakte Pfeiffer nach.

»Nicht die komplette Energiewende, sondern die Standorte der Windkraftanlagen«, erklärte Pohl. »Aber das ist Ihnen sicherlich bekannt. Neben Hanna und Natalie sind auch noch andere Stadtplanerinnen und Stadtplaner in der Gruppe. Gibt es einen bestimmten Grund, dass Sie den weiten Weg nach Bad Berleburg unternehmen, um mich zu sprechen?«

»Ja, den gibt es«, nickte Pfeiffer. »Wir haben im Rahmen unserer Ermittlungen ein Konto gefunden, auf das die beiden Opfer und Sie Zugriff haben. Könnten Sie das erklären?«

»Sie meinen das Konto, auf das auch noch die beiden Unternehmer Maier und Kiesling zugreifen können?!« Pohl schien das nicht zu beunruhigen.

»Genau dieses Konto!« Pfeiffer blickte den Mann durch seine Nickelbrille skeptisch an.

Der Stadtplaner bemerkte den Blick und meinte: »Das ist ein privates Konto, das wir zusammen eingerichtet haben, um für eine Reise zu sparen.«

Der Hauptkommissar verengte seine Augenschlitze und atmete tief ein, dann zischte er. »Sie machen Witze!«

»Keineswegs, ich meine das todernst«, antwortete der Mann. »Wenn Sie etwas anderes darin sehen, beweisen Sie es!«

»Das ist ein sehr einseitiges Ansparen«, mischte sich Holzbaum ein. Der Kommissar hatte langsam eine Kopie der Kontoauszüge aus seiner Jacketttasche gezogen und hielt das Blatt nun Pohl vor. »Demnach zahlen die Herren Maier und Kiesling ein, während die beiden Opfer und Sie von diesem Konto Geld abheben!«

»So ist es«, nickte der Stadtplaner.

»Herr Pohl, wir haben zwei tote Kollegen von Ihnen. Finden Sie nicht auch, dass es sinnvoller wäre, uns die Wahrheit zu sagen?« Holzbaum mimte den nachdenklichen, freundlichen Polizisten, doch Pohl schien das nicht zu interessieren.

»Ich bleibe dabei!« antwortete er.

»Sie könnten das nächste Opfer werden«, sagte Pfeiffer leise.

Pohl wandte seinen Blick zu Pfeiffer. »Wie meinen Sie das?«

»So, wie ich das gesagt habe«, antwortete der Hauptkommissar.

»Sie denken, dass dieses Konto etwas mit den Morden zu tun hat?!« Der Stadtplaner wirkte plötzlich unsicher.

»Wir sind nicht blöd«, knurrte Pfeiffer. »Natürlich wissen wir, dass das Konto für Schmiergeld benutzt wird.«

»Nein, das ist falsch«, erwiderte Pohl laut. »Schmiergeld ist eine andere Bezeichnung von Bestechung und die hat es nicht gegeben.«

»Bitte, erklären Sie das!« forderte Pfeiffer auf.

»Wir sind Beamte und lassen uns nicht bestechen«, konterte Pohl aufgebracht. »Wir unterliegen bei den von uns geführten Projekten einer gewissen Schweigepflicht. Dies gilt aber nicht im Zusammenhang einer Arbeitsgruppe!«

Holzbaum verstand als Erster, was Pohl damit sagen wollte.

»Sie haben die Arbeitsgemeinschaft genutzt, um sich auszutauschen«, begann Holzbaum laut nachzudenken, »und dabei hat jeder vom anderen die nötigen Informationen darüber erhalten, welche Projekte in den jeweiligen Stadtgebieten oder Gemeindegebieten geplant waren.«

»Das ist korrekt und nicht verboten«, nickte Pohl.

»Was soll das, Holzbaum?« knirschte Pfeiffer mit den Zähnen.

»Chef, der Mann sagt, dass sie Infos vom anderen jeweils an Maier und Kiesling weitergeben haben.«

»Wie?! Die Planung von Siegen wurde von der Stadtplanerin aus Netphen weitergegeben?«

»Ja, und die Siegener Stadtplanerin gab die Infos aus Bad Berleburg weiter«, ergänzte Holzbaum.

Pohl schwieg und nickte nur.

## 4

Hans Köhler war erfreut, als sein Schwager endlich im Hof hinter der Marienkirche eintraf.

»Da bist du ja«, schnaufte Hans und eilte auf Helga und Tristan zu.

»Morgen, Hans«, grüßte Helga. Tristan schloss sich dem Gruß an und fragte: »Was führt dich nach Siegen?«

»Morgen zusammen«, brummte Hans und meinte: »Ich habe auf dich gewartet. Wir müssen reden.«

»Gerne, aber lass uns reingehen«, antwortete der Detektiv.

Doch Hans wollte nicht so lange warten. Es begann gleich aus ihm herauszusprudeln. »Gestern Abend hat es eine Versammlung gegeben. Wegen der Windmühlen, ist ja klar! Dort hat uns dann ein Mann namens Maier erzählt, dass er einen Falkner beauftragt hat, einen Waldkauz in dem Gebiet um den *Hellen Kopf* fliegen zu lassen. Das hat uns schockiert und nun möchten wir, dass du der Sache mal auf den Grund gehst!«

»Jetzt beruhige dich«, mahnte Tristan, dem sein Schwager aufgeregt bis ins Wohnzimmer gefolgt war.

»Ich kann mich nicht beruhigen, wir wurden betrogen!« stöhnte Hans. »Das jedenfalls meint dieser Löschmann.«

»Michael Löschmann?« fragte Tristan.

»Du kennst ihn?!« Hans sah ihn verblüfft an.

»Nein, nur vom Namen her«, antwortete Tristan.

»Er würde dich gerne sprechen«, erklärte Hans. »Er hat mich gebeten, dir das zu sagen.«

»Weshalb?!«

»Weshalb er dich kennen lernen will?«

»Ja!«

»Weil du diesen Betrug aufklären sollst!« stöhnte Hans aufgeregt.

»Jetzt setzt euch mal!« rief Helga und drückte Hans eine Tasse in die Hand. »Kaffee kommt sofort.«

Hans nahm am Esstisch im Wohnzimmer Platz. Tristan setzte sich neben seinen Schwager und der berichtete, was auf der Versammlung im Pfarrheim geschehen war.

»Wenn das wirklich inszeniert worden ist«, sagte Hans langsam, »dann werden die Windmühlen kommen.«

Helga füllte ihm die Tasse mit Kaffee. »Das wird schon!«

»Habt ihr euch eigentlich die Vorschläge der Bezirksregierung einmal angesehen?« fragte Tristan.

»Weshalb?!« wunderte sich Hans.

»Na, da ist das Gebiet gar nicht mehr im Bebauungsplan vorgesehen!« antwortete der Detektiv.

»Du verarschst mich!« brummte der Schwager.

»Nein!« Tristan stand auf und suchte eine Karte auf dem Sofatisch. »Hier ist sie. Bitte, schau selbst!«

Hans sah sich die Karte an und konnte es nicht glauben. »Das muss ich unbedingt Walter sagen! Danke für den Kaffee, Helga. Tschüss!«

Als er die Haustür erreichte, rief Hans: »Und vergiss nicht, diesen Löschmann zu besuchen. Er wohnt in der Friedrichstraße, das Haus ist nicht zu verfehlen.«

»Was ist nur in ihn gefahren?« fragte Helga.

»Diese Windmühlen machen alle noch ganz kirre im Kopf«, antwortete Tristan.

»Was hältst du von diesem Betrug?« hakte Helga nach.

»Wenn das stimmt, dann ist es eine ganz perfide Methode, den Leuten die letzte Hoffnung zu nehmen, die Windmühlen doch noch zu verhindern.«

»Vielleicht ist genau das beabsichtigt«, meinte Helga, nahm Hans' Kaffeetasse und trug sie in die Küche. »Du solltest dich mit diesem Löschmann treffen!«

»Ja, das werde ich«, nickte der Detektiv und sah nach Marlowe, der die aufgeregte Unterhaltung schweigend verfolgt hatte.

»Na, was meinst du?« fragte er sein Haustier.

Marlowe spreizte den Kamm und brabbelte: »Es saust der Stock, es schwirrt die Rute. / Du darfst nicht zeigen, was du bist. / Wie schad, o Mensch, dass dir das Gute / Im Grunde so zuwider ist.«

»Wie immer ist Verlass auf dich«, lächelte er und streichelte Marlowes Brustkorb. »Helga, wie lange bleibst du in Siegen?«

»Wenn du dich gleich auf den Weg machst, werde ich mich um Marlowe kümmern«, antwortete sie.

»Willst du mich loswerden?« Tristan ging in die Küche und nahm seine Freundin in den Arm.

»Ich muss heute Nachmittag wieder in der Pension sein«, antwortete sie traurig, »aber vorher will ich euch noch ein paar Plätzchen backen.« Eine ihrer störrischen Locken fiel ihr ins Gesicht. Sie strich sie langsam wieder zurück. »Diese Köder scheinen ja dringend gebraucht zu werden!«

## 5

Wenig später spazierte der Detektiv die Alte Poststraße entlang in Richtung Karstadt. Er kreuzte die Kölner Straße und ging die Schußwende entlang, bis er den schmalen Fußweg zur Siegbergstraße erreichte. Die überquerte er und stieg vorsichtig die Rödigswende hinunter. Nach ein paar Schritten rutschte er auf einem Blatt aus.

Dank seines Aikidotrainings verspannten sich seine Muskeln während des Falls nicht und so blieb er von einer schweren Verletzung verschont. Allerdings hatten seine Hose und die Strickjacke einen schmierigen Fleck abbekommen. Vorsichtig ging er weiter. Unten auf der Juliusstraße angekommen, wandte er sich nach rechts und stand nach einigen Metern vor Löschmanns Haus.

Strubbel hatte nicht übertrieben, als er den Wohnsitz beschrieben hatte. Die schöne Gründerzeitvilla stand im Schatten des lieblos in den Vorgarten gebauten Wohn- und Bürohauses. Er ging zur Haustür und schellte.

Ein elektrisches Schloss summte und die Tür sprang auf. Tristan betrat einen breiten Flur, an dessen Ende ihn eine freundliche Frau begrüßte.

»Mein Name ist Tristan Irle«, erklärte er, »ich würde gerne Herrn Löschmann sprechen.«

Die Sekretärin musterte die Flecken an Hose und Ärmel der Strickjacke.

»Sind Sie gefallen?« fragte sie freundlich.

»Ja, auf dem Weg die Rödigswende hinunter«, antwortete er.

»Nichts gebrochen?«

»Nein«, schüttelte Tristan den Kopf.

»Da haben Sie Glück gehabt«, erklärte sie. »Herrn Löschmann erging es ebenso, bloß hat er sich den Knöchel verletzt.«

»Frau Linde, mit wem sprechen Sie?« rief eine Männerstimme.

»Sie haben Besuch, Herr Löschmann«, antwortete Frau Linde und führte Tristan in das Büro des Chefs. »Das ist Herr Irle!«

»Irle?! Sind Sie der Schwager von Hans Köhler?« fragte der Finanzexperte und stand auf.

»Ja, der bin ich«, nickte der Detektiv. »Hans hat mich gebeten, Sie aufzusuchen.«

Löschmann war unterdessen um seinen Schreibtisch gegangen und reichte nun Tristan die Hand.

»Ich habe Ihren Schwager gestern bei einer Versammlung kennen gelernt«, begann der Finanzexperte zu erzählen. »Er hat mir berichtet, dass Sie ein Privatdetektiv seien und schon einmal für die Bürgerinitiative tätig waren.«

»Das ist korrekt«, sagte Tristan.

»Bitte, setzen wir uns doch«, bat Löschmann und führte den Detektiv zu einem Glastisch. »Möchten Sie etwas trinken?«

»Ein Glas Wasser wäre nett«, antwortete Tristan und nahm Platz.

Löschmann stellte zwei Gläser auf den Tisch, nahm eine Wasserkaraffe von seinem Schreibtisch und setzte sich an den Tisch.

»Dass Sie so schnell vorbeischauen, hat mich jetzt überrascht«, gestand der Finanzexperte und füllte Tristans Glas.

»Es passte gerade«, erwiderte der Detektiv und sah sich um.

Die Büromöbel gehörten zu der Sorte, die man überall an Arbeitsplätzen finden konnte.

Qualitativ hochwertig, aber im Design unauffällig. Das Gleiche galt für den Wandschrank, der einen Teil des Raumes umfasste. An den Wänden hingen zwei Originalbilder eines heimischen Künstlers, den Tristan bei einem seiner Fälle kennen gelernt hatte. Der Boden war mit strapazierfähigem Parkett ausgelegt. Das Einzige, das sofort ins Auge sprang, war ein lebensgroßer, ausgestopfter Waldkauz mit halb ausgebreiteten Schwingen, der auf einem Podest stand.

»Sie lieben Waldkäuze?« fragte Tristan.

»Ja, das kann man sehen!« lächelte Löschmann. »Das Tier wurde durch eine Windmühle getötet. Ich habe es fachgerecht ausstopfen lassen. Es dient sozusagen als Mahnung, diesen großartigen Eulen den Lebensraum zu erhalten.«

»Ja, ich hörte bereits von Herrn William Küschenrieder, dass Sie ein großer Spender sind, wenn es um Projekte des Naturschutzes geht.«

»Wissen Sie, Herr Irle, das Geschäft läuft gut.« Löschmann lehnte sich entspannt zurück. »Es gibt im Siegerland genügend Geld, das angelegt werden will. Ich kann da helfen und verdiene dabei nicht schlecht. Also, warum nicht etwas von dem Erfolg zurückgeben?«

»Das ist sehr nobel von Ihnen«, nickte Tristan.

»Ja, leider sehen das nicht alle so«, stöhnte er.

»So?!«

»Ja, man hat so seine Schwierigkeiten«, antwortete er langsam, als überlege er, wie weit er diese Aussage noch vertiefen solle. Schließlich huschte ein Lächeln durch sein Gesicht und er sagte: »Nicht nur beim Naturschutz gibt es Hürden zu überwinden. Sobald Bürokratie ins Spiel kommt, wird es kompliziert. Deshalb bin ich mit Herrn Küschenrieder auch so zufrieden.«

»Das müssen Sie mir genauer erklären«, bat Tristan.

»Ich überweise Herrn Küschenrieder eine Spende und bestimme dabei gleich deren Zweck.« Löschmann klatschte in die Hände. »Das war's! Keine komplizierten Formulare und keine Bestimmungen, die mein Engagement einschränken. Er kümmert sich dann um alles.«

»Was kann ich denn jetzt für Sie tun?« fragte Tristan.

»Sie sollen herausfinden, ob uns dieser Horst Maier einen Bären aufgebunden hat oder nicht!«

»Das ist alles?!« hakte der Detektiv nach.

»Ja, aber wenn er wirklich einen Falkner angestellt hat, dann überprüfen Sie doch bitte, ob ihm eine Genehmigung zur Jagd vorlag. Sie müssen wissen, dass Falknerei nichts anderes ist als das Abrichten und Jagen mit Hilfe eines Greifvogels.«

## 6

Pfeiffer und Holzbaum blickten Arne Affolderbach an. Sie waren wieder im Büro und hatten dem Jungkommissar gerade das Ergebnis ihres Besuches in Bad Berleburg mitgeteilt.

»Also, das fasse ich nicht«, stöhnte Affolderbach enttäuscht. »Das sind doch Beamte!«

»Streng genommen hat niemand gegen eine Dienstverordnung verstoßen«, meinte Pfeiffer. »Ganz schön clever!«

Pfeiffers Blick fiel auf den Stapel Karten, den er aus Natalie Neusers Büro mitgebracht hatte.

»Die sollten wir aufhängen!« Er deutete auf das Kartenmaterial.

»Was versprechen Sie sich davon?« fragte Affolderbach. »Jetzt, wo wir den Unternehmer Kiesling als Verdächtigen streichen müssen.«

»Es gibt da draußen einen Mörder, der zwei Menschen auf dem Gewissen hat«, schnaufte Pfeiffer. »Wir sollten jedem Hinweis nachgehen!«

»Ja, das macht Sinn«, seufzte Affolderbach. »Ich habe, während Sie im schönen Kreisgebiet unterwegs waren, die Inhaber der mysteriösen Firma herausbekommen.«

»Und warum sind Sie so traurig?« fragte Holzbaum, der anfing, den Kartenstapel zu sortieren.

»Weil die Firma den Herren Maier und Kiesling gehört«, antwortete der Jungkommissar. »Und nach Ihren Ermittlungen dürfen die Profiteure eines Handels mit den Opfern wohl nicht als Täter infrage kommen!«

»Da ist etwas dran«, nickte Pfeiffer und schüttelte sich, da ihm ein unerträglicher Gedanke durch den Kopf schoss. Fast flüsternd sagte er: »Sollte Irle zum Schluss Recht haben und ein fanatischer Umweltfritze dafür verantwortlich sein?!«

»Es spricht einiges für diese Hypothese«, nickte Affolderbach. »Die offensichtliche Zurschaustellung der beiden Leichen, ihre Kooperation mit den Windmühlenfreunden ...«

»Warten Sie mal!« Pfeiffer klopfte auf den Schreibtisch. »Das ist gar nicht so dumm.«

»Was ist gar nicht so dumm?« fragte Holzbaum, der einen Moment den Gesprächsfaden verloren hatte, weil eine der Karten ihn ablenkte. Die gefundene Karte passte nicht zu den anderen, weil sie ein detaillierter Stadtplan war und keinerlei topografische Informationen enthielt.

»Wenn wir es mit einem Umweltfanatiker zu tun haben, dann muss er gewusst haben, dass die Stadtplanerinnen geschmiert wurden!« Der Hauptkommissar war von seiner Idee begeistert.

»Chef, langsam! Wie sollte er das herausbekommen haben?« Holzbaum schüttelte den Kopf. »Wir sind ja gerade erst darauf gestoßen.«

»Na und? Wir beschäftigen uns auch erst seit gestern mit dem Fall«, konterte Pfeiffer. »Also, wer von den Umweltaktivisten käme infrage?«

»Jeder, dem ein Windrad ein Dorn im Auge wäre«, brummte Holzbaum und sortierte den Stadtplan aus.

»Wir könnten Herrn Irle befragen«, schlug Affolderbach vor. »Er hat sich bereits mit einigen der Windmühlengegner getroffen.«

»Äh, ich weiß nicht«, ächzte Pfeiffer.

»Wir sparen Zeit«, warf Holzbaum ein.

»Na, meinetwegen ruf ihn an«, nickte der Hauptkommissar.

Holzbaums Anruf erreichte Tristan Irle, als er gerade die Kreispolizeibehörde betrat.

»Ja, ich stehe im Foyer«, erklärte der Detektiv einem verdutzten Holzbaum.

Der Kommissar beschrieb Irle den Weg zu ihrem Büro und legte dann auf.

»Irle ist bereits im Gebäude«, erklärte er seinem Chef.

»Wie das?!« Pfeiffer steckte sich eine Zigarette an. »Kann er jetzt auch noch hellsehen?!«

»Keine Ahnung! Wird er uns gleich sagen. Er ist auf dem Weg.« Holzbaum schob die topografischen Karten zusammen und legte sie beiseite. Den Stadtplan ließ er auf dem Tisch liegen.

Wenig später klopfte es an der Bürotür und Tristan Irle trat ein.

»Guten Morgen«, grüßte er freundlich. »Was für ein Zufall, dass ich gerade hier bin, wenn Sie mich sprechen wollen.«

»Wo steckt die Journalistin?« fragte Pfeiffer, während eine Zigarette in seinem Mundwinkel wippte.

»Nicht hier!« antwortete Tristan und sah sich um. »Was kann ich für Sie tun?«

»Als Erstes könnten Sie uns erklären, was Sie herführt«, schlug Pfeiffer vor und drückte die Zigarette aus.

Der Detektiv nickte. »Es hat sich etwas verändert. Die Sache entwickelt sich zu einem richtig großen Betrug.«

»So?!« Pfeiffer grinste triumphierend. Schneller als seine Kollegen hatte er erfasst, dass Tristan von Landaufkäufen sprach. »Darauf sind wir auch schon gekommen.«

Die Gesichtszüge des Detektivs entgleisten, ein Bild, an das sich Pfeiffer noch Jahre später erinnern würde.

»Wie?!«

»Wir wissen, dass die Herren Kiesling und Maier Wald aufkaufen, wo später Windparks genehmigt werden sollen«, antwortete Pfeiffer.

»So?!« Tristan sah zu Holzbaum, der nickte.

Dann erklärte Pfeiffer genüsslich, was sie herausgefunden hatten.

»Dann gehört diese mysteriöse Firma Maier und Kiesling«, sagte Tristan und erklärte den Beamten, dass er im Katasteramt nach den Besitzern der Waldgrundstücke gefahndet hatte, die als Standorte für Windmühlen gedacht waren. Er fand als Eigentümerin der Waldflächen die Firma eingetragen, die bereits das ominöse Konto führte, auf das sie gestoßen waren. »Jetzt stehen wir wieder am Anfang«, fügte er niedergeschlagen hinzu.

»Deshalb wollten wir Sie sprechen«, sagte Pfeiffer. »Sie hatten die Vermutung, es könne sich möglicherweise um einen fanatischen Umweltaktivisten handeln.«

»Ja, das vermuteten Frau Weinberger und ich«, antwortete Tristan. »Allerdings hat dieser Gedanke einen Haken. Der Tod dieser Stadtplanerinnen verhindert kein einziges Windrad.«

»Sind Sie sich da sicher?« Pfeiffer wollte die Spur nicht gleich wieder kalt werden lassen. »Wird man auf die Windmühlen nicht verzichten, wenn der Widerstand in der Bevölkerung so groß ist?«

»Nein, denn die, die das zu entscheiden haben, halten sich an Gesetze und Verordnungen«, antwortete Tristan ernst. »Und nur mit Hilfe dieser Gesetze und Verordnungen kann man die Windmühlen verhindern.«

»Und wenn es Rache war?« warf Affolderbach ein. »Diese Beamtinnen haben Kiesling und Maier einen Vorteil verschafft, der sich in Euro beziffern lässt.«

»Wie das?« Pfeiffer musterte den Jungkommissar.

»Für einen Quadratmeter Wald bekomme ich soundso viel Euro«, antwortete der Jungkommissar, »aber für einen Quadratmeter Wald, auf dem eine Windmühle stehen darf, bekomme ich soundso viel Euro plus x.«

»Ja, das leuchtet ein«, nickte der Detektiv. »Wenn man den Verkäufer des Waldes übers Ohr hauen will, dann verrät man als Käufer besser nicht, was man in Zukunft auf dem Boden bauen darf.« Tristan griff in seine Strickjackentasche und zog ein Blatt Papier heraus. »Wie ich bereits mitgeteilt habe, war ich heute Morgen auf dem Katasteramt. Das Schöne an dessen Auskunft ist, dass man nicht nur den aktuellen Eigentümer erfährt, sondern auch den Vorbesitzer.« Er faltete das Blatt Papier auseinander. »Mal sehen, wer da möglicherweise übers Ohr gehauen wurde!«

## 7

Jürgen Pohl war sich sicher, dass mit dem Besuch der Polizisten das Schwierigste gemeistert war. Das Gebiet nördlich von Schwarzenau würde ohne die Widerstände der Bürger zum Windpark erklärt werden können, anders als dies bei den Planungen im alten Kreis Siegen der Fall war. Die Zusammenarbeit mit den beiden Unternehmern hatte sich finanziell für ihn bestens ausgezahlt. Jetzt hieß es, das Arrangement möglichst schnell zu beenden.

Er entschloss sich, den Rest des Tages frei zu nehmen. Pohl meldete sich bei einem Kollegen ab und ging dann zu seinem Auto. Auf dem Weg zum Parkplatz sendete er eine SMS an Maier, in der er seinen Besuch in einer Dreiviertelstunde ankündigte.

Gut gelaunt startete er seinen PKW und steuerte ihn über die Hauptstraße aus Bad Berleburg hinaus. Er passierte die alte Eisenbahnbrücke, lenkte den Wagen vorbei an der Auenlandschaft über die Ederbrücke nahe Raumland und weiter über Hemschlar nach Schameder. Dort folgte er der B 62 in Richtung Siegen. In Erndtebrück bog er auf die Landstraße 720 ab, die ihn durch Ludwigseck nach Benfe führte. Hinter Benfe kreuzte er die Eisenstraße und fuhr den Aukopf hinunter nach Walpersdorf. Kaum hatte er die Dorfgrenze erreicht, sprangen ihm am Straßenrand die ersten Schilder gegen die geplanten Windmühlen ins Gesicht.

»Na, das wird wohl umsonst sein«, murmelte Pohl vor sich hin.

Die Straße folgte nun dem Lauf der Sieg. In Deuz bog er links ab, folgte der Landstraße nach Feuersbach, durchquerte den kleinen Ort, um nach weiteren fünf Minuten Autofahrt die Stadtgrenze im Stadtteil Kaan-Marienborn zu passieren. Nach Breitenbach war es jetzt nicht mehr weit.

Der Stadtplaner aus Bad Berleburg sah auf seine Armbanduhr und grinste. Er lag voll in der Zeit. Wenig später stellte er zufrieden den Wagen vor Horst Maiers Haus ab.

Während in Breitenbach ein Treffen stattfand, grübelte Nadine Weinberger in Siegen, was sie als Nächstes zu den beiden Morden schreiben solle. Sie hatte sich einige Stichworte auf einen Block geschrieben und ging diese jetzt durch.

»Na, was machst du?« fragte sie Strubbel, der verschlafen hinter ihr auftauchte.

Behutsam legte er seinen Fotorucksack auf den Boden, während er sich abgekämpft in einen

Bürostuhl fallen ließ. »Ich sage dir, das war eine Nacht!«

Nadine grinste und meinte: »Wo bist du untergegangen?«

»Im Blatt«, stöhnte er. »Die Siegterrassen hatten mich voll im Griff.«

»Na, wohl eher die Studentinnen«, antwortete Nadine. »Hast du wieder nach Fotomodels gesucht?«

»Ja, habe sogar zwei Adressen.« Er kramte einen zerknüllten Bierdeckel aus seiner Hosentasche. »Charlotte und Anna!« seufzte er.

»Wo sind eigentlich deine Aufzeichnungen zu diesem Finanzmann?« fragte Nadine, die mit ihren Stichworten nicht zufrieden war.

»Im Schreibtisch, dahinten!« antwortete der Fotograf. »Ich gehe mir mal einen Kaffee holen.«

Als ob er einen Marathon gelaufen wäre, schlurfte Strubbel zur Teeküche am Ende des Flurs.

Nadine griff die Unterlagen aus seinem Schreibtisch und setzte sich zurück an ihren Platz. Sie versuchte, Strubbels wirre Handschrift zu entziffern. Schließlich gab sie es auf und griff zum Telefon.

Der Fotograf kam mit einer Tasse Kaffee zurück.

»Kannst du meine Schrift lesen?« fragte er müde.

»Geht so, kann ich das behalten?« Sie deutete auf die Unterlagen.

»Ja«, nickte der Fotograf und setzte sich an seinen Computer.

Nadine begann zu wählen.

Vor Pfeiffer, Holzbaum und Tristan lag das Blatt aus dem Katasteramt. Es hatte ihnen leider nicht weitergeholfen. Die meisten Waldgrundstücke waren im Besitz einer Genossenschaft gewesen. Eine einzelne Person gab es nicht. Genossenschaften haben die Eigenart, dass ihre Mitglieder über die Belange der Genossenschaft abstimmen. Sollte ihre Vermutung richtig sein, dann hätten sie eine ganze Gruppe von Tätern verfolgen müssen.

»Unser Rache-Motiv ist damit vom Tisch«, schnaufte Pfeiffer. »Eine andere Idee?«

Die Männer sahen sich verlegen an. Keinem fiel auf die Schnelle ein weiteres Motiv ein, das sich mit den Ermittlungsergebnissen hätte vereinbaren lassen.

»Könnten Sie nachprüfen, ob eine Jagd-Genehmigung für einen Falkner vorliegt?« fragte Tristan und erzählte von Maiers Auftritt auf der gestrigen Bürgerversammlung in Walpersdorf.

»Eine dubiose Geschichte«, murmelte Pfeiffer. »Was hat der Kerl sich dabei gedacht?«

»Keine Ahnung!« Tristan zuckte mit den Schultern. »Ich kann mir nur vorstellen, dass er die letzten Zweifler zum Verkauf anregen will. So nach dem Motto: „Jetzt bekommt ihr noch Kohle, ist der Kauz mal bestätigt, ist die Kohle weg.“ Würde zu dem Typ passen. Noch sind nicht alle Waldflächen, die für den Bau der Windräder benötigt werden, verkauft.«

»Ich kümmere mich um die Sache mit der Jagdgenehmigung«, sagte Affolderbach und verließ das Büro.

»Was hat die Blutuntersuchung ergeben?« fragte der Detektiv.

Holzbaum tippte auf die Tastatur ein. Der Bildschirm seines Computers veränderte sich, dann sagte er: »Es war das Blut von Natalie Neuser.«

»Dann war sie auf dem Weg zu mir«, sagte Tristan niedergeschlagen.

»Was wollte sie von Ihnen?« Pfeiffer musterte den Detektiv.

»Wenn ich das wüsste«, antwortete Tristan und blickte auf den Kartenstapel, den Kommissar Holzbaum zusammengestellt hatte.

»Was ist das?« fragte er.

»Diese Karten haben wir aus Neusers Büro«, erklärte Holzbaum. »Aber so richtig kommen wir damit auch nicht weiter.«

»Darf ich sie mir einmal ansehen?«

Pfeiffer nickte.

Tristan faltete eine Karte nach der anderen auseinander, sah sie sich einen Augenblick an und faltete sie wieder zusammen.

»Die habe ich zu Hause auch«, erklärte er schließlich. »Nur nicht in dieser Qualität. Der Tipp von Affolderbach war Gold wert.« Der Detektiv bemerkte die ausgesonderte Karte und fragte: »Was ist damit?«

»Die zeigt den Stadtplan von Siegen«, antwortete Holzbaum. »Den habe ich aussortiert.«

Tristan faltete auch diese Karte auseinander und warf einen Blick darauf, als Nadine ihn auf seinem Handy erreichte.

»Hallo, Frau Weinberger, was kann ich für Sie tun?« fragte er freundlich und legte die Karte beiseite.

Pfeiffer verdrehte die Augen und wandte sich ab.

»Ja, wir können uns treffen«, sprach der Detektiv in das Handy. »So in einer Stunde, gut!«

Er legte auf.

»Was wollte die Journalistin?« fragte Pfeiffer.

»Keine Ahnung, sie will mich nur sprechen«, antwortete der Detektiv.

Jürgen Pohl war mit dem Gespräch zufrieden. Maier hatte Kiesling per Video-Skype an dem Gespräch teilnehmen lassen. Man war sich einig geworden, sodass der Stadtplaner das Arrangement für beendet erklärte. In seiner Jackettinnentasche lag eine beachtliche Summe, die ihm eine exotische Schiffsreise ermöglichen würde.

Bestens gelaunt stieg er in seinen Wagen und verließ den Ort Breitenbach. Die enge Straße verlangte höchste Aufmerksamkeit. Sie war an den Rändern nicht befestigt und so etwas wie einen Mittelstreifen gab es auch nicht mehr. Daher erschrak Pohl, als ihn plötzlich ein Sportwagen überholte. Der Wagen war aus Volnsberg gekommen und raste jetzt in Richtung Kaan-Marienborn. Pohl schüttelte den Kopf wegen des Leichtsinns, auf einer so engen und unübersichtlichen Straße zu überholen. Er bog um eine Kurve, als er den Raser vor sich auf der Straße stehen sah. Die Warnblinkanlage des Sportwagens war eingeschaltet und die Fahrertür stand offen. Pohl bremste und stieg aus.

»Alles in Ordnung?« rief er und ging auf den Sportwagen zu.

## 8

Tristan roch den Duft der Plätzchen bereits auf dem Hof. Es war ein Geruch, der so gar nicht zu der warmen Jahreszeit passte. Dennoch freute er sich auf das Naschwerk. Er betrat das Haus und eilte in die Küche. Dort fand er Nadine, wie sie mit Helga zusammen eine Teigform begutachtete.

»Hallo zusammen«, grüßte Tristan. »Wir haben Besuch?!«

»Bin etwas früher vorbeigekommen«, sagte Nadine. »Die Plätzchen schmecken ausgezeichnet.«

»Ja, das weiß ich«, nickte der Detektiv. »Gibt es etwas Außergewöhnliches, Frau Weinberger?«

»Nein, ich dachte, dass Sie vielleicht etwas Neues in Erfahrung gebracht haben«, antwortete Nadine.

Die beiden gingen ins Wohnzimmer, wo Marlowe auf seiner Kletterstange einen Keks zerkleinerte.

»Ihm schmecken sie auch«, bemerkte die Journalistin.

»Das ist der Grund, warum Helga sie bäckt«, gestand Tristan, dann berichtete er ihr, was sich am Vormittag ergeben hatte.

»Das Katasteramt war schlicht ein Reinfall«, stöhnte der Detektiv.

»Für mich nicht«, rief Helga aus der Küche.

»Aber für unsere Ermittlungen«, erwiderte der Detektiv. »Pfeiffer hatte bereits herausgefunden, wem die Waldflächen gehören. Ich habe nur eine Bestätigung gefunden. Dann hatte ich kurz die Hoffnung, es könne einen geprellten Verkäufer geben. Doch auch das war eine Sackgasse.«

»Warum benutzt Maier einen Falkner?« fragte Nadine.

»Dafür habe ich keine Erklärung«, antwortete Tristan. »Aber alles scheint ordnungsgemäß angemeldet worden zu sein.«

»Also auch eine Sackgasse!« seufzte Nadine.

Sie griff in ihre Handtasche und zog Strubbels Unterlagen heraus.

»Was hatten Sie für einen Eindruck von diesem Löschmann?« fragte sie.

»Der Mann scheint eindeutig auf Waldkäuze zu stehen«, erklärte der Detektiv. »Und das Haus ist wirklich eine Schande!«

»Ich wollte mir diese Unterlagen ansehen«, sie legte den Papierstapel auf den kleinen Sofatisch, »bin aber nicht weit gekommen. Vielleicht finden Sie etwas?«

Nadines Handy klingelte und als hätte Tristans Handy sich mit dem der Journalistin abgesprochen, begann es ebenfalls zu läuten.

# 6. Der Anblick der Leiche ...

Donnerstagnachmittag

Der Anblick der Leiche war schwer zu ertragen. Pfeiffer und Holzbaum standen auf der abgesperrten Straße, die nach Breitenbach und Volnsberg führte. Am Straßenrand lag Jürgen Pohl mit eingeschlagenem Kopf.

»Jetzt kann man von einem Serienkiller sprechen«, raunte Pfeiffer, der nervös eine Zigarette rauchte.

»Dem stimme ich zu«, nickte Tristan, der neben dem Hauptkommissar das Geschehene begutachtete.

Etwas abseits sprang, mit einer Kamera bewaffnet, Strubbel herum und fotografierte. Nadine sprach mit einem Zeugen, einem Bewohner aus Volnsberg, der die Leiche gefunden hatte. Sie waren zusammen mit Tristans Cabriolet zum Tatort gefahren, nachdem Pfeiffer sie dorthin eingeladen hatte.

Holzbaum untersuchte die Straße und war deshalb ein paar Meter in Richtung Breitenbach marschiert.

Das ganze Gebiet war mit Streifenpolizisten und Absperrband gesichert worden. Sie warteten jetzt auf Staatsanwalt Friedrich Büdenbender, der sich den Tatort persönlich ansehen wollte.

»Wir werden hier nichts finden«, sagte Tristan niedergeschlagen.

»Ja, das befürchte ich auch«, nickte der Hauptkommissar.

Mittlerweile versammelte sich eine Gruppe von Menschen vor der Absperrung. Viele von denen wohnten in Volnsberg oder Breitenbach und konnten die gesperrte Straße nicht passieren, während auf der anderen Seite Menschen warteten, die in ihr Dorf zurückkehren wollten. Tristan erkannte in der Menge William Küschenrieder, der wild mit den Armen fuchtelte, um auf sich aufmerksam zu machen.

»Kennen Sie den Typ?« fragte Pfeiffer.

»Ja, das ist Studienrat Küschenrieder, ein Umweltaktivist«, antwortete Tristan.

»So?!« Pfeiffers Augen verengten sich. »Sollten wir mit ihm sprechen?«

»Unbedingt, wenn er sich so aufdrängt!« antwortete der Detektiv.

Pfeiffer gab einem Kollegen ein Zeichen und wenig später stürmte ein aufgebrachter Studienrat auf Tristan zu.

»Was ist hier geschehen?« stieß er hastig aus.

»Guten Tag, Herr Küschenrieder«, antwortete Tristan ruhig. »Darf ich Ihnen Hauptkommissar Pfeiffer vorstellen.«

Pfeiffer nickte dem Lehrer zu und fragte: »Haben Sie etwas gesehen?«

»Wie muss ich die Frage verstehen?« wunderte sich Küschenrieder.

»Haben Sie den Mord gesehen?« erklärte Tristan.

»Ein Mord, hier ist ein Mord geschehen?!« Küschenrieders Blutdruck stieg in die Höhe. Sein Gesicht verfärbte sich und er begann nach Luft zu schnappen. Dann schien er sich plötzlich im Griff zu haben und fragte: »Wer ist ermordet worden?«

»Ein weiterer Stadtplaner«, antwortete Tristan. »Kennen Sie zufällig einen Jürgen Pohl?«

»Oh mein Gott, jetzt ist auch das Amt in Bad Berleburg betroffen?!«

»Sie kennen den Mann also«, stellte Pfeiffer fest. »Hat er Sie besucht?«

»Nein! Wie kommen Sie denn darauf?« erwiderte Küschenrieder.

Eine Fistelstimme rief nach Irle. Tristan sowie Nadine drehten sich augenblicklich nach ihr um. Horst Maier hatte sich durch die Menge bis an das Absperrband geschoben.

»Den kennen Sie auch?« Pfeiffer kannte die Antwort, obwohl er die Frage stellte.

»Ja, jetzt haben wir Windmühlenbesitzer und Windmühlengegner zusammen am Tatort«, sagte Tristan.

»Das ist nicht korrekt«, insistierte der Studienrat. »Ich bin nicht gegen Windmühlen. Ich bin nur dagegen, dass man sie hier im Siegerland aufstellt.«

Pfeiffer schüttelte den Kopf und ließ Maier ebenfalls vortreten.

»Was ist hier geschehen?« schnaufte der übergewichtige Windbauer. »Ich erkenne das Auto eines Freundes!«

»Sie meinen Jürgen Pohl!« stellte der Hauptkommissar fest.

»Das ist richtig. Er hat mich eben erst noch besucht«, gestand Maier.

»Also, jetzt wissen wir, warum sich der Mann aus Bad Berleburg in Siegen aufhielt«, stellte Tristan fest.

»Aber warum man ihn erschlagen hat, das ist noch ein Geheimnis«, brummte Pfeiffer.

»Er ist erschlagen worden«, wiederholte Küschenrieder, »so, wie die anderen Opfer auch?«

Tristan sah zu Pfeiffer, dieser zu Küschenrieder. Maier, der sich auf seinen Spazierstock stützte, versuchte den Stock hinter sein Bein zu schieben.

»Wieso glauben Sie, dass die anderen beiden Opfer auch erschlagen wurden?« fragte Pfeiffer so freundlich, wie es ihm möglich war.

»Das stand bestimmt in der Zeitung«, antwortete Küschenrieder schnell.

»Nein, tat es nicht«, erwiderte Pfeiffer.

»Schön, ich habe es gesagt bekommen«, korrigierte der Studienrat. »Es war vertraulich, und ich hätte es nicht erwähnen sollen.«

In diesem Moment betrat Staatsanwalt Büdenbender den Tatort.

## 2

Dem Staatsanwalt gefielen die rumstehenden Menschen überhaupt nicht. Er steuerte auf Pfeiffer zu, als er Tristan Irle und zwei weitere Zivilisten erkannte.

»Was ist passiert?« knurrte er den Hauptkommissar an.

Pfeiffer berichtete Büdenbender. Der Staatsanwalt hörte aufmerksam zu, dann deutete er auf Küschenrieder und Maier. »Was macht Irle hier? Und wer sind die Personen?«

»Das sind Zeugen«, antwortete Pfeiffer.

Unterdessen war Holzbaum von seinem Ausflug entlang der Straße zurückgekehrt.

»Ah, der Kommissar gesellt sich auch zum Tatort!« ätzte Büdenbender. »Wo steckt dieser junge vorlaute Kommissar?«

»Nicht anwesend«, murmelte Pfeiffer.

»Das war nicht die Frage!« zischte Büdenbender.

»Er überprüft im Büro etwas«, antwortete Pfeiffer.

»Und, was gibt es jetzt Neues zu berichten?« Der Staatsanwalt sah in die Runde.

»Man hat einen Sportwagen beim Überholen beobachtet«, berichtete Holzbaum. »Eine der Anwohnerinnen hat das beobachtet.«

»Ist die Marke bekannt? Das Nummernschild? Die Farbe des Wagens?« Die Fragen schossen wie Bolzen aus einer Armbrust auf den Kommissar nieder.

»Ja, die Marke, Herr Staatsanwalt«, nickte Holzbaum. »Die Anwohnerin kannte den Wagen, ein gewisser Horst Maier fährt so einen!«

Horst Maier zuckte zusammen.

»Das war ich nicht!« quiekte er auf.

Büdenbender starrte zu Pfeiffer. »Sie lassen einen Verdächtigen an den Tatort zurückkehren!«

Der Hauptkommissar winkte einen Streifenpolizisten zu sich und ließ Maier verhaften.

»Das ist unerhört!« schimpfte der Windbauer.

»Ist das nicht etwas voreilig?« mahnte Tristan.

»Keineswegs«, schnaufte Pfeiffer, der sich nun zu Küschenrieder wandte. »Es wäre gut, wenn Sie uns auf die Wache nach Siegen begleiten würden.«

»Wieso!? Ich habe nichts verbrochen?!« empörte sich der Studienrat.

»Das werden wir sehen«, nickte Pfeiffer.

Die plötzlichen Aktivitäten des Hauptkommissars gefielen dem Staatsanwalt.

»Jetzt sind Sie mein Mann!« freute sich Büdenbender und klopfte ihm auf die Schulter. »Holzbaum, nehmen Sie die Aussage der Zeugin auf. Haben Sie ihren Namen?«

»Ja, es ist eine gewisse Renate Kirschbaum-Müller«, antwortete Holzbaum.

»Gut, eine Frau und dann noch mit Doppelnamen, das steht für Glaubwürdigkeit, perfekt«, jubelte Büdenbender.

Nadine bemerkte, dass die Polizisten plötzlich alle in eine Richtung sahen und folgte deren

Blick. Ein breites Grinsen zierte ihr Gesicht, als sie sah, wie Maier zu einem Dienstwagen begleitet wurde.

»Strubbel, da rüber!« Sie gab ihrem Fotografen ein Zeichen.

Der sah sich um und verstand, was Nadine von ihm wollte. Als er in Position war, rief die Journalistin laut in Maiers Richtung: »Achten Sie auf die Mordwaffe! Der Spazierstock!«

Erst jetzt wurde Staatsanwalt Büdenbender auf die Journalistin aufmerksam.

»Die Weinberger hier an meinem Tatort!« schnaufte er. Hätten in diesem Moment seine Augen Feuer speien können, Pfeiffer und Tristan wären zu Asche verbrannt worden.

Nadine zückte ihren Block und ging auf den Staatsanwalt zu. In diesem Augenblick liebte sie ihren Job über alles.

Büdenbender schluckte seinen Ärger professionell hinunter und setzte ein Lächeln auf, das falscher nicht hätte sein können.

»Hallo, Frau Weinberger, was für eine nette Überraschung!« grüßte er.

»Ich sehe Sie auch immer gern«, antwortete Nadine frech, »bloß dieses Mal ist es ja eher ein trauriger Anlass. Was unternehmen Sie gegen den Serienkiller?«

Serienkiller? Ein Begriff, den der Staatsanwalt unbedingt vermeiden wollte.

»Das würde ich nicht so bezeichnen«, konterte Büdenbender.

»Wie würden Sie es denn bezeichnen? Drei Stadtangestellte tot, wahrscheinlich von ein und demselben Mörder erschlagen? Da passt der Begriff Serienkiller ausgezeichnet!«

»Sie von der Presse müssen nach einer Schlagzeile suchen, das verstehe ich, aber dennoch möchte ich Sie bitten, diesen Begriff nicht zu verwenden. Des Weiteren werden Sie mir bitte verzeihen, wenn ich zu den laufenden Ermittlungen jetzt keine weiteren Auskünfte geben werde. Einen schönen guten Tag, Frau Weinberger.« Mit einem großen Ausfallschritt setzte Büdenbender sich in Bewegung. »Herr Pfeiffer, würden Sie mich begleiten?«

Holzbaum verabschiedete sich und suchte Renate Kirschbaum-Müller. Nadine und Strubbel gesellten sich zu Tristan.

»Was für ein Auftritt!« kommentierte die Journalistin.

»Ja, nur fürchte ich, das alles war für die Katz«, sagte Tristan nachdenklich und holte seinen Autoschlüssel aus der Hosentasche.

## 3

Strubbel verabschiedete sich hinter dem Hof der Marienkirche, während Nadine mit Tristan ins Haus ging.

»Weshalb war alles für die Katz?« fragte sie.

Tristan schmunzelte und meinte: »Sie haben lange ausgehalten.«

»Ich habe mir während der Fahrt Gedanken gemacht«, antwortete Nadine. »Glauben Sie nicht, dass Maier der Täter ist?«

»Nein«, schüttelte er den Kopf.

»Sicher findet man Blutspuren an dem Griff des Spazierstockes!« Sie versuchte selbstbewusst zu klingen.

»Wird man nicht«, erwiderte Tristan.

Im Wohnzimmer wartete Helga bereits auf ihren Freund.

»Schon wieder da?« wunderte sie sich.

»Büdenbender hat uns sozusagen rausgeschmissen«, antwortete Tristan.

»Er hat sich den Hauptkommissar gekrallt, ein paar Leute auf die Wache eingeladen und ist dann verschwunden«, ergänzte Nadine. »Ich glaube, dass ich ihn viel zu nett angepackt habe.«

Helga runzelte die Stirn. »Wie angepackt?!«

»Ach, nur verbal«, erklärte die Journalistin schnell. »Nicht richtig angefasst, igitt.«

Tristan schlenderte nachdenklich zum Kaminsims, griff eine Pfeife samt Tabakbeutel und ließ sich in einen der Lesesessel fallen.

»Was ist los, Tristan?« fragte seine Freundin.

Der Detektiv öffnete den Tabakbeutel und begann die Pfeife zu stopfen.

»Wir haben die dritte Leiche«, antwortete er langsam, »und einen Augenzeugen.«

»Das mit dem Augenzeugen ist doch gut«, meinte Helga.

»Ja, wenn der nicht lügen würde«, sagte Tristan wütend.

»Sie meinen, Frau Kirschbaum-Müller lügt!« rief Nadine entsetzt.

»Sie haben die Frau doch erlebt. Sie würde alles tun, damit die Windmühlen nicht kommen«, antwortete der Detektiv. »Diese Gelegenheit, Horst Maier eins auszuwischen, wird sie nicht verpassen.«

»Aber sie wird sich das doch nicht ausgedacht haben?« entgegnete Nadine überzeugt.

»Ja, das glaube ich auch nicht«, nickte Tristan. »Sie wird sicher einen Sportwagen gesehen haben, aber ob das der von Maier war, das ist die Frage.«

Helga stand auf. »Ich schlage vor, ihr macht jetzt mal eine Pause. Kommt, ich habe neben den Plätzchen auch noch einen Obstkuchen gebacken.«

Nadine nickte und folgte Helga in die Küche.

Tristan hatte seine Pfeife gestopft und schüttelte den Kopf. »Nein, danke, lasst mich mal einen Augenblick allein.«

Die beiden Frauen ließen den Detektiv im Wohnzimmer zurück. Kaffeeduft erfüllte das Wohnzimmer, untermalt mit sanften Frauenstimmen, die gedämpft aus der Küche herüberhallten.

Tristan zündete den Tabak in der Pfeife an und zog kräftig am Mundstück, dabei stieg Rauch nach oben. Als der Tabak glühte, nahm er die Pfeife aus dem Mund, warf das Streichholz in den Kamin und sah sich nach einem Block und einen Stift um. Beides fand er auf dem Schachbretttisch neben dem Kamin liegen.

Dann ging er die letzten Tage in Gedanken durch.

Es gab drei Morde, die Gemeinsamkeiten aufwiesen. Er schrieb: Erstens: Die Opfer waren Stadtangestellte im Bereich Stadtplanung. Zweitens: Sie wurden alle erschlagen. Dann fiel ihm auf, dass nur eine Leiche *nicht* dort umgebracht worden war, wo man sie anschließend gefunden hatte. Er notierte dies unter Drittens. Tristan wollte noch als Viertens hinzufügen, dass alle drapiert wurden, um so eine Botschaft mitzuteilen, doch das traf beim letzten Opfer nicht zu. Hastig schrieb er, bevor sich der Gedanke verflüchtigte: Warum wurde das letzte Opfer nicht drapiert?

Weiter notierte er sich die Namen der Toten. Zu jedem Namen schrieb er ein paar Zeilen. Gemeinsam war ihnen, dass alle drei auf ein Konto zugreifen konnten, das als Schmiergeldkonto geführt wurde.

Als er damit fertig war, rief er zu Nadine: »Frau Weinberger, was genau machten Hanna Dorn und Jürgen Pohl?«

»Stadtplanung!« rief sie mit vollem Mund zurück.

»Ja, schon klar«, antwortete Tristan. »Meine Frage war unpräsize. Welche Aufgaben hatten sie innerhalb der Verwaltung?«

»Oh, sie waren ausschließlich für die Planung der Windparks zuständig«, erklärte Nadine.

»Danke!« rief er und ergänzte seine kleine Tabelle mit: Jürgen Pohl, Hanna Dorn, zuständig für Bebauungsplanung. Natalie Neuser zuständig für Bebauungsplanung und Stadtentwicklung.

»Tristan, möchtest du wirklich kein Stück Torte?« fragte Helga nach.

Doch der Detektiv hörte seiner Freundin gar nicht zu. Eine seiner grauen Zellen versuchte gerade die anderen Zellen auf etwas aufmerksam zu machen, das die störrisch zu ignorieren schienen. Irgendwie gelang es ihr dann doch, und ein Gedankenblitz schoss durch Tristans Gehirn.

»Stadtentwicklung«, flüsterte er und unterstrich das Wort in seinem Block. Dann sprang er auf, steckte sich die Pfeife in den Mund und murmelte: »Helga, ich muss noch mal los!«

»Warten Sie, ich will mit!« rief Nadine.

»Bleiben Sie hier. Ich will nur etwas nachsehen«, antwortete Tristan und eilte aus dem Haus.

## 4

Mit qualmender Pfeife marschierte der Detektiv die Barstewende hinauf zum Rathaus. Ohne an das Rauchverbot zu denken, betrat er es und fragte sich bis zum Büro von Natalie Neuser durch. Wie zu erwarten, war es verschlossen.

Ihm wurde klar, dass er ohne Pfeiffers Hilfe das Büro nicht betreten würde. Also griff er in seine Hosentasche, um sein Handy zu zücken. Doch die Tasche war leer, da er das Handy zu Hause liegen gelassen hatte. Er sah sich um, dann kam ihm eine Idee. Er klopfte an die Nachbartür und trat in das Büro ein.

Als Erstes wurde er gebeten, die Pfeife auszumachen. Der Detektiv entschuldigte sich und kam der Forderung nach. Er steckte die Pfeife in seine Strickjackentasche, dann stellte er sich vor und erhielt die Erlaubnis, das Telefon benutzen zu dürfen.

»Hallo, Pfeiffer, ich brauche Ihre Hilfe«, sagte er und erklärte dem Hauptkommissar, was er vorhatte.

Pfeiffer genoss einen Augenblick seine überlegene Position, dann fragte er: »Wo befinden Sie sich?«

»Ich bin im Nachbarbüro von Natalie Neuser«, antwortete er.

»Ist dort zufällig eine zierliche Frau mit braunen langen Haaren?« hörte er Pfeiffer fragen.

Tristan verdrehte die Augen, sah die junge Angestellte an und antwortete: »Ja!«

»Bitte, geben Sie ihr den Hörer!«

Der Detektiv zögerte einen Augenblick, dann erinnerte sich Tristan, dass Pfeiffer für Überraschungen immer gut war und sagte zu der Angestellten. »Bitte, nehmen Sie mal kurz den Hörer.«

Die junge Frau nahm den Hörer entgegen. Als sie Pfeiffers Stimme hörte, lächelte sie und begann zu nicken. Schließlich reichte sie den Hörer an Tristan zurück.

»Ja, ich bin es wieder«, sagte er.

»Alles geklärt, Sie können sich das Büro ansehen«, sagte der Hauptkommissar. »Wenn Sie was Neues herausbekommen haben, dann melden Sie sich. Hier läuft nicht alles nach Plan!«

Tristan versprach sich zu melden und legte auf.

»Dann lasse ich Sie mal in das Büro«, lächelte die junge Frau und nahm einen Schlüssel aus ihrer Schreibtischschublade.

Natalies Büro entsprach Tristans Vorstellung von einer historischen Filmkulisse aus den fünfziger Jahren. Die vielen braunen Schränke, das polierte Parkett und die dunkelgrünen Schreibtischunterlagen, das alles erinnerte ihn an eine Zeit, als es noch keine Computer gab. Natalies elektronischer Helfer stach aus dem Szenario wie ein Leuchtfeuer heraus.

»Besteht die Möglichkeit, Frau Neusers Daten aufzurufen?« fragte Tristan die junge Helferin.

»Ich kenne ihr Passwort nicht«, antwortete die Stadtangestellte.

»Verstehe, das könnte ein Problem sein«, überlegte der Detektiv.

»Was genau suchen Sie denn?«

»Briefe und amtliche Schreiben«, erklärte Tristan.

Die Stadtangestellte ging auf einen Schrank zu, schob die am Boden stehenden Ordner beiseite und öffnete eine Tür. »Hier sind die Briefe und Schreiben der letzten zwei Monate abgeheftet. Vielleicht hilft das weiter?«

Tristan riss die Augen auf. Sortierte Briefe auf Papier, damit hatte er gar nicht gerechnet.

»Super!« schoss es aus ihm heraus.

»Kann ich sonst noch helfen?« Sie sah den Detektiv freundlich an.

»Also, wenn Sie das ehrlich meinen, dann hätte ich eine Aufgabe für Sie«, sagte Tristan.

»Was soll ich machen?«

Er erklärte ihr, wonach sie suchen sollte. Anschließend teilten sie sich die Ordner auf und begannen sie durchzublättern.

Eine Menge Schreiben betrafen die geplanten Windkraftanlagen. Einige andere betrafen Neubaugebiete und Industrieanlagen. Sie hatten bereits mehrere Ordner durchgesehen, als endlich ein Schreiben auftauchte, das Tristan interessierte.

»Ich habe etwas gefunden«, sagte der Detektiv.

Die junge Angestellte trat zu Tristan und sah sich den Brief an.

»Sehen Sie das Aktenzeichen dort in der Betreffleiste?« Sie deutete auf ein kryptisches Wort hin.

»Ja, wie hilft das weiter?« staunte der Detektiv.

»Mit dem Zeichen kann ich jetzt in unserer Datenbank weitersuchen«, grinste sie und schaltete Natalies Computer ein. »Da alle Fachbereiche vernetzt sind, werden wir weitere Informationen finden, sofern sie nicht wegen Vertraulichkeit gesperrt sind.«

Nachdem der Rechner hochgefahren war, meldete sie sich an und gab in einer Suchmaske das Zeichen ein. Wenige Sekunden später erschien eine Liste von Dateien. »Bingo!« rief die Angestellte, dann sahen sie sich die Dateien an. Es handelte sich um Briefe, Gutachten und eingescannte Antwortschreiben. »Möchten Sie von den Briefen einen Ausdruck haben?«

Und ob Tristan einen Ausdruck haben wollte!

Während der Drucker lief, rief er nochmals den Hauptkommissar an und teilte ihm mit, dass er einige Unterlagen aus Natalies Büro mitnehmen werde.

## 5

Zu Hause warteten Helga und Nadine bereits auf die Rückkehr des Detektivs.

»Wo warst du? Und was sind das für Blätter?« fragte Helga neugierig.

»Erkläre ich euch sofort«, antwortete Tristan. »Frau Weinberger, jetzt benötige ich Ihre Hilfe.«

Nadine wirkte hellwach. »Okay, was kann ich für Sie tun?«

Er bat sie, in die Redaktion zu gehen und nach Fotos zu suchen, die eine gewisse Person betrafen.

»Ja, das dürfte mit Hilfe von Strubbel kein Problem werden«, meinte sie. »Dann mache ich mich auf den Weg.«

»Gut. Melden Sie sich, wenn Sie was gefunden haben«, brummte der Detektiv und dachte über den nächsten Schritt nach, als das Handy klingelte.

»Hast du wieder mal liegen lassen«, bemerkte Helga trocken.

»Ja, ich weiß«, murrte Tristan und nahm das Handy in die Hand. »Ja, Irle!«

Es war Hauptkommissar Pfeiffer am anderen Ende der Leitung, der sich ein paar Gedanken nach dem letzten Telefonat gemacht hatte, die ihn beunruhigten.

»Hallo, Pfeiffer«, sprach Tristan betont freundlich. »Ja, es würde Sinn machen, schnellstens bei mir vorbeizukommen.«

Es klopfte heftig gegen die Eichentür.

»Sie sind schon da!« staunte der Detektiv.

In der Tat standen Hauptkommissar Pfeiffer und der Jungkommissar vor Tristans Haustür.

»Sie haben mir Angst gemacht«, schnaufte der Polizist und stürmte ins Wohnzimmer. »Was haben Sie in Natalie Neusers Büro gefunden, das wir übersehen haben?«

»Wo ist Holzbaum?« fragte Tristan, ohne auf Pfeiffers Frage einzugehen.

»Er befragt noch die Zeugen«, antwortete Affolderbach.

»Sie halten die Leute immer noch fest?« wunderte sich Tristan.

»Ja«, nickte Affolderbach, während Pfeiffer die Arme ausbreitete und knurrte: »Hallo, Leute, ich bin auch noch da!«

Nadine, die, mit ihrer Handtasche bewaffnet, dem Treiben amüsiert zuschaute, sagte laut: »Ich gehe jetzt!«

»Nochmals, melden Sie sich!« bat Tristan.

Dann verließ die Journalistin das Wohnzimmer.

»Also, was ist hier los?!« Pfeiffer war kurz vor einem Tobsuchtsanfall.

»Ich weiß, wer unser Mörder ist«, antwortete Tristan.

»Wie?! Wie haben Sie das herausbekommen?« Pfeiffers Stimmlage erreichte schmerzlich hohe Töne.

»Erkläre ich Ihnen sofort«, sagte Tristan. »Allerdings werden wir den Mörder nicht ohne Ihre Hilfe überführen können.«

Das beruhigte den Hauptkommissar so weit, dass er die innere Ruhe fand, sich hinzusetzen.

Pfeiffer hörte Tristan aufmerksam zu. Der Detektiv legte seine Überlegungen ausführlich dar. Die beiden Polizisten mussten einen Moment das Gehörte sacken lassen, als Tristan seine Ausführung beendet hatte.

»Sie meinen also, dass wir völlig falsch liegen?« Pfeiffer konnte es nicht glauben.

»Sie müssen die Handyverbindungen überprüfen lassen«, sagte Tristan. »Ich wette, so erfahren wir, dass der Mörder sich vorgestern Abend in der Altstadt befand.«

»Das beweist aber nicht, dass er auch der Mörder ist«, warf Affolderbach ein.

»Nein, aber wenn man die Mordwaffe bei ihm finden würde, wäre das eine ganz andere Situation, nicht wahr?« Tristan klang überzeugend.

»Ja, das wäre es«, nickte Pfeiffer. »Wir werden die Handys überprüfen und dann sehen wir weiter.«

»Ach ja, überprüfen Sie auch seine Konten«, sagte Tristan. »Wie lange benötigen Sie dazu?«

»Nicht lange«, antwortete Pfeiffer.

In der Tat dauerten die Abfragen nicht lange. Das Ergebnis, wann und wo sich besagtes Handy über einen Funkmast eingeloggt hatte, veranlasste den Hauptkommissar, Staatsanwalt Büdenbender zu informieren. Der musste die neuen Erkenntnisse schlucken, was ihm gar nicht schmeckte. Doch nach dem, was er von Pfeiffer zu hören bekam, tat er gut daran, den Schlussfolgerungen des Detektivs Irle zu folgen.

So kam es, dass Tristan die volle Polizeigewalt auf seiner Seite hatte, um alle Beteiligten am Fundort der ersten Leiche zusammenzutrommeln.

# 6

Nadine Weinberger gehörte zwar nicht zu den Beteiligten, hatte jedoch das Glück, einige wichtige Hintergrundinformationen für den Detektiv liefern zu können. Sie war im Archiv des Generalanzeigers fündig geworden und sogleich in die Altstadt geeilt, um Tristan dies mitzuteilen.

»Jetzt schließt sich der Kreis«, sagte der Detektiv, als er die gesammelten Rechercheergebnisse auf dem Tisch vor sich liegen hatte.

»Das ist unglaublich«, stieß Nadine aus. »Wie sind Sie nur darauf gekommen!«

»Später, Frau Weinberg, später«, antwortete Tristan. »Wo ist Ihr Fotograf?«

»Der möchte an der anderen Stelle aktiv werden«, antwortete Nadine.

»Okay, hat man ihm das erlaubt?« fragte der Detektiv.

»Wir hatten gute Argumente«, grinste Nadine und deutete auf ein Foto des Staatsanwalts, das sich zwischen den Unterlagen, die Nadine mitgebracht hatte, befand.

»Dann los!« sagte Tristan.

Helga, die eigentlich schon längst wieder auf dem Giller sein wollte, verabschiedete sich von ihrem Freund und meinte: »Ich will später einen detaillierten Bericht von dir hören.«

»Den können Sie morgen in der Zeitung lesen«, sagte Nadine selbstbewusst.

Die beiden gingen die Barstewende hinauf und wurden vor der Polizeistation am Kornmarkt von Pfeiffer abgefangen.

»Es ist alles erledigt«, sagte der Hauptkommissar. »Hier sind die Unterlagen.«

Er reichte dem Detektiv einen dünnen Hefter.

»Was macht die andere Sache?« fragte Tristan, während er den Inhalt des Hefters durchlas.

»Wir haben bereits mit der Durchsuchung angefangen«, antwortete Pfeiffer. »Wollen wir hoffen, dass Sie Recht haben.«

»Werde ich«, sagte Tristan überzeugt und reichte Pfeiffer den Hefter zurück. »Lassen Sie uns beginnen.«

Die Polizei hatte den Platz um den Mikado-Brunnen abgesperrt. Studienrat William Küschenrieder, Windmühlenbesitzer Horst Maier sowie Renate Kirschbaum-Müller warteten vor dem Brunnen und sahen verstört aus. Sie waren von der Polizeibehörde direkt in die Oberstadt verfrachtet worden. Horst Maier entspannte sich erst, als Klaus-Peter Kiesling von einem Streifenpolizisten durch die Absperrung gelassen wurde.

»Was ist hier los?« fragte der Unternehmer aufgeregt.

»Keine Ahnung«, maulte Maiers Fistelstimme.

Wenig später tauchten Hans Köhler und dessen Mitstreiter Walter Göbel auf. Tristan begrüßte seinen Schwager.

»Wo ist Holzbaum?« fragte Hans.

»An einem anderen Tatort«, antwortete Tristan.

Walter Göbel wurde unterdessen von Küschenrieder befragt. Als dann auch noch Michael Löschmann eintraf, wusste der Studienrat nicht mehr, mit wem er sich unterhalten sollte.

Zum Schluss erschien Staatsanwalt Büdenbender, begleitet von Landrat Fischer.

»Welch hoher Besuch«, flüsterte Nadine dem Detektiv zu. »Machen Sie jetzt keine Fehler!«

»Das habe ich nicht vor«, antwortete Tristan und begrüßte den Landrat und Büdenbender.

»Auf ein Wort«, sagte er zum Staatsanwalt und ging ein paar Schritte mit ihm zur Seite. »Ich habe noch eine Frage«, flüsterte der Detektiv und ließ sich etwas erklären.

Als Tristan zufrieden nickte, brummte der Staatsanwalt: »Ihre Show, wenn Sie so weit sind, dann los!«

Tristan Irle stellte sich vor, zumal er mit einigen der Anwesenden noch kein Wort gesprochen hatte. »Wir sind hier, um den Mord an drei Menschen aufzuklären.«

»Komische Methode«, quatschte Maier dazwischen.

»Warten Sie es ab«, antwortete Tristan gelassen und fuhr fort. »Natalie Neuser wurde hier an diesem Brunnen erniedrigend zur Schau gestellt. Sie wurde hier aber nicht ermordet. Das geschah einige Meter weiter, in der Nähe meines Hauses.«

Ein lautes Raunen ging durch die Gruppe.

»Das ist einer von zwei Umständen, die mir bei den Morden aufgefallen sind. Doch dazu später mehr. Der andere auffällige Umstand ist, dass Natalie Neuser nicht ausschließlich für Windparks zuständig war. Während Hanna Dorn und Jürgen Pohl für ihre Stadt nur die möglichen Flächen erschließen sollten, auf denen man Windmühlen aufstellen könnte, hatte Natalie Neuser noch eine andere Funktion. Sie war für die aktuelle Stadtentwicklung zuständig.

Das haben wir die ganze Zeit etwas aus den Augen verloren, weil uns Ihre Machenschaften, Herr Maier und Herr Kiesling, auf eine falsche Spur brachten.«

»Wir haben keine Machenschaften durchgeführt«, wehrte sich der Unternehmer Kiesling.

»Das wird ein Gericht entscheiden müssen«, antwortete Tristan. »So wie ich es sehe, kann man von Bestechung ausgehen, auch wenn Sie die Informationen indirekt erhalten haben.«

»Was für Informationen und was bedeutet indirekt?« rief William Küschenrieder aufgebracht.

»Die getöteten Stadtplaner bildeten eine Arbeitsgemeinschaft, in der sie die Ergebnisse zum Erschließen von Waldflächen für den Bau von Windmühlen abglichen«, erklärte Tristan. »So konnte man sich absprechen und Höhenzüge auswählen, die von zwei Gemeinden genutzt werden konnten. Das macht Sinn, da die Städte und Gemeinden genügend gemeinsame Grenzen haben. Die Mitglieder dieser Arbeitsgruppe waren also immer über den Stand der Entwicklung im Kreis informiert.«

Tristan machte eine Pause und deutete auf die beiden Unternehmer. »Diese Herren fanden das heraus und dachten sich etwas aus, das für die Stadtplaner attraktiv war. Und in der Tat, sie erhielten Informationen, die sie nutzten, um Land zu kaufen, als alle anderen noch nicht einmal an Windmühlen dachten.«

»Das ist ja ungeheuerlich!« empörte sich Küschenrieder und deutete mit dem Zeigefinger auf Maier und Kiesling. »Dann haben die die Morde begangen!«

»Nein, das haben sie nicht«, antwortete der Detektiv.

In diesem Moment traf Werner Holzbaum mit einem Streifenwagen ein. Er eilte zu Pfeiffer und flüsterte ihm etwas ins Ohr. Anschließend gab der Hauptkommissar Tristan ein Zeichen. Die kleine Szenerie wurde von allen beobachtet, und als der Detektiv nickte, hatte er wieder die volle Aufmerksamkeit der Verdächtigen.

»Wer war es dann?« rief der Studienrat, der am wenigsten mit der Situation umzugehen wusste. »Ist der Mörder etwa hier unter uns?«

»Ja, der Mörder ist anwesend. Nicht wahr, Herr Michael Löschmann?« antwortete Tristan.

»Was?« würgte der Studienrat heraus. »Wie das?!«

»Das ist eine längere Geschichte«, begann Tristan. »Sie hat erstaunlicherweise nichts mit Windmühlen zu tun. Sie begann vor Jahren, als Felix Müller den jungen Michael Löschmann unter seine Fittiche nahm. Felix Müller war ein Bürger der Stadt, bis er plötzlich vor vier Jahren verschwand und alles, was er aufgebaut hatte, Michael Löschmann hinterließ.«

»Was hat das mit den Morden zu tun?« brummte Maier, während Löschmann ganz ruhig blieb.

»Alles! Denn Löschmann hat seinen Mentor Felix Müller getötet.«

»Ach was, jetzt übertreiben Sie aber!« Die Stimme des Finanzexperten drang durch Mark und Bein.

»Wir haben Beweise«, sagte Tristan traurig. »Fangen wir mit dem ersten Hinweis an, der mich stutzig machte. Alle Opfer wurden drapiert, außer dem letzten, Jürgen Pohl. Das musste daran liegen, dass dieser Mord nicht geplant war. Herr Küschenrieder, hatten Sie heute Besuch von Herrn Löschmann?«

»Äh, ja, er war heute Nachmittag bei mir«, antwortete der Lehrer, wohl wissend, dass ihm sein liebster Spendengeber abhanden kommen könnte.

»Herr Löschmann, was fahren Sie für einen Sportwagen?« fragte Tristan.

»Das wissen Sie doch längst«, grinste der Finanzexperte. »Einen schwarzen Porsche.«

»Frau Kirschbaum-Müller, Sie haben heute Nachmittag gesehen, wie ein schwarzer Porsche den Wagen von Jürgen Pohl überholte. Stimmt das?«

»Ja, das stimmt, aber ich dachte, der Wagen gehört Maier«, antwortete sie blamiert.

»Ja, ich fahre auch einen schwarzen Porsche, deshalb bringe ich aber niemanden um! Das habe ich die ganze Zeit schon gesagt«, schnaufte Maier wütend.

»Beruhigen Sie sich«, mahnte Tristan. »Es muss ein unglücklicher Zufall gewesen sein, denn Pohl hatte sich gerade bei Herrn Maier das letzte Schmiergeld abgeholt, als er Ihnen, Herr Löschmann, vor die Motorhaube fuhr.«

Maier holte tief Luft, doch Pfeiffer ging dazwischen und knurrte: »Wir haben in Pohls Jackett Geld gefunden, mit Ihren Fingerabdrücken.«

»Sie, Herr Löschmann, haben wahrscheinlich kurzfristig entschieden, die Serie der Morde fortzuführen! Das war ein Fehler, denn so fiel mir auf, dass wir möglicherweise an der falschen Ecke suchten. Alle Opfer waren Stadtplaner, aber nur Natalie Neuser war auch in der Stadtentwicklung aktiv tätig. Wie ich bereits erwähnte, war sie außerdem das einzige Opfer, das nicht dort ermordet wurde, wo man sie später fand.

Also, dachte ich mir, es muss mit Natalie Neuser etwas Besonderes auf sich haben. Bloß was?

Ich durchsuchte ihr Büro und fand einen Brief, der zum ersten Mal Sie in den Fokus der Ermittlungen brachte. Mir fiel ein, dass Hauptkommissar Pfeiffer eine Karte sichergestellt hatte, die die Unterstadt darstellte. In der Karte waren Objekte gekennzeichnet, die abgerissen werden sollten. Unter anderem war dort auch Ihr Haus vermerkt. Aber das alles ergab noch kein Mordmotiv!

Ich ließ im Archiv des Generalanzeigers recherchieren und wir fanden heraus, dass Felix Müller in einen Skandal verwickelt war, der von Staatsanwalt Friedrich Büdenbender aufgedeckt wurde. Ein Prozess stand kurz bevor, als Felix Müller plötzlich verschwand. Ein Foto von Ihnen, Herr Büdenbender, das wir im Archiv der Zeitung fanden, war mit einer Bildzeile versehen, die auf den anstehenden Prozess hinwies.

Jedenfalls, wäre es zu einem Prozess gekommen, dann wären auch Sie in Mitleidenschaft gezogen worden, hätten alles verloren, was Sie bis dato aufgebaut hatten. Man suchte nach Felix Müller, doch Sie haben damals ausgesagt, dass Felix Müller sich ins Ausland abgesetzt hätte. Ich habe mich deshalb gefragt, wovon würde Felix Müller leben? Wahrscheinlich doch von den Früchten seines Geschäftes, das Sie so erfolgreich weiterführen. Also hat die Polizei Ihre Konten danach überprüft, ob Sie Ihrem Mentor Geld ins Ausland überweisen. Stellen Sie sich vor, wie überrascht wir alle waren, als sich herausstellte, dass Sie keine Gelder ins Ausland überweisen. Sicherlich gibt es Wege, unauffällig Geld ins Ausland zu überweisen. Doch, was wäre, wenn es gar keinen Felix Müller im Ausland gäbe? Wenn er Siegen niemals verlassen hätte?«

Löschmann verengte die Augen. Er blickte zu Holzbaum, der neben Pfeiffer stand. Er schien abzuwägen, was die Polizisten gefunden haben könnten.

Tristan sprach weiter: »Wir haben Ihren Mentor gefunden, jedenfalls das, was von ihm übrig ist. Die Überreste wurden vor einer halben Stunde sichergestellt. Sie haben Felix Müller damals umgebracht und die Leiche im Haus versteckt.«

Löschmann sah sich nach einem Fluchtweg um, doch es war zu spät.

Tristan fragte unterdessen: »Aber warum gerade im eigenen Haus? Wer macht so etwas? Die Antwort darauf ergibt sich, wenn man die Vorwürfe gegen Müller von damals genauer untersucht. Staatsanwalt Büdenbender bestätigte meinen Verdacht, dass neben dem Strafprozess gegen Müller auch mehrere Geschädigte einen Schadensersatzprozess angestrebt hatten. Der Schadensersatzprozess hätte bei einem toten Müller auf dessen Rechtsnachfolger überspringen können. Deshalb war es so wichtig, dass niemand die Leiche findet und am sichersten war sie im eigenen Haus. Denn ohne Leiche konnte die Fluchtgeschichte aufrechtgehalten werden. Alle Vergehen, die der Staatsanwalt herausgefunden hatte, konnten weiterhin dem verschwundenen Müller angehängt werden. Jedenfalls so lange wie man glaubte, Müller lebe noch.

Als Natalie Neuser mit Plänen auf Sie zukam, das Haus abreißen zu lassen, um die dahinter stehende Villa für das Stadtbild zugänglich zu machen, war plötzlich Ihr Trugbild von einem lebenden Ex-Partner und Ihr ganzes Leben in Gefahr. Wenn das Haus abgerissen werden würde, dann würde man auch die Leiche von Felix Müller finden, die Sie im Keller des Hauses vergraben hatten. Die Leiche auszugraben und an einem anderen Ort neu zu vergraben, kam nicht infrage, da Sie die Arbeit nicht ohne Spuren zu hinterlassen hätten erledigen können. Allein der Gestank, der sich ausgebreitet hätte, wäre verräterisch gewesen.

Also fassten Sie den perfiden Plan, Natalie Neuser umzubringen und so zu hoffen, dass die Stadtentwicklung einen anderen Lauf nahm. Sie waren aber clever genug, einen Plan auszuhecken, der von Ihrem eigentlichen Motiv ablenkte. Als wahrer Umweltschützer, denn das sind Sie meiner Meinung nach ganz bestimmt, kam Ihnen die Idee, die Schuld Umweltaktivisten in die Schuhe zu schieben. Sie töteten in Serie, was genügend Verwirrung stiften konnte, um von Ihrem eigentlichen Motiv abzulenken.«

»Das ist ja teuflisch genial«, flüsterte Kiesling anerkennend.

»Spinnst du?« Maier boxte ihm an die Schulter. »Halt dich zurück, wir haben Schwierigkeiten genug.«

Tristan fuhr fort. »Ihr Handy loggte sich am Mordabend keine zwanzig Meter vom eigentlichen Tatort ein. Wir haben außerdem einen Spazierstock gefunden, den Sie benutzten, als Sie sich vor zwei Monaten den Knöchel angebrochen haben. Die Spurensicherung wird Beweise finden, dass dies die Mordwaffe ist. Wir haben genügend Beweise, um Sie wegen des Mordes an drei Menschen verhaften zu können.«

»Es war den Versuch wert«, sagte Löschmann ruhig. »Ich hätte nur dafür sorgen müssen, dass Sie nicht ins Spiel kamen.«

»Ja, vielleicht wären Sie dann damit durchgekommen«, antwortete Tristan.

Pfeiffer trat vor und legte Löschmann Handschellen an.

## 7

Wenig später traf Strubbel vor dem Rathaus ein.

»Ich sage euch«, sprudelte es aus ihm heraus, »das hättet ihr sehen sollen!«

»Die Leiche?!« fragte Nadine.

»Nein, wie die begraben wurde«, antwortete Strubbel.

»Das ist eklig«, schüttelte sich Nadine.

Dann berichtete der Fotograf, dass die Suchhunde im Keller sofort angeschlagen hatten. Allerdings wären die Vierbeiner nicht nötig gewesen, da Löschmann ein weiteres Loch gegraben hatte, in dem er den Spazierstock verschwinden lassen wollte, gleich neben Müllers Grab.

»Also, wenn es zum Abriss gekommen wäre, dann hätte man die Leiche direkt gefunden«, berichtete Strubbel weiter. »Dieser Müller wurde erschossen, die Pistole lag auf der Leiche.«

»Ich finde deine Begeisterung für diesen Mord unheimlich!« warnte Nadine.

»War aber wirklich nicht schlimm«, meinte der Fotograf. »Bloß der Gestank, auf den hätte ich verzichten können. Durch den felsigen Untergrund war das Loch nur knappe fünfzig Zentimeter tief. Der Mann lag in der Betonschicht.«

»Es reicht«, mahnte Nadine.

»Okay«, nickte Strubbel. »Hier ist alles glatt gelaufen?«

»Ja«, brummte Nadine. »Irle hat das perfekt inszeniert.«

Tristan stand etwas abseits bei Renate Kirschbaum-Müller, Walter Göbel und seinem Schwager Hans.

»Mir tut es leid, dass ich falsch ausgesagt habe«, entschuldigte sich Renate. »Ich habe wirklich geglaubt, dass es sich um Horst Maiers Wagen handelte.«

»Vergessen Sie die Aussage«, meinte Tristan. »Sie sollten hoffen, dass sich wirklich noch ein Waldkauz bei Ihnen im Wald einfindet.«

»Wir haben ja Glück«, sagte Göbel. »So, wie es aussieht, können wir die Windmühlen verhindern.«

»Das glaube ich erst, wenn die Sache vom Tisch ist«, murrte Hans. »Jedenfalls hat dieser Umweltfritze den Laden aufgemischt. Was wird jetzt mit den Unternehmern geschehen?«

»Man wird untersuchen, ob eine Bestechung vorlag und dann handeln«, antwortete Tristan.

»Ist Helga noch in Siegen?« fragte Hans.

»Ja«, nickte der Detektiv. »Ich sollte mich auf den Weg nach Hause machen. Sie will einen ausführlichen Bericht.«

Landrat Fischer kam auf Tristan zu.

»Gute Arbeit«, lobte er und reichte dem Detektiv die Hand. »Aber erklären Sie mir mal, wie konnte Löschmann von Hanna Dorn und Jürgen Pohl wissen? Hat er im Amt angerufen?«

»William Küschenrieder hatte ständig mit den Stadtplanern zu tun und er war Löschmanns Ansprechpartner. So wie ich den Studienrat kennen gelernt habe, dürfte er die Namen der Stadtplaner in einem Gespräch mehrmals erwähnt haben.«

»Ja, das klingt einleuchtend, nochmals ein herzliches Dankeschön«, nickte der Landrat.

»Nichts zu danken«, antwortete Tristan. »Jeder der Beteiligten hat sein Bestes gegeben. Besonders Hauptkommissar Pfeiffer.«

Fischer verzog sein Gesicht. »Ja, das habe ich am eigenen Leib erfahren.«

Staatsanwalt Büdenbender schlich sich leise heran und wartete auf ein Stichwort. Als Tristan den Hauptkommissar lobend erwähnte, gefiel das Büdenbender überhaupt nicht. Mit Hintergedanken sagte er: »Es wäre doch an der Zeit, dass Werner Holzbaum eine Beförderung zusteht. Sollten Sie nicht mal darüber nachdenken?«

Landrat Fischer nickte. Er schien das für eine gute Idee zu halten.

# 7. Der Detektiv erhielt ...

Donnerstagabend

Der Detektiv erhielt den Anruf, nachdem er seiner Freundin alles berichtet hatte. Draußen wurde es bereits dunkel.

»Tristan Irle«, sagte er in den Hörer. »So?! ... Ja, ich komme!«

»Wer war das?« fragte Helga, die ihre Abreise zum Giller verschoben hatte.

»Renate Kirschbaum-Müller, sie flehte mich an, ich solle sofort bei ihr vorbeikommen. Sie meint, einen Waldkauz gehört zu haben!«

»Wenn das wahr ist, solltest du gleich diesen ungepflegten Fotografen mitnehmen«, meinte Helga.

»Was soll denn der da?« erwiderte Tristan.

»Na, fotografieren!« Helga schüttelte ihren Kopf.

»Hast du mal nach draußen gesehen? Es wird dunkel!«

»Ein Grund, sich zu beeilen, oder?« Sie grinste ihn frech an.

»Du hast deine Abreise verschoben! Und jetzt soll ich nach Breitenbach fahren?«

»Du könntest den Reiterhof retten«, antwortete Helga. »Das wäre die Sache doch wert.«

Tristan gab nach und rief Nadine Weinberger an.

Die hatte gerade ihren Artikel beendet und erkannte eine neue Story in der Aktion. Sie versprach, mit Strubbel umgehend bei ihm vorbeizukommen.

So kam es, dass die drei eine Stunde später auf dem Hof von Renate Kirschbaum-Müller den Borgward parkten.

Penny erwartete sie bereits. Charly, der Leonberger, saß neben ihr.

»Da ist wieder dieser Hund!« jammerte Nadine.

Penny erkannte, dass Tristan wieder die Frau bei sich hatte, sie verzog ihr Gesicht.

»Muss Charly wieder ins Haus?« rief sie.

»Wenn es möglich wäre«, antwortete der Detektiv. »Das wäre wirklich nett von dir.«

»Okay«, schnaufte das Mädchen. »Renate erwartet Sie bei der Scheune.«

Penny zottelte mit Charly Richtung Haus. Als sie nicht mehr zu sehen waren, stieg Nadine aus. Strubbel hatte seine Kamera bereits mit einem besonders lichtstarken Objektiv ausgestattet.

»Damit kann ich einer Wühlmaus beim Graben zusehen«, meinte er.

»Wir wollen eine Eule fotografieren«, meinte Nadine und stupste ihren Freund an.

»Hier drüben«, rief Renate leise.

Die drei gingen auf die Scheune zu.

»Guten Abend«, grüßte Tristan die Reiterhofbesitzerin.

Motiv 13
*Eder, Raumland*
Aquarell, 40 x 30 cm
Anja Georg, 2015

Motiv 14
*Frühling, Hemschlar*
Aquarell, 40 x 30 cm
Anja Georg, 2015

»Wo ist der Kauz?« fragte Strubbel, während Renate über den Auflauf der Journalisten überrascht war.

Tristan bemerkte ihre Überraschung und erklärte: »Ich habe mir gedacht, wenn Sie wirklich einen Waldkauz hier haben, dann sollten wir das gleich dokumentieren.«

»Gute Idee«, lächelte sie. »Ich habe dieses „Huh-HuHu-Hu-Huuuh“ gehört und einen mächtigen Vogel in die Scheune fliegen sehen.«

»In die Scheune?!« wunderte sich Tristan.

»Ja, es gibt da oben ein altes Krähennest. Das hat sich der Kauz anscheinend ausgesucht.«

In diesem Moment schallte der Ruf des Waldkauzes durch die Scheune.

»Da ist wirklich ein Kauz«, staunte Strubbel und sah sich nach einer Stelle um, von wo aus er die Eule gut fotografieren konnte.

»Wir sollten leise sein«, mahnte Nadine.

»Ja«, nickte Tristan.

Kaum hatte er das gesagt, da schwebte der Waldkauz aus der Scheune. Strubbel reagierte automatisch und schoss eine Reihe von Fotos.

Tristan wandte sich Renate zu und meinte: »Jetzt dürfte der Reiterhof wohl gerettet sein.«

## *Ein Dankeschön …*

… an alle, die mir bei diesem Buch und den letzten 24 Büchern geholfen haben. Ganz besonders möchte ich Dipl.-Geografin Elke Schumacher danken, die mir Einblicke in den Flächennutzungsplan sowie die Raumplanung gewährt hat. Sollten die Begrifflichkeiten in diesem Buch *kreativ* verwendet worden sein, dann trage ich dafür die Verantwortung.

Auch dieses Mal konnte ich mich auf Marlis Klein, Dr. Jürgen Kühnel, Ralph Rottler und Sabine Kitzinger verlassen, die seit der ersten Stunde dabei sind. Ihnen sowie Rebecca El Djabri, Anja Georg und Rolf Engel sage ich an dieser Stelle: Dankeschön. Sie standen all die Jahre immer zur Verfügung, haben sich um das Manuskript gekümmert oder mit konstruktiver Kritik für den nötigen Feinschliff gesorgt.

Viele Menschen sind nötig, um aus einer Geschichte ein Buch zu machen. Die meisten arbeiten hinter den Kulissen. Ihnen gilt ebenfalls mein Dank für die jahrelange gute Zusammenarbeit.

Die 20 Aquarell-Motive auf hochwertigem Kunstdruckpapier sind im Buchhandel oder unter „www.magolves.com“ für 25,- Euro je Motiv käuflich zu erwerben (ohne Rahmen). Jeder Druck enthält eine individuelle Signatur der Künstlerin sowie eine Nummerierung des Blattes (z. B. 1/100, 23/100 oder 100/100). Das Format entspricht 30 x 40 cm beim Querformat und 40 x 30 cm beim Hochformat. Es werden nicht mehr als 100 Stück pro Motiv ausgegeben.

Motiv 1 · Seite 49
Marlowe

Motiv 2 · Seite 50
Marienkirche

Motiv 3 · Seite 113
Dicker Turm

Motiv 4 · Seite 114
Krönchen

Motiv 5 · Seite 127
Eiche, Winter

Motiv 6 · Seite 128
Eiche, Sommer

Motiv 7 · Seite 191
Eremitage

Motiv 8 · Seite 192
Ginsburg

Motiv 9 · Seite 177
Oberes Schloss

Motiv 10 · Seite 178
Schloss Berleburg

Motiv 11 · Seite 185
An der Sieg

Motiv 12 · Seite 186
Wasserrad

Motiv 13 · Seite 289
Eder, Raumland

Motiv 14 · Seite 290
Frühling, Hemschlar

Motiv 15 · Seite 63
Kapellenschule Eisern

Motiv 16 · Seite 64
Lahn, Bad Laasphe

Motiv 17 · Seite 121
Kohlenmeiler

Motiv 18 · Seite 122
Viadukt, Weißbachtal

Motiv 19 · Seite 57
Skyline Oberstadt

Motiv 20 · Seite 58
Kindelsberg

**In der Tristan-Irle-Reihe bereits erschienen:**

## Tristan Irle und der Rubensmord (1991)

Eigentlich sollen die Feierlichkeiten zum 350. Todestag von Peter Paul Rubens friedlich und ohne größeres Aufsehen in der Stadt Siegen gefeiert werden. Doch das ändert sich schlagartig, als man eine Leiche im Vorhof des Oberen Schlosses findet. Privatdetektiv Irle übernimmt den Fall und muss bald feststellen, dass mehr hinter dem Fall zu stecken scheint, als es vordergründig aussieht.

## Tristan Irle – Eine Leiche auf der HTS (1992)

Friedlich bereiten sich die Bewohner des Siegerlandes auf das Weihnachtsfest vor. Doch plötzlich wird die festliche Ruhe gestört, als man eine Leiche im Schnee begraben findet. Tristan Irle übernimmt die Aufklärung des mysteriösen Mordes. Dabei verfängt er sich in einem Netz von Intrigen, Bestechungen und Lügen.

## Tristan Irle – Mord Pur (1993)

KulturPur – seit Jahren ein Begriff für ein Fest der besonderen Art. Tristan Irle gönnt sich ein paar Tage Urlaub auf dem Giller und trifft dort Pensionsbesitzerin Helga Bottenberg. – Eine Frau, in die er sich verlieben könnte? Beschaulichkeit bestimmt den Tag, bis ein hinterhältiger Anschlag die Idylle zerstört.

## Tristan Irle – Die Abseitsfalle (1994)

Die Damenmannschaft des SC Siegen hat es wieder geschafft. Sie steht im Endspiel um die deutsche Meisterschaft. Doch dann verunglückt auf mysteriöse Weise ein Mitglied des Vereins. War es Mord? Diese Frage soll Tristan Irle klären. Voller Tatendrang stürzt er sich ins Spiel. Doch das Spiel ist nicht fair, und er durchschaut die heimtückische Abseitsfalle.

## Tristan Irle – Das sexte Gebot (1995)

Seit Tagen ziehen Regenschauer über das Siegerland. In dicke Regenjacken gehüllt, gehen die Menschen ihren Geschäften nach. Plötzlich erschüttert des Nachts eine fürchterliche Autoexplosion die Stadt. Es gibt einen Toten. Zur gleichen Zeit findet Tristan Irle ein Findelkind in der Marienkirche. Die Polizei steht vor einem Rätsel. Haben beide Ereignisse etwas miteinander zu tun?

## Tristan Irle und das Rathauskomplott (1996)

Weihnachtsmarkt in Siegen. Es ist der Beginn der Adventszeit. Plötzlich erschüttert ein fürchterlicher Fund auf dem Weihnachtsmarkt die Gemüter. Schockiert schalten sich Staatsanwaltschaft und Polizei ein. Ihnen eine Nasenlänge voraus ist eine junge Journalistin. Sie vermutet Verbindungen zum Rathaus und bittet Detektiv Tristan Irle um Hilfe. Machenschaften allerorts und der kommunale Filz drohen schließlich die Ermittlungen fast zu ersticken.

## Tristan Irle – Der Braumeister (1997)

Der junge Braumeister Roland Eichbaum hat die Idee seines Lebens. Er möchte Bier in Asien brauen. Die Verhandlungen sind in vollem Gange, als plötzlich ein Mord die Bierbrauer der Region erschüttert. Bis Tristan Irle durch die trübe Suppe von Verdächtigungen eine klare Spur findet, muss er so manches Glas Bier leeren, und nicht selten beginnt die Recherche mit einem lauten: Prost! Und da ist dann auch noch ein geheimnisvoller Chiffrierschlüssel, der Tristans Ermittlungen behindert.

## Tristan Irle – Gegen den Strich (1998)

Die kleine Großstadt Siegen steht im Fokus der Weltöffentlichkeit. Im Medien- und Kulturzentrum laufen die letzten Vorbereitungen auf Hochtouren für eine ganz besondere Ausstellung, als ein Siegener Künstler zu Tode kommt. Tristan Irle beginnt seine Ermittlungen, was Künstlern und anderen Kreativen gegen den Strich geht. Dann muss Irle feststellen, dass die Kunstszene genauso schillernd ist wie eine Malpalette.

## Tristan Irle – Tödliche Doktorspiele (1999)

Im Arzt-Gelöbnis steht: »Ich werde meinen Beruf mit Gewissenhaftigkeit und Würde ausüben. Die Erhaltung und Wiederherstellung der Gesundheit meiner Patienten soll oberstes Gebot meines Handelns sein.« Diesen Satz haben auch die Ärzte in einem Krankenhaus in Siegen gelobt. Doch eines Morgens findet man eine tote Patientin. Und wie sich herausstellt, wurde sie falsch behandelt. Chefarzt Dr. med. Killian steht plötzlich unter Mordverdacht, doch er behauptet, unschuldig zu sein. Privatdetektiv Tristan Irle wird eingeschaltet, um den mysteriösen Todesfall zu untersuchen. Ihm gegenüber eine Schar weißer Kittel, die alle etwas zu verbergen scheinen.

## Tristan Irle – Siegener Maskerade (2000)

Schriftsteller Raffael Leich trifft sich im Geheimen mit dem persönlichen Referenten des Bürgermeisters. Ein mysteriöses Bild wechselt den Besitzer, dann fallen plötzlich Schüsse. Raffael kann fliehen. Tags darauf wird Privatdetektiv Tristan Irle eingeschaltet, um zu ermitteln. Zur gleichen Zeit bereitet der Anwalt Hallenberger eine Millionen-Spende für die Stadt Siegen vor, um mit dem Geld das Projekt Apollo-Theater zu finanzieren. Steht der Mord etwa mit dem Theaterprojekt in Verbindung? Welche Rolle spielen Schriftsteller Raffael Leich und der Bürgermeister? Und da ist da noch das geheimnisvolle Bild. Im Buch enthalten: ein ausklappbarer Abzug des mysteriösen Bildes.

## Tristan Irle – Eisenhart (2001)

Die Stadtkasse – so ausgetrocknet wie ein afrikanisches Wadi – treibt Stadtkämmerer Goldmann den Schweiß auf die Stirn. Sein Chef, der Bürgermeister, eröffnet unterdessen ein neues Museum und weiß selbst nicht so recht, wie er die anstehenden finanziellen Probleme lösen soll. Tristan Irle, Privatdetektiv, ist an diesem Tag einer Einladung auf das Segelfluggelände nahe der Stadt gefolgt. Dort muss er einen schrecklichen Unfall mit ansehen. Der Detektiv beginnt zu ermitteln und dabei entpuppt sich die scheinbar eingeschworene Fliegergemeinschaft als lebensgefährliche Bedrohung für Tristan und seine Freunde.

## Tristan Irle – Die Fürstenjagd (2002)

Es ist Jagdsaison im Wald des Fürsten zu Widerstein. Allerlei Prominenz aus dem Ausland trifft sich nahe Bad Berleburg in einem Forsthaus, um zusammen mit Fürst Siegfried dem Wild auf die Felle zu rücken. Vom Jagdfieber gepackt, verteilen sich die Herrschaften im Wald. Schüsse fallen und plötzlich ertönen Jagdhörner. Wenig später wird die Jagd abgebrochen, denn im Wald liegt ein Toter. Tristan Irle, Privatdetektiv, als Treiber bei der Jagd dabei, übernimmt die Ermittlungen. Die stellen sich als äußerst schwierig heraus. Die Jagdgäste aus höchsten adeligen Kreisen schweigen, bis die Beweislast immer erdrückender wird.

## Tristan Irle – Lokalzeit (2003)

Die Journalisten des regionalen Fernsehsenders sind ein eingespieltes Team. Erhöhter Stress gehört bei ihrem Job zum Alltag,

und da bringt es den verantwortlichen Fernsehredakteur nicht sonderlich aus der Ruhe, als ein Übertragungswagen für die aktuelle Stunde liegen bleibt. Doch als vor laufender Kamera jemand stirbt, da liegen plötzlich bei allen Beteiligten die Nerven blank. Noch ahnt keiner, dass dies der Auftakt zu einer unheimlichen Mordserie ist.
Tristan Irle, Privatdetektiv, übernimmt die Ermittlungen. Und die führen ihn überraschend zu einem großen schwedischen Möbelhaus, dessen Ansiedlung zum Interessenkonflikt mächtiger Parteien geführt hat. Schließlich drängt sich dem Detektiv die Frage auf: Hat das Rathaus etwas mit dem Mord zu schaffen?

## Tristan Irle – Baum fällt! (2004)

Die heimische Politprominenz ist hocherfreut. Der brasilianische Botschafter besucht anlässlich einer Fürst-Johann-Moritz-Ausstellung die Region. Eine gute Gelegenheit die Gäste aus Übersee in den Wald einzuladen, um uralte Haubergstradition zu vermitteln. Der Botschafter ist begeistert. Weniger enthusiastisch zeigen sich die Kuratoriumsmitglieder der Ausstellung sowie die verantwortlichen Historiker, allen voran die Rektorin der Universität. Und dann endet der Ausflug für einen Gast auf mysteriöse Weise tödlich.
Tristan Irle, Privatdetektiv, beginnt zu ermitteln. Bald stellt er fest, dass die feine Gesellschaft der Ausstellungsmacher ihre eigenen dubiosen Ziele verfolgt. Und schließlich gerät der Privatdetektiv ins Schussfeld, denn im Hintergrund agiert noch der Geheimdienst …

## Tristan Irle – Die zitternden Tenöre (2005)

Der Männergesangverein *„Pro Patria“* steht vor einer großen Herausforderung. Zusammen mit dem engagierten Chorleiter Gottfried Kunze möchten die Mitglieder nach 100-jährigem Bestehen endlich den Status „Meisterchor“ erlangen. Sie proben, bis ihre Stimmbänder zittern, doch dann geschieht während der Probenpause ein Mord. Chorleiter und Erster Vorsitzender sind sich einig, dass dieses hinterhältige Attentat nur einer aufklären kann. Sie engagieren den Privatdetektiv Tristan Irle.
Die Tenöre verfolgen misstrauisch Tristans Ermittlungen. Je mehr der Detektiv in ein klebriges Geflecht aus Intrigen dringt, desto gefährlicher wird es für ihn. Und dann stellt sich plötzlich heraus, dass das Opfer einen berühmten Verwandten hat.

## Tristan Irle – Der Killersteig (2006)

An einem herrlichen Spätsommertag trifft sich eine Gruppe Polizisten, um zusammen mit Staatsanwalt und Landrat über einen Teil des berühmten „Rothaarsteigs" zu wandern. Mit Rucksack und Wanderschuhen ausgerüstet beginnt die Wanderung im Süden des Kreisgebietes Siegen-Wittgenstein. Doch schon bei der ersten Übernachtung kommt es zu einem tragischen Zwischenfall.
Tristan Irle, Privatdetektiv, erhält kurz darauf einen geheimnisvollen Anruf, der ihn dazu bewegt, sich der Gruppe am nächsten Tag anzuschließen. Schon bald muss er feststellen, dass nicht alle in der Gruppe so freundlich sind, wie sie vordergründig vorgeben. Als es erneut zu einem Zwischenfall kommt, ahnt der Detektiv, dass ein Mörder unter ihnen weilt.

## Tristan Irle – Locht ein! (2007)

Große Aufregung unter den Golfern im Kreisgebiet. Am Vorabend der Clubmeisterschaft findet man einen Toten auf dem Golfplatz und das mitten im Wasserhindernis. Keiner kann sich so richtig erklären, wie dieser scheinbare Unfall vonstatten ging, und zum Erstaunen von Privatdetektiv Tristan Irle hält sich die Trauer um das verstorbene Clubmitglied in Grenzen.
Als der Detektiv die Ermittlungen übernimmt, kommen Hinweise zutage, die auf Mord deuten. Tristan Irle beginnt Fragen zu stellen, die erheblich mehr Aufregung erzeugen als der Start der Clubmeisterschaft. Besonders der Clubpräsident und der Spielführer fühlen sich belästigt, dann findet Irle die Tatwaffe …

## Tristan Irle hat Lampenfieber (2008)

Intendant Wolferl Wanderschmied hat sich für den Saisonbeginn etwas Großes ausgedacht. Eine prächtig inszenierte, romantische Komödie mit jungen Schauspieltalenten und alten Hasen soll das Publikum zum Lachen verführen. Dummerweise überlebt einer der jungen Schauspieler die Generalprobe nicht, was eine Kette von Ereignissen auslöst, die sich Intendant Wolferl so nicht für seine Inszenierung vorgestellt hat. Zum Glück gehört Privatdetektiv Tristan Irle zur Schauspieltruppe. Er übernimmt die Ermittlungen. Jetzt zeigt Tristan sein wahres Talent und stöbert Intrigen auf, was ihn ins Rampenlicht führt. Doch auf den Brettern, die die Welt bedeuten, ist manches nicht so, wie es scheint, und Tristan weiß, der Mörder beobachtet die Szene ganz genau.

## Tristan Irle und der Grabräuber (2009)

Ein mitternächtlicher Anruf lockt Tristan Irle, Privatdetektiv, auf den städtischen Friedhof. Etwas Ungeheuerliches ist dort geschehen – Grabschändung und Mord. Das Opfer, der Grabschänder selbst. Eine verwirrende Situation, die nicht klarer wird, als sich herausstellt, dass im geschändeten Grab ein Freimaurer liegt.
Dann klopft Lena Lamberti, eine junge Historikerin, an Tristans Haustür und behauptet Unglaubliches. Sie hat Hinweise gefunden, die zu einem geheimnisvollen Artefakt führen, das im Kreisgebiet versteckt sein soll. Zusammen gehen sie einer Spur nach, die weit in die Zeit zurückreicht, immer auf der Hut vor einem Mörder, der ihnen im Nacken sitzt.

## Tristan Irle – Wo ist Marlowe? (2010)

Der NRW-Tag steht in Siegen kurz bevor. In der ganzen Stadt ist man damit beschäftigt, die nötigen Stände und Buden aufzubauen, da findet man im Oberen Schloss eine Leiche. Wenig später wird Privatdetektiv Tristan Irle zum Tatort gerufen und ein Unbekannter, der sich van Veen nennt, droht mit einem Bombenanschlag.
Das Innenministerium sowie die örtliche Polizei ist auf das Äußerste alarmiert, doch das Fest absagen will keiner.
Tristan Irle begibt sich zusammen mit ein paar Freunden auf die Suche nach dem Täter. Die Offiziellen sehen jedoch al-Qaida am Werk und ziehen ihre Kräfte zusammen. Zu allem Überfluss ist Marlowe, Tristans Kakadu, verschwunden.

## Tristan Irle – Der Bienenstich (2011)

Die Eisenstraße, eine tausend Jahre alte Straße im Kreisgebiet, ist in einem desaströsen Zustand. Die Bürger des kleinen Ortes Lützel wollen die kilometerlangen Risse in der Asphaltdecke und die tiefen Schlaglöcher nicht mehr hinnehmen. Sie beschließen, etwas zu unternehmen, allen voran Paul Nöll, Ortsvorsteher und leidenschaftlicher Imker.
Zur selben Zeit genießt Privatdetektiv Tristan Irle ein paar ruhige Tage in der Pension seiner Freundin unweit des Dorfes auf dem Giller. Doch mit der Ruhe ist es schlagartig vorbei, als ein mysteriöser Todesfall die kleine Dorfgemeinde erschüttert. Politiker und Dorfbewohner sehen die publicityträchtige Aktion plötzlich gefährdet. Keine guten Voraussetzungen für die anlaufende Ermittlung, die sich wie Honig dahinzieht. Und da gibt es noch Bienen, die stechen.

## Tristan Irle serviert kalte Platte (2012)

Der Abriss der sogenannten Siegplatte steht kurz bevor. Siegens Bürgermeister und andere Honoratioren versammeln sich auf der Platte, um den Abriss feierlich freizugeben. Ein mächtiger Hydraulikmeißel beginnt seine Arbeit, doch kaum hat der Meißel die ersten Betonstücke abgeschlagen, da stockt plötzlich die Arbeit.

Zwischen einem Querträger der Betondecke entdecken Arbeiter eine Leiche. Wie kam sie in vier Meter Höhe? Wie starb sie? Wurde sie ermordet?

Fragen, die Privatdetektiv Tristan Irle mit Hilfe einer forensischen Pathologin beantworten soll. Bei seinen Ermittlungen findet der Detektiv Hinweise, die ihn zu einem Geldverleiher und Geschäftsleuten führen. Das macht die Verdächtigen nervös und einer schreckt vor weiteren Gewalttaten nicht zurück.

## Tristan Irle – Die letzte Filmklappe (2013)

Ein Fernsehkrimi wird in Siegen gedreht. Das mehrköpfige Filmteam hat vor den Burgmauern des Oberen Schlosses sein Lager aufgeschlagen. Zwei der beliebtesten TV-Kommissare des Landes ermitteln im Innenhof des Schlosses, als es am Set einen fürchterlichen Unfall gibt.

Zur selben Zeit findet Privatdetektiv Tristan Irle eine mysteriöse Botschaft auf seiner Türschwelle in Siegens Altstadt. Stehen Unfall und Botschaft in einem Zusammenhang?

Der Detektiv beginnt zu ermitteln, während ein arktischer Schneesturm die Rubensstadt fest im Griff hat. Schon bald stellt Tristan Irle fest, dass er es mit einem Serienkiller zu tun hat, der vor nichts zurückschreckt.

## Tristan Irle trifft den Wisent (2014)

Tristan Irle besucht mit seiner Nichte Sara das Wisentgehege nahe Wingeshausen. Sara arbeitet an einem Schulprojekt, das sich mit den riesigen Landtieren befasst. Sie stürzt sich mit der Energie einer überzeugten Teenagerin begeistert auf alles, was mit den Wisenten zu tun hat.

Im Gehege angekommen, müssen die beiden erleben, wie einer der Ranger tot aufgefunden wird. Zum Entsetzen aller wird die Leitkuh *Gutelaune** verdächtigt, den Ranger aufgespießt zu haben.

Eine Katastrophe nicht nur für Sara, nein, auch für den Zweiten Vorsitzenden des Trägervereins Otto Otterbach. Der Ex-

Landrat kämpft noch mit den Auswirkungen seines Amtsverlustes, da droht plötzlich eines der renommiertesten Naturschutzprojekte zu scheitern.
Nur wenn geklärt werden kann, dass *Gutelaune* nichts mit dem Tod des Rangers zu tun hat, kann die Reputation des Projektes wiederhergestellt werden.
Und es gibt nur einen, der sich gegen zornige Waldbauern, schießwütige Jäger, konkurrierende Ranger und gegen die Wildnis im Rothaargebirge behaupten kann: Detektiv Tristan Irle.
* *Gutelaune* (w), geboren: 8. 4. 2000, Herkunft:
Sielmanns Naturlandschaften Döberitzer Heide.

*Nicht jeder der genannten Titel ist immer lieferbar. Vergriffene Titel werden in einem bestimmten Rhythmus wieder aufgelegt. Fragen Sie bitte im Einzelfall bei Ihrem Buchhändler nach, welche Titel lieferbar sind.*

## Als Hörbücher in der Tristan-Irle-Reihe erschienen:

### Tristan Irle serviert kalte Platte (2012)

Autor Ralf Strackbein liest – 350 min. Laufzeit
Vollständige Ausgabe · ISBN: 978-3-935378-34-5
Preis: 11,90 Euro

### Tristan Irle – Die letzte Filmklappe (2013)

Radio Siegen liest – 350 min. Laufzeit
Vollständige Ausgabe · ISBN: 978-3-935378-36-9
Preis: 11,90 Euro

## In der Raphael-Olofsson-Reihe bereits erschienen:

Der Billy-Code (2008) · ISBN: 978-3-935378-19-2

Wolkenmord (2012) · ISBN: 978-3-935378-32-1

Das Aschebuch (2014) · ISBN: 978-3-935378-37-6